倾我一生一世意
为君流连为君死

龙鼎梦
蝶舞流年

菱仙 著
LING

完美纪念版

超人气
95后作者 菱仙 全新之作

这是一个宫廷言情故事

古典言情小说 菱仙久违两年的

不朽经典 温暖悸动

中国书籍出版社
China Book Press

图书在版编目（CIP）数据

龙鼎梦：蝶舞流年/菱仙著. ——北京：中国书籍出版社, 2015.7
ISBN 978-7-5068-4947-0

Ⅰ. ①龙… Ⅱ. ①菱… Ⅲ. ①长篇小说—中国—当代
Ⅳ. ①I247.5

中国版本图书馆CIP数据核字(2015)第117034号

龙鼎梦：蝶舞流年
菱　仙　著

策　　划	安玉霞
责任编辑	许艳辉
责任印制	孙马飞　马　芝
封面设计	展　华
出版发行	中国书籍出版社
地　　址	北京市丰台区三路居路 97 号（邮编：100073）
电　　话	（010）52257143（总编室）（010）52257140（发行部）
电子邮箱	chinabp@vip.sina.com
经　　销	全国新华书店
印　　刷	北京京海印刷厂
开　　本	789 毫米 × 1092 毫米　1/32
字　　数	230 千字
印　　张	8.625
版　　次	2016 年 1 月第 1 版　2016 年 1 月第 1 次印刷
书　　号	ISBN 978-7-5068-4947-0
定　　价	28.00 元

倾世蝶仙，两生两世的许诺；成败之间，爱与生存的抉择。

蕴含流光之泪滑落人间，引出乱世尘埃中的旖旎万千。是谁的天空，风云诡变？

痴缠间，最终背叛的，是爱情、亲情，还是生命？

爱的记忆随光而逝，下一世，我们相约再见。

“我愿下界为人……”

“此生已了，你仍是如此，执迷不悟？”

“可是，我爱他……”

“罢了，去吧，下一世再让你们相遇便是。”

似水流年，蝶舞翩翩。

楔　子

倾我一生一世意，为君流连为君死，亦犹不舍。

——题记

都说人间有七十二仙境，洞天福地，尽隐在那好山好水间。自古蓬莱仙岛，瑶台天池，都是王侯将相、道人术士愿往之地。仙界之仙，大多都是人间生灵潜心修行得道而成，往往摒弃杂念，终日安然遥望天际，似乎是在寻觅通往神界的路。于他们而言，神界是日夜思慕之地，而成为神，就意味着与爱恋之情再无瓜葛。

群山连绵，绿树成荫。似这般宜人的地界，自然为仙灵所用。这一片的仙，以璇清星君为首。这璇清星君是神界委派守护天星的仙，却不知缘何，他对这片山水情有独钟，请了神界御旨下来。璇清有几千年修为，外貌如二十余岁青年无异，秉性淡然，虽说是管辖这一片的仙灵，却几乎从不与其他仙灵有什么交流。每日只见他一袭白衣，面容如画，在高崖之上或坐或立，遥望青山的眼神里，似乎空无一物，又似乎辽远而深不可测。直到一天，一只粉红色的小蝴蝶修行成仙，才让璇清的时光里起了些许波澜。平日里众仙灵瞧着璇清不苟言笑，便都对他敬而远之，而那蝶仙刚刚成仙之时法力微弱，却完全不对他有任何怯意，反而总是喜欢绕着他在高崖上一圈圈地飞舞。终于有一天，蝶仙轻轻落在了他的手上。璇清微微低了头看她，眼里竟然微微泛起了笑意。

青山绿水总不改，云烟轻拂叶落碧泉。转眼间百年过去，蝶仙已能化为人形。不知是她所吸灵气有别于其他仙灵，还是她得天眷顾，人形的她，娇美不可方物，一笑倾世。如同所有不识世事的少女一样，她的生活就是日日逍遥无忧，追花撩水。璇清总是在高崖上淡淡地看着，慢慢地心里也升出一丝愉悦。

这一天，白云挡了阳光，林中显得有些黯淡。璇清照往日一般坐在高崖上，潜心修行。待他回头时，那小蝴蝶寒璃潇正站在他的身后，手指摆弄着鬓边的发梢，有意无意地看着枝繁叶茂的树冠上跳跃的小鸟。璇清眼里出现了一丝难以察觉的笑意，淡淡地问："璃儿，有事找我？"寒璃潇恍如梦醒，转过头来微笑道："嗯。璃潇有一个问题要问星君。""说吧。""听别的仙说，他们是由人修炼来的。他们说，人间有情，有爱……那是什么？"璇清的眸光瞬时黯了一下，面上却仍是淡淡的："那只是人的一种感受罢了。""他们似乎很厌恶那个叫'爱'的东西。"璇清一时不知道该如何解释，只得转回身去，望着崖下流水道："小蝴蝶，你不需要知道这些的。""可是……星君，我还听这里的一些鸟儿说，'爱'是人间最美的东西……它到底是什么，璃儿很想知道……"璇清叹口气道："这是说不明白的。你若真想知道，便只有去人间亲历一番。可是一旦动情，轻则损害修为，重则万劫不复，我不希望你去。"寒璃潇蹙眉，幽幽地道："竟是如此可怕？那为何，还说是最美……""因为爱的作用，就是让这一切是你所心甘情愿的。"寒璃潇听得似懂非懂，站在原地缓缓点了点头，又摇摇头。璇清微笑走近她，帮她顺了顺鬓边的秀发，道："璃儿，不要想了，永远在这里终日修行玩耍，不快活么？”寒璃潇嫣然一笑，轻轻又含着些许茫然地嗯了一声，随即化为原形翩翩在璇清身周绕了两圈，转眼又不见了。

人言韶华转瞬，仙灵却能够千百年容颜不改。又是百年过去，寒璃潇法力大增，已可维持人形数年无须变回，出落得也更加绝美。在璇清的照顾下，她始终过着无忧无虑的生活。这一天她结束了数月的闭关修行，走出小山洞，只觉外面清新明媚，令她心旷神怡。她信步而行，走着走着来到崖底河边。茂盛的森林深处，似乎有一个身影正在徘徊。寒璃潇心生好奇，化作蝴蝶飞了过去。

那是一个女子独自在河边徘徊，啜泣。“怎么办……我该怎么办？师父要我修仙，可我……如何割舍得下？倒不如，倒不如……投了这河一了百了！”说着，她便走向河边，呆呆地凝视着河水，似乎是要提起勇气来跳下去。寒璃潇大惊，慌忙隐在树后变了人形跑出：“这位姑娘且慢！”那女子蓦然回过头来，眼神氤氲迷茫：“你是……？”寒璃潇道：“我……我是此间所住之人，见姑娘似乎要轻生，前来劝阻。姑娘，凡事都有余地，万万不可如此轻贱生命啊！”女子自失地一笑，摇摇头道：“你不知，若要我此后日日被爱吞噬，却着实不如就此解脱。”“爱？”寒璃潇小声重复着。百年前，自己似乎问过星君“爱”是什么。“你刚才说，为了爱，不愿修仙？”“是。与他相比，即使成了仙又算得了什么？枉增寿命，不过一世孤独而已。”“爱，真的如此美妙，值得用千万年的法力和寿命去换？”那女子微微笑道：“这位姑娘想必还没有心上人罢。等你爱上了一个人，你就会明白，和他在一起一天，都会比独活千万年更加快乐、更加值得追寻。”寒璃潇茫然点着头，直到看着那女子又向河边走去才反应过来，飞身挡在她前面：“姑娘，即便如此也万万不可！”女子低首，黯然道：“师父将我禁在这山中。如果和他再不能相见，我在这里了无生趣。”寒璃潇听得凄然，几乎要坠下泪来。她伸手抹去：“这样吧，我……是这里的蝶仙，可以用法术把你送出去。”那女子一双星眸立即亮了起来：“真的么？那……多谢你！”寒璃潇笑道：“你想去哪里，默默在心里想好，一定要心无杂念。”那女子点点头，闭眼默想。寒璃潇双手合十，轻轻念起咒法，一道白光闪处，那女子瞬时不见了踪影。“爱，比千万年的法力更迷人？”她有些不解地一遍一遍重复着那女子的话，向崖顶走去。

“璃儿，你今天在下面做了什么？听这山中修仙的人说，他们的结界被破坏了？”璇清仍然一副超然物外的模样，看不清喜怒。寒璃潇低头，手指绞着纱衣，咬唇不语。“这么说，真的是你？我不是说过，不准干扰修仙之人么？”寒璃潇小声道：“璃潇今天在崖底河边碰到一个女子，她要跳河，璃儿救了她。”璇清眼里闪过一丝不明的情绪，语气仍然温润平滑：“然后呢？”“然后……她说她师父让她修仙，她却不愿，还说……是因为她爱上了一个人，若不能与他相见，便了无生趣。璃儿怕她再寻死，方才用法术破了结界，送她出去了。”寒璃潇说完，乖乖站在一边等他发落，却只见他背过身去，良久不语。寒璃潇心里有些慌乱，靠近两步轻轻扯了扯他的衣角：“星君，璃儿知道不该不听星君的话，可是……”话未说完，已被璇清打断：“我没有生气。此事，就让它过去吧。我只和他们说，那女子并无仙缘便是。”寒璃潇美目立刻闪起了光芒：“多谢星君。”接着却又想起那女子之言，不禁微微蹙眉。“你在想什么？”璇清很少见她这样，语气里也带了少见的关切。

寒璃潇摇摇头道："没事。只是璃潇不明白，那个女子为什么会说，和所爱之人相伴一天，就能胜过千万年的法力和寿命？璃潇很想去人间，经历一下'爱'的感觉。"璇清望进她眼眸深处,那里现在还只有纯真不容侵犯的善良和不谙世事的美好。"小蝴蝶，你这是何苦……""若人间真有如此美妙之物，体验一遭，又有何妨？""纵然那'爱'让你遍体鳞伤，让你再也回不到此时此刻的快活，你也愿意？"寒璃潇的眼睛掠过不安和忧思，但最终还是仰起头，认真地道："是。"璇清在心里嗟叹，却也知道，若不亲历，她也无法真正清净修行，最后的笑容里，带了宠溺："记住，你的眼泪是与他人不同的。这也是我，能够保护你的唯一标识。""谢星君。"她也绽开一个倾世的微笑，盈盈道个万福。

此时的人间，昱穹王朝吏治腐败，民不聊生，民间志士门派各自谋划着风起云涌的江山易主大戏！

是夜，漆黑的夜空连星星也不见，孤寂的残月旁，忽然划过一道浅粉的光。

目　录

第1卷

雨绵绵兮轻染尘

一、清泓若絮纯若玉

恰逢杏花春雨落绵绵，江南小镇青瓦翠砖，小桥流水人家。雨丝细细随风飘着，滴在或青或黑的房檐上，滴在漫步而行的人手里各色的伞上，又顺着它们滑下来，溅在地上，如泣如诉。我却没有伞。感受着雨滴轻轻柔柔地落在头发上，衣衫上，我抬头望望，微微一笑。真是巧了，刚到这里就赶上这样的天气。不过这城镇里的小雨的确与山上的小雨不甚相同，那里有股芳草的鲜味，这里却有低吟浅唱的浪漫。

直到天色渐渐暗了下去，街边屋前一盏盏灯都亮了起来，小雨仍在若有若无地飘着。我也才刚刚想起，自己还没有地方住。我暗笑自己真是孤陋寡闻的山野之人，怎的连个小小城镇都能令自己如此忘乎所以。接着却愁了起来：我是孤身一人，此地又绝不认识谁，且还身无分文，今晚栖身之所着实是个问题。难不成我要露宿街头了？

我羞赧地不好意思去敲任何一座房屋的门，更不敢开口与任何一个路人搭讪。我漫无目的地在小镇里走来走去，心里越发积闷，甚至想直接回了我那生活了许多年的繁茂青山、悠悠绿水中去。夜幕不解人意地越降越低，终于掩盖了所有明亮，徒留半弯皓月微弱而温柔地散发着银光。我见周围变成了黑漆漆的一片，不禁暗暗慌起来。实在掩不住心里对黑暗与未知的恐惧，我退了两步，贴在了一堵冰冷的墙上。

“咣当”一声巨响，打破了小镇夜晚的静谧。我从未听到过这样的声响，仿佛是什么东西被猛然撞击。我感觉到了自己身体的颤抖，我往相反的方向多退了几步，无助地蹲在地上，往上拉了拉脸上的面纱。接着是脚步声，一个人往我这边跑来。我看到昏暗的光影中，那个人快速向我所在的墙角跑来。不过他似乎没有注意我，从我身边掠了过去。我刚刚松了一口气，却见刚才那人又退了回来。借着摇曳的灯光，我打量起这个男子：剑眉英目，二十几岁的样子，棱角分明的脸上隐隐透出一种不怒自威的迫人气势。但是此刻，他的脸上更多的是未及消去的愠怒之色。我的心剧烈地一跳：莫非是他刚才与别人闹了矛盾，要借我出气？我警惕地站起来，试图寻机逃跑。不过很快，他的话语让我开始觉得这个想法很可笑。他认真地看了我一眼，愠怒之色渐渐完全消去。他道：“这么晚了，姑娘为何独自在此？”我听得此句，心中紧张之情顿时尽消。不错，我一个少女深夜独自在街角蹲着，着实令人奇怪。我微微苦笑：“我无处可去。”他的眼里闪过诧异，接着是欲言又止的神情。我道：“我双亲早亡，亲戚又少，无人愿接济我一小小女子，我身无分文，所以流落到此。”我还想说下去，最终却还是没将请他帮我的话说出口。他犹豫了一下，却是自己说了出来：“如不嫌弃，在下可为姑娘寻得住处。”此言一出，我断无再婉拒之理。我难掩欣喜地点头，随着他走出那条小巷。

“客……栈。”我轻声念着那两个字，随之庆幸在山上的时候学了认字写字。旁边那男子侧头看了我一眼，却未言语。他进去给我要了一间房，带我到了房门口，然后对我道：“姑娘尽可先居住在此。”见他转身要走，我忙道：“我……如何还你钱？”他道：“姑娘无须担心此事，在下帮姑娘，并不求姑娘还钱。”我却倔强地道：“不成。你告诉我如何能找到你，还有，你叫什么名字，这钱我是一定要还的。”他回过头定定瞧了我一瞬，微微摇头道：“也罢。在下御彻。姑娘何时要找我，在这客栈的墙角放一根柳枝便可。”我还待再问时，他却已毫不犹豫地离去。

我叹口气，进屋坐在床上。雨不知什么时候已经停了。现在的窗外，是回复了的万籁俱寂。我躺了下来，轻轻摘下面纱，回忆着这一天所发生的一切。或许我该听话的，或许我不该跑到这里来……早知道在这里生活如此艰难，何必给自己找罪受。我腹诽着自己，同时又真正不愿意放弃我追寻真相的机会。算了，不想太多了……我合上眼睛，很快沉沉睡去。

由于多年养成的习惯，清晨天际只是泛起微光的时候我便悠悠醒转。我迷茫地望向屋中唯一的窗户，望着那窗外由深蓝逐渐转为灰白的天空，突然发现自己身处之地仿佛并不能容得下我。我也不知自己在想什么，只是呆呆坐了良久，才仿佛下定了决心一样站起身来，戴上我嵌着花边的面纱，坚定地走出房间。我一定要把这里的一切弄清楚，然后，再把我要弄清楚的事弄清楚。我这样想着。也许，我现在最需要的，是钱。

我仍像第一日那样漫漫游荡街头。我数次在离一些行人不远处停下，却终究没有问出在他们眼中大概显得很愚蠢的问题：如何得到钱？又如何在这里生活下去？最终，我放弃了询问别人的想法，有些沮丧地走到这座小镇的河边。柳树长得正好，青翠欲滴，随风曼舞，如同对镜梳妆的佳人少女。我想起前晚御彻说的话，轻轻折了一根柳枝下来，放在手里摩挲。我在河边坐了下来，双手撑地，两腿微微荡着，那幅度一如我阴晴不定的心情。我用力呼吸着雨后芳香的空气，仿佛一切烦恼甚至是追求都能够在这一刻化为纯粹的心旷神怡。

可惜，世事难尽如人意。就连我这刚刚现出曙光的早晨都要被不和谐的声响打断。我敏锐地察觉到身后有些不对劲的地方，回头看时却是一队穿着整齐一致衣服、手持武器的人跑向了一座宅子。那看起来是这座小镇最华丽的一座宅子，我早在刚进入小镇时就注意到它了。我感到了那一队人身上散发出来的并不友好的气息，警觉地站了起来，小跑着隐进了角落。

果不其然，接着我便听到了我最不愿听到的声音，这么多年来最不愿听到的声音。那是一种代表着绝望的哭喊，如此尖锐地穿透了脆弱的我，我的身子甚至不受控制地一颤。我不由自主地紧紧盯着那座宅子的方向。从那里面，正传来女子凄绝的哭声，还夹杂着嘈杂的撞击声和粗暴的呵斥声。我强迫自己转开视线，随即看到了依旧平静的河水，和那上面泛起的依旧令人赏心悦目的涟漪。我蹙眉：为何这里如此复杂，刚刚还静若处子的水乡小镇，转眼间便蒙受了如此凄惨的灾难，而这河水，却像习以为常了一般，丝毫不为所动。

我站了很久很久，直到太阳挟着已有些炽热的光射到脸上，那队人再次出现在我的视线里。原来他们已经从那宅子里出来了。我清楚地看到，队伍中多了几个面容黯淡，神情于愤恨中夹杂着无奈、了然甚至是麻木的人。我的心莫名地悸动了一下，随即我按下几乎要冲上去的冲动，往相反的方向走去。身后的宅子，砖瓦一丝未动，却突然失去了富丽堂皇的色彩。

我沉郁地走着，低着头，甚至连前路都不仔细看清。直到差点撞到墙上，我才蓦然反应过来，生生定住脚步。我心有余悸地抬头，看到的却是与早晨完全不同的景致。天色竟已暗了。或许这里是小镇的另一头，与那边的青砖白墙，清丽淡雅的气质竟是没有一丝相同；同样的墙瓦，在这里却透出令人不安的妖媚。我心里竟然生出一丝丝好奇，接着迈开脚步深入了这条从未见过的小巷。我怀着一丝隐隐的不安欣赏着小巷两旁的房檐上挂着的红色绸带。越往里走越热闹，小巷深处竟然熙熙攘攘，张灯结彩。我诧异地看着前方不远处一座名为“醉华楼”的小楼门前志得意满的男人们和挥着手帕媚眼如丝的一个女人，定在原地忽然不敢接近这份陌生的气息。那女人正在眉飞色舞地说着什么，我站得远听不清楚，只看得那些男人们笑了起来，接着走进了醉华楼。女人得意地以帕遮嘴而笑，接着走出几步左右张望。

等我想避开她的视线时，她却已经看到了我，而且以一种带着惊喜却更像发现了稀有的猎物一般的眼神快步走过来，柔声道：“小妹妹，这大晚上的你怎么在这里啊？你爹娘呢？”我下意识地后退一步，犹豫着小声道：“我……没有爹娘。”顿了顿，我还是忍不住问了句：“可否告知……哪里能挣到钱？”那女人笑得更开心了，竟趁我不备一伸手就扯掉了我的面纱。紧接着，她的神情变得更加夸张，喜上眉梢地赞道：“哦呦我的苍天啊，真是个好姑娘。来来来，快跟姐姐走！咱这有的是钱！”她完全不假思索地拉起我就往醉华楼跑去。我不明所以，却想起下山前听到的叮嘱，急喊道：“还我！”她似没听见一般继续跑着，我用力挣了两下没有挣开，被她拉进了楼里。

她拽着我进了醉华楼的大门，立刻停了下来，挥舞着帕子发嗲地对楼里挤得满满的男人们喊着："各位爷，瞧瞧咱们这位姑娘——"闻言转过视线的人们一看到我，眼神都复杂起来：有的猥琐而令人感到危险，有的激赏而令人感到不安。但相同的是那里面饱含的热烈。我隐隐明白了几分，急忙用力探手夺回我的面纱匆忙戴上，接着使劲把那女人的手甩开，返身跑向外面。那女人惊叫着赶来追我，我在人群的围堵中行不利索，不留神间竟被人群中的一个面目猥琐、眼中充满欲望的男人抓住了手。我一下子慌了起来，使了全力推开面前的男人。我意识到这个地方的可怕，万分后悔一念之差踏进了这条巷子。

我几乎恨不得立即失去意识。正在我晕头转向地躲避着追赶时，一只有力的手拉住了我。我下意识地拼尽全力想要挣脱，却完全没有效果。但幸运的是，对方竟然把我带出了这梦魇般的醉华楼。我暗暗感激着，却不想对方并没有放开我，而是死死拽着我的手腕往巷外大步走去。我的手腕被他钳得生疼，但骇于对方气势不敢出声。

我咬着唇又用力挣了几下，却毫无效用。已经离开了那条小巷很远，对方才放开我，转过身来。竟然是御彻。我甩了甩手腕，强行忍回险些掉落的眼泪，负气地转头看向别处。他声音冷冷地道："你去那里做什么？"我听他语气竟是当我自己要来这乌烟瘴气之地，更加没好气道："我若是知道这是什么地方，自然不会来。"我转回头，看到他明显地愣了一下，随即失笑，带了丝诧异看向我的眼神里满带了不相信的神情。我瞬间变得有些窘迫："你不信就算了。"不知为何，我忽然有些委屈，有些想哭，声音里甚至也带了鼻音。他似乎察觉到我的变化，声音放柔了些："我信你就是。但是，这里离客栈很远，你是如何来的？"我道："只不过是随便走走，便到了这里。听她说能弄到钱，我想着还你钱，就……”他黑得不见底如一泓深深潭水的眼里透出一丝少见的温柔和无奈，甚至好像有点想笑，不过面上却还是冷冷淡淡：“抱歉，是在下误解姑娘了。”我一笑道：“今天的事，多谢你了。”他道：“区区小事不足挂齿，天色已晚，在下送姑娘回客栈吧。”我微微点头应允，跟在他身后慢慢往回走去。

眼见着快到了客栈门口，他回过头淡淡道：“姑娘莫要再想还债之事了。早晨发生的事想来姑娘也看到了，当今正是乱世，为区区小钱伤了姑娘岂不不值。”我心中一凛，虽不情愿却也还是点点头。他似是满意地也微微点头，又道：“客栈就在前面，姑娘请回吧。”我认真地对他敛衽一礼，然后转身前行。走了两步，忽然又觉得有些别扭，回头见他还未走，便道：“我叫寒璃潇。”御彻看着我微微一笑。我再转身时，有些不可置信：这人一直都是冷着脸的，我原以为他不会笑的。

二、良田美舍隐玄机

自那天后，我再也不敢四处乱走，再也不敢去我没有去过的地方了。我坐在客栈房间狭小的空间里暗叹：这人世间虽说风光明净可爱，实则却幽幽然暗流涌动，不易生存。我不再奢望自己还能在这里维持生活多长时间，辗转难安时更多地想起了还未下山的那段日子。

我曾认认真真地琢磨过星君问我的那句“纵然那‘爱’让你遍体鳞伤，让你再也回不到此时此刻的快活，你也愿意？”我不是没有害怕过，也不是没有想过退缩，但或许是冥冥中自有注定，我的好奇或是其他的什么最终胜过了畏惧，我选择了来到人间。也许，这个“爱”字寓有魔力，能够吸引我穷尽一切的魔力。

星君见我执意下界，神情里有挣扎也有叹惋，但出乎我意料的是，他竟然答应了我。但从那以后，他以下界用得上为由，让我学许多东西，包括认字读书和武艺。我欲以身有仙术为由拒绝学那些人打架看起来又累又笨的招数，但星君却正色告知我，在人间用仙术会大伤元气，我闹了半日最终作罢。但我实在不愿学刀枪一类兵器，最后只学了防身和暗器。星君不厌其烦地把人间许多经典名著都拿给我看，对于识字读文我倒是很有天赋，每每灯下捧卷，都自得其乐。

过了好几个月，我的“学业成果”才得到了星君的微微颔首。他道：“那里的生活只会比这还累，你还是要去？”那语气中分明有着落寞，有着无奈。我的心蓦然酸了一下，扭过头去不敢看他，沉默了一会儿还是小声道：“要去，不过去了一定会回来。”我竭力忍着，但声音里还是听出了哽咽。他柔声道：“你愿意如何就如何，不要哭了。”我却控制不住，嘤嘤哭出声来。他无声地站在我旁边，轻轻拍着我的背。我好好地哭了一场，哭了很久。星君塞给了我一条绢帕和一个面纱：“最好不要让陌生人见到你的容貌。”我诧异地抬起泪眼看他：“为什么？”他微笑着柔声道：“因为璃儿的容貌会吓到别人。”我带着鼻音嗔道：“哪里会！”他笑着抹掉我眼角溢出的泪，缓缓道：“是因为璃儿太美了，会吓到别人。”我脸上一红，垂眼嘟囔：“夸人也没有这样夸的……”彻夜未眠的我第二日便从星君打开的结界一角飞了出来，落在了这座小镇。

我整日无所事事，只是愈发怀念过往无忧无虑安心修仙的日子，恨不得马上回去。我甚至觉得当初下山来的动机很是可笑：爱是什么？就算知道了又于我何用呢？我的心绪百转千回，最终暗暗打定主意，如果三日内我的生活仍然毫无头绪，我就打道回山。

我觉得如果一直躲在客栈里定然是不成的了，于是再次踏出了房门。天高云淡，天空是纯纯的蓝，云朵是干干净净的白。只是天气很冷，许是前两日下过雨罢。再看到宽阔的街道、淙淙的流水的那一刻，我的心情莫名地好了起来。我缓步而行，慢慢走到了初次碰到御彻的地方。那是一条毫不起眼的小巷，两旁的房屋甚至有些破烂。我回想着御彻，衣饰虽不华贵却从细微处透着考究，身上拥有的也绝不是寻常人所有的气势，那他会在这样的烂房子中做什么呢？

我正胡思乱想，上次御彻出来的那间房中忽然走出一个女子。她见我站在院前不动，便问了一句：“敢问姑娘来此有何贵干？”听到她优雅的声音，我才突然反应过来，忙道：“没事。不过是随便走走，别无他意。”我细细看向那女子。她姿容秀丽，俨然大家闺秀，眉眼间毫无忸怩之态，端庄淑雅，竟也是有种俯瞰一切的感觉。她见我仍无移步之意，又道：“姑娘是外地人？”我道：“是。我路过此地，正愁无事可做。”不知为何，我竟把自己的窘迫境遇一并告诉了这个初次谋面的女子。她浅浅一笑道：“眼下无事，不如请姑娘和我一起小酌一杯。”我想了想，应了下来。

她优雅地拿起茶杯轻抿，我也学着她的样子抿了一口，淡淡甘甜、淡淡苦涩，同时溢满了口，渗入心房。她放下茶杯，状似无意地道："姑娘可听说过前日海府被抄之事？"我立即想起那华美的宅子和那日宅中尖利的惨叫，神色不禁黯然。我缓缓点了点头。她眼中掠过一丝满意的神情，随即续道："如今朝廷苛政，几乎处处都有这样的人间惨案，当真令人叹惋同情。"我并不全懂，只静静听着。她顿了顿又道："若天下再这样下去，百姓该有多痛苦，江山该多不安宁。"我也曾游荡人间数年，此刻已经听出她话中不妥之音：哪里有寻常人家的姑娘会说这许多贬低当今执政者的话？但我并不害怕，也不觉得她说得不对，当日之事于我也是震动不小。我颔首道："小姐所言甚是。长此以往，只令人心痛叹息。"她点点头，继而绽开个柔和的笑："不说这些了。瞧我都忘了，请姑娘来此却是有一事想告知姑娘，不知可否帮到姑娘。"听到此言，我不禁眼前一亮，道："请讲。"她微笑道："我的朋友在这小镇不远处有一庄园，或许可为姑娘谋个事做。"我心里一震，五味杂陈。看来这三日之内，还真是有了转机。我无意识地转着茶杯，心念转了又转。她见我半晌不语，又道："姑娘尽可考虑周全。如若愿意随我前往一看，便请两日后辰时在此茶楼门口相见。"我浅笑着应了，问道："请问小姐贵姓？"她笑道："我叫曲兰嫣。"我道："我叫寒璃潇。"她点点头道："既如此，那我便先行一步了。"说罢自慢行而去。我望着她优雅的背影，只觉得心中谜团越来越多。

我仔细想了想，最终觉得百转千回都是毫无意义。我本无亲无故，初来乍到，何需考虑甚多？既然来到人间，就要学会他们说的"人生苦短，重要的只在一个舒心"。怎么开心就怎么活！我打定了主意，如约寻到了那茶楼门口。

不出所料，曲兰嫣已经等在那里。她一副恬恬淡淡的样子，也不知道已在这里站了多久。我略含歉意地走过去，欠身道：“让曲小姐久等了，璃潇真是不好意思。”她见到我后浅浅一笑，做了一个“请”的手势：“无妨，我也刚到不久。既然姑娘来了，便请上车吧。”顺着她所指方向看去，我这才发现旁边停着一辆马车。马车的布置风格也很像这位曲兰嫣小姐，虽不绝美但却优雅，虽不华贵但却考究。我请她先上了车，继而跟在她身后登上了这辆马车。

轮子一直不停地发出脆脆的声响，车却走得甚是平稳。第一次坐马车的我不禁感到新奇，甚至有些许兴奋，不时掀开帘子看看外面不断后退的树木房子，或是低头看着车轮一圈一圈地转动，以至于曲兰嫣的话声都没有听到：“啊？”我猛然回头，朝她歉意地笑笑。她似乎丝毫不以为意：“我是想问姑娘，来这里多久了？可有亲人？”我道：“初到此地，不过十日而已。我无亲无故，只是游荡的孤儿。”我很清楚自己并无复杂的身世，所以从不费心向人隐瞒这方面的事情。她看起来并没有全信，只是轻轻点点头。

走了许久，我只觉得巳时都要过了，马车才堪堪停下。我坐了许久，觉得有些闷，一看到车帘被掀开就立即跳了下去。我深深吸了一口郊外带着芳草清香的空气，带了笑意回头看向曲兰嫣。她微笑道：“这里就是我说的庄园了，姑娘可以看看，喜不喜欢这里。”我笑着回头，却霎时沉醉。依旧是同一种感觉，干净、讲究、优雅。但不同的是，这座庄园呈现在我眼前的是一派开阔气象。它毫不掩饰它的广阔大气，良田广袤，房舍俨然，向南望去是黄黄绿绿生机盎然的片片庄稼；向北望去是鳞次栉比、造型考究、搭配和谐，房檐暗红，墙瓦青白的排排房舍。我极目远望，似乎只有最远端的那座高一些的房子有着金黄的房顶，高贵气象蓦然尽显。这显然是座不小的庄园，其主人也必然家财万贯。那小镇中的华美宅邸和这里一比，也似乎完全被比了下去。比身后一身浅色衣衫的曲兰嫣多了些慑人气势，比沉郁内敛的御彻多了些贵气。它蕴含着一种不易察觉的雄厚力量，竟令我不想离去。我道："这庄园是大手笔，曲小姐的朋友想来不简单。"曲兰嫣脸上一直挂着淡淡的笑容，此刻笑意更浓了些："姑娘跟我来吧。"

我跟着她走进那一片房屋之中，随她左弯右转。庄园里小道旁的小草小树显然也是花了心思，好看而不繁杂。我回想着这些天发生的一切，心里隐隐有了答案。

曲兰嫣带我穿过了那片房屋，我眼前一亮，没想到房屋后面竟还有树林小溪。我暗叹这主人是真有钱，要攒多少年钱才可置办如此大的庄园……小溪的岸边有两个人影晃动，仿佛正在讨论什么。曲兰嫣有些迟疑地停了下来，我也跟着站定，瞧向那两个人影。

静静站了一会儿，才看到那两人转过身，朝这边走过来。人影越来越近，我的心莫名地提了起来，看清的一刹那，仿佛是更加紧张，又仿佛立刻落下一块大石。曲兰嫣微笑着，语气里含着一点点甜，还有一些恭敬："这便是我前日提到的那位姑娘了。"两人一齐看向我。我见到御彻并无多少意外，但他看向我的眼神里多多少少带了一丝诧异，而他身边那个中年男人目光沉静，几乎看不出一丝一毫的情绪。他模样与御彻大概五六分像，却比后者更多了些令人喘不上气的压迫感。我不适应地转开视线，朝御彻微微一笑，避开了那中年人似乎带着探究的目光，缓缓行下一礼道：“我叫寒璃潇，蒙曲小姐厚爱来此，见过二位先生。”中年人的眼里闪烁着不明的情绪，却仍然一言不发。御彻道：“小嫣，你先带她去东边房休息吧。”曲兰嫣脸上仍带着淡淡笑意，轻轻应了一声，又对我道：“寒姑娘请。”

这屋子里面真是比我想象的还要漂亮，比我在山上住的屋子还要舒服。我很喜欢他们和他们的庄园处处透出的这种淡雅端庄，虽有气势却不铺张的气质。我含笑瞧着满屋的浅浅木色，好好伸了个懒腰。站在刚才那中年人身边真是一种折磨，太压抑了。他们看起来个个都不像平常百姓，他们把我带到这里，想让我做什么呢？我几乎想用刚学会不久的预知未来的法术，但一想到元气大伤时的惨状，终究还是打消了念头，强行把这个毫无头绪的问题驱出脑海。此刻虽还未到傍晚，但颠簸半日的我早已有些疲累，既然曲兰嫣说这两日尽可好好休息，而我也没有任何乱闯别人庄园的兴趣，于是毫不犹豫地倒在了榻上，惬意地闭上了眼。

三、蝶影落檐心涟荡

我从不会睡得很沉。暮色降临时，一阵轻轻的敲门声将我从梦里唤醒。我随口问道：“谁？”门外甜甜细细的女声：“巧儿给姑娘送饭。”我顺手拿过面纱戴上，起身下榻，拉开门。门外确实有一个十四五岁的少女拎着食盒，我接过食盒，看向那少女巧儿身后面色淡淡的御彻。他示意巧儿离开，然后从我身边进了屋子。我在他身后也进了屋子，虚掩了门。

我把食盒轻放在桌上，而后静静地等着站在对面那人的下文。他面无表情地道:“这个庄园是在下家业。”果然不出我所料，可他把我弄到这里的目的到底是什么？许是看到了我带着询问的眼神，他仍是淡淡地：“小嫣也是偶然遇到姑娘。寒姑娘自称孤儿，无家可归，总是一个人下去自然不是办法。小嫣见姑娘孤苦无依，便来问我和爹是否可以收留姑娘。”我点点头，想着适才所见的中年人大概就是他父亲了。心里掠过一丝不快，毕竟要人接济的感觉绝对称不上舒服。“恐怕还不止这样吧。”我迎上了他的目光，清楚地看到那深不见底的眼眸中有了些许波澜。“姑娘果然冰雪聪明。不过我要先问姑娘一句，你可与我们站在一边？”我几乎有些讶异：“你何必如此信我？”他眼中渐渐晕出几分笑意，却不回答我的话。我的心忽然乱如藤蔓。虽说我在这里无牵无挂，但他们所谋竟是比这庄园大了何止千倍万倍的如画江山！我犹豫不决，有些僵硬地站在原地。他等了我半晌，见我不语，他也不急不恼，仍然淡淡地：“姑娘想必也知道一些，如那日官兵抄家一样，千千万万的普通百姓根本没有什么错，却被冠以各种罪名惨遭迫害。纵使有幸逃过这样的劫难，沉重的赋税和欺压百姓的官吏也自然不会让他们好过。这小镇已是当今昱穹王朝最安宁的地方了。”他没有说下去，眼里的笑意已然全部敛去，只留下深深的忧色、些许怒怨，还有慑人的气魄。我心里一震，终于还是看向一旁，歉然道：“我不懂这些。”他凝望了我一瞬，随即移开目光道：“姑娘尽可慢慢考虑。无论如何，我这庄园都会欢迎你。”言毕自缓步离去。

我在桌边坐下，打开食盒，无意识地拨弄着碗里的饭菜，却毫无食欲。为什么我一来到这里就要被卷进这最危险复杂的江山之变里？我本不是爱冒险之人，但不知为何，对这人间最大的一件事情终究还是动了心，想起远远的青山间还有一份永远不用怀疑的守护，我嘴边漾起一丝笑容。既然来了，索性一场荡气回肠，也好。

当我云淡风轻，甚至是带着笑意对御彻说出一个“好”字的时候，他脸上露出了少见的意外神情。我笑得越发开心，只是看着他。他看了我一会儿，也是浅浅一笑：“多谢。”

自那日后，整个庄园里的人都对我好了许多，似乎把我当成了他们的另一个主子一般，巧儿也成了我的贴身丫鬟。御彻并未进一步让我做什么，我也乐得舒舒服服地在这大庄园里悠闲生活。

一日清晨，我早早醒来，绕到房后的小树林间散步。我很喜欢这小树小溪，因为它能带给我几分家乡的感觉。其实我也不该说我有什么家乡，但既然在那山上生活了百年之久，说是家乡也不为过吧。春夏交界时节，树叶绿意盎然，嫩得似乎能揉出汁来，遮住了初升的太阳散出的金光，一个个小巧可爱的光斑映在地面上，照在水面上。我蹲下身撩着水花，连日来淡淡的寂寞被欢悦驱走。我静静坐在石上，看着清澈的溪水缓缓流淌，或是撞在石上溅起动人的小浪花，或是被风拂过荡起层层波纹，带着似乎永远不会停息的活力，我觉得自己的心也被这一滴滴水激得活跃起来。

不远处脚步声渐起，我抬头一看，似乎是御彻父亲御罄的身影。我起身刚欲避开,对方却已开口:“是寒姑娘么?”我无奈,上前道:“是,有劳庄主挂怀。”御罄打量我两眼,淡淡道:“怎么起这么早?是不是住得不习惯?”我道:“不是,贵庄园条件很好,璃潇住得很舒服,早起不过是多年习惯而已。”御罄点点头,眼中有了几丝慈爱。我几乎不敢置信,他会对我表示慈爱?他又絮絮问了许多,竟是事无巨细。我虽莫名其妙,但也下意识地与他亲近了许多,如同普通人家的长辈与晚辈,恭敬的回答中少了些疏远。

虚掩的房门被轻轻推开,一个女子款款而入。我笑道:“嫣姐姐,今天有空来看我了?”曲兰嫣也盈盈一笑:“今日恰巧无事,特意来看你,你却好像我欠你钱了一般。”我忙笑说:“姐姐说的哪里话,我欢迎你还来不及呢。”曲兰嫣嗔我一眼,复而笑道:“今天阳光明媚,不如一起出去走走吧。”我欣然起身,与她并肩而出。

绿油油的田边,我和她缓步而行。天高云淡,阳光并不火热,只是暖暖的,令人舒心。我侧头看向曲兰嫣,浅笑着问道:“我看姐姐行止优雅,像足不出户的大小姐一样。姐姐却缘何会想到做这些事呢?”曲兰嫣脸上的淡淡笑容丝毫未改,语气也没有一丝波澜:“我虽也怜悯受苦百姓,却从无心做这番事业。可谁让我遇到了他呢?”我心下一动,心绪突然激荡起来,若非面纱掩住了神情,只怕我的神情该是会让她觉得奇怪了。我的心念转了几转,终于还是不好意思多问,于是转开了话题:“那……既然做的事还不可示人,又为何要置办如此张扬大气的一座庄园呢?”曲兰嫣仿若漫不经心地答:“表面上只装作是富家地主,奢侈些也并不惹官府怀疑。加之我们经常也给这地方衙门送些好处，他们也乐得不干涉我们。庄园大，聚人方便，毕竟没个地界也不好成事。”我附和着点头，她却笑着摇摇头道：“不谈这些了，倒是说说妹妹你吧。我看伯父蛮喜欢你的，好像还有意认你做义女呢。”义女？我十分诧异，却不好表露出来，只好讪讪笑道：“承蒙御伯父厚爱，璃潇却不敢受。”曲兰嫣笑道：“何必这样生分呢？你既已入住庄园，索性与我们成了一家人岂不是美事一桩？”大概这也真的是御罄挑明了的意思，我有必要拒绝么？我思虑良久，含笑道：“既如此，美意却之不恭。”

我跪着磕下头去，心绪复杂之极。御罄，不，现在已经是义父了，他笑着扶起我道：“好闺女，快起来，从此都是一家人了，不必再客气。”我看到他如同所有父亲一样几乎不含杂质的温暖笑容，终于也还是跟着笑了起来。我向周围看去，巧儿的脸上满是欣悦；曲兰嫣也笑着，眼里的欢喜真实可见，淡雅的面容此刻更是柔和了许多；只有站在一旁的御彻，面色仍旧淡淡，嘴边挂着一丝笑容却未进眼底，深邃的眼眸里一些不明的情绪忽然让我很不安，我忙避开他的视线，垂下眼帘望着地面。曲兰嫣微笑道：“既然现在是一家人了，妹妹也该让我们瞧瞧真容了？”虽然明知会有这样一天，我却还是紧张起来，自己都能感觉到心跳加快的声音。算了，豁出去了，反正没有照过镜子，也不知道星君说的话是不是在骗我。我强迫自己这样想着，伸左手到耳旁缓缓摘下面纱。我只瞟了众人一眼，所有人眼睛都是一亮，义父的眼眸里逐渐竟水雾氤氲，不知我的容貌触碰了他的哪一段过往旖旎；曲兰嫣先是激赏，随即眼中快速掠过一抹我看不懂的神色，最后归于平静；御彻仍然淡淡看着我，表面波澜不惊的眼眸里却似乎暗流涌动。我朝他们浅浅一笑，终究没好意思问出那句“有没有被我吓到”。

晚间，我第一次照了镜子。我也几乎被自己的容颜吓了一跳。从不知道，我竟也是美丽的。原本隐隐的一些自卑仿佛尽数散去，我对镜中的自己微笑，告诉自己：从今日起，好好过每一天，好好享受身边的美好。

四、初见闹市初见君

面前的铜镜里映出我朦胧的容颜，手里精致的木梳上下移动，一头青丝顺从地任它滑下。门被轻轻推开，我放下木梳回头：“嫣姐姐。”曲兰嫣款款走进，笑道：“妹妹真是爱美。”我微微侧头回了她一笑。她见我不语，开口道：“御伯父修了一封书信给一个盟友。他说那信很是重要，要我亲自送到华州去。我想，我不曾学过武功，难免不太安心，总怕有所闪失，所以，想请我神通广大的妹妹陪我同去，怎么样？”和曲兰嫣相处久了，我才发现，她并非一成不变的庄重、不苟言笑，相反地，她经常像这样带着戏谑的笑和我说话。我对来到这里相交的为数不多的人总怀着信任，是以也未隐瞒我练过武功这样的事实。我站起来伸个懒腰，笑道：“好啊，能被嫣姐姐看上眼倒真是我的福气呢！每天窝在这里也挺闷的，正好和姐姐出去见见世面。”曲兰嫣眼中闪着真诚的喜悦的光：“那一言为定，明天就去。”

华州离这个我还不知道名字的小镇并不远，马车不紧不慢地走不过是一天的路程。临近傍晚，一阵颠簸过后，车轮下的路忽然平坦起来，我略带诧异地掀开车帘望向窗外。房屋的风格仍然是淡雅的，但人来人往的街道便没有了小镇的那份恬静。许多人匆匆地正往家走，想来家中正有桌桌可口的饭菜在等着忙碌一天的他们，妻儿的笑脸会解去他们一天的疲惫。这座小城看上去是这样令人陶醉。我心里升上丝丝暖意，随即变为丝丝落寞。曲兰嫣毫无语气的声音在我身后响起："去来福客栈。"车夫应了一声，马车随即转了个弯。

我和曲兰嫣在来福客栈门口下了车。我刚要举步进院，却被她拉住："我们不住这里。"我奇怪回头，用询问的眼神看着她。她微微一笑，拉着我顺着街道缓步而行。我不明就里地跟着她走着，看到她走到墙角时状似漫不经心地随手往地上抛了一个东西。我轻拽她衣袖，奇道："那是什么？"她随口答道："告诉他我们来了。"我回头看向她扔东西的位置，却见那东西消失不见，墙角处却多了一个暗黄色的小小的图案，画的似乎是一个三足鼎。曲兰嫣轻轻拉了我一下，我方回过神来，听着她说道："别看了，我们先在此住一晚吧。"

第二日清晨，我和曲兰嫣携手出了客栈。曲兰嫣的笑容甚是明丽："今日天好，我们去买一些布料吧。"我知她是随意说来做戏的，也不以为意，笑着应了。刚走几步，就有个富贵人家的家仆模样的人小跑到曲兰嫣身边搭讪道："姑娘，请问渃水桥怎么走？"曲兰嫣细看了眼来人，轻声答道："真水空明若曾香，白石轻抹拂浅碧。"那人立刻现出惊喜的神色，曲兰嫣笑笑，优雅地从怀中取出一封书信递给他。那人接过书信，道了声谢谢，转身快步而去，刚跑几步，却忽然停下来回头盯了我一眼，紧接着便迅速消失在熙来攘往的人群中。我微笑道："这里人也真是多，转眼就不见了。"曲兰嫣侧过头来看着我答道："华州是附近的重要港口，是通往京城运河的起点，因此有许多商人来往，也比较繁华。"我道："既如此，我们多逛逛再走吧。"

我走在华州平整宽阔的街道上，心神混乱。我存在这世上也有几百年了，初成仙时寻觅修行良地的时候曾遍游人间，多少见过一些人情世故。但当时昱穹初立，正是开疆拓土，蓬勃发展之际，城市里人人都带着傲然的神气，歌舞坊中曼妙的歌舞声色令人陶醉；乡村里人人勤劳耕作，一天比一天更满足。完全不似如今光景。记忆已经模糊，不知是何年何月的一件事让我第一次听到了那种从人的喉中发出的惨绝人寰的声音，就如同小镇里那座华丽宅邸的覆灭时一般的声音，那一天起我才真正明白了人间不只有美好。许是我始终与人间有缘，对人，我总有一种莫名的亲近感，以至于他们的经历，他们的情感，我都想一一体会。其实我很好奇他们口中的"江山易主"是怎样的一场风浪，但眼前的曲兰嫣，还有庄园里的御彻他们，总是在我面前表现出令我感到异常的一种正常，就像普普通通的富裕人家一般。

回到庄园后，我的生活仍旧如窗外的万顷良田中那些庄稼，带着浓绿的、生长着的朝气，却又从不挪动分毫位置，只随风偶尔晃晃腰肢，活力中带着慵懒，平静下暗藏风声。我猜不透这庄园里他们每个人平和背后的情绪，每天的日子虽然舒坦却又总是带着一点点不安。

清晨起来，我避着刺眼的阳光而行，不知不觉又到了那片小树林中。也许是我在幽静的环境中习惯了吧。在叶片轻微的沙沙伴奏下，我信步走着，春末的阴凉令人感到舒服。我深深呼吸着林中夹杂了芳草绿叶香味的空气。忽然，背后的利剑破空之声让我的心猛然狂跳起来，我下意识地利用轻功猛地向前蹿去，却过于慌张没有看路，脚下溪水边石岸上的一块突起将我绊倒，脚踝处的剧痛令我无神去维持平衡，整个人竟然直直向溪水倒去！我在那一刹那无奈地闭上了眼睛，试图翻转身体让自己落水落得不至于太难受。

想象中的湿透和冰凉没有到来，我的身子反倒似乎倒在了一个人的手臂上。我奇怪地睁开眼睛，看到了面色淡然，眼中却情绪错综复杂的御彻。我急忙站直身体，低下头道："多谢。"他顺势收回手，我低下的眼光看到他另一手提着柄宝剑，想来适才是他早晨来这树林练剑了，我不禁在心里哑然失笑。他上下打量我两眼，语气平平地道："每天起这么早会累的，不如多睡一会儿，也免了被我吓到。"我脸上一热，道："早起是很长时间的习惯了，至于今天的事……想来以后也能习惯。"他的嘴角挑起一丝笑，然后转了话题："有一件事想和你商量一下。"我抬眼，第一次见到他犹疑的目光，我略带好奇地轻声问道："什么事？"他的语气甚至都有些犹疑："过些天，爹还有我和小嫣要去未漪见一位盟友，你……一起去么？"我脱口问道："是有什么危险么？"他道："从我们走上这条路的一开始，就处处都有危险。"他深不见底的眼眸中原本的犹豫几乎转变成了担忧。我心里一暖，微笑道："没关系。既然我选择了你们，也应该承担这一份危险。"他听完这句话，似乎欲言又止，最后仍是没再说什么，只是点头道："自己小心，我也会保护好你的。"言罢径自离去，片刻间树林深处宝剑破空之声又起。我站在原地远远望着，慢慢地忽然扑哧一笑。

我身子坐在船上，头却不安分地探出窗外，左手在平静清澈的水波中放着，水随着船的前行在我手下被划开一条小渠，泛白的浪花分外可爱。江南水之秀美，果然名不虚传。曲兰嫣在我身后打趣道："真是孩子气，水也有好玩的么？"我回过头朝她灿烂地一笑，接着仍然自顾自地用手指在水里画圆圈。御彻微带笑意的声音响起："今天晚上就能到未漪了，见到点水你就如此忘形，到时你大概要上天去了。"我含笑回头道："还有更好玩的？你们也不早带我出来玩玩。"他微笑不语，只是一直看着我。我把视线转回窗外，却无意间瞥见曲兰嫣蓦然一黯的神色。或许，她也不曾见过御彻面色如刚才一样柔和？我感到水有些凉意，缩回了手，远远在水面上寻找着其他的船。

不幸被御彻言中，刚一下船，若有似无的芳香漫入鼻端，我一下子又兴奋起来，笑问："哪里有这么香的花？"曲兰嫣微笑道："这里叫未漪，是远近闻名的赏花圣地。这里的大多数住户都以养花卖花等与花有关的职业为生，奇花异草众多。"我上前挽了她手道："嫣姐姐，你带我去看看他们的花田吧！"曲兰嫣眼底隐含的一丝不悦散去，略带无奈地笑着任我拉着往前走去。只听得御彻在后面道："她们女孩子爱花，由她们先闹。爹，我先和您去做记号吧。"义父笑了起来，带着难得真正的开心。

越往前走，花香越是馥郁，令我的整颗心都沉醉其中，飘飘然难辨方向。我几乎想化了蝶形停在那花上，沾染一身这世所罕有的清丽之香。我努力循着香味而行，很快瞧见了大片大片的淡紫色花田。我的心一下被这种高贵典雅、脱俗柔弱中含着淡淡忧思的颜色折服，几乎无意识地走上前去，蹲下来，轻轻拈着及膝高的纤细花枝，凝视它的模样：每一株花，都有许多朵小紫花，淡淡的，却没来由地让人舒服。花瓣水嫩，让人不舍得触碰，似乎一碰就会掉落，就会沁出汁液。

我不忍离去，久久蹲在原地。曲兰嫣倒也不着急，没见她来叫我。反倒是另一个听起来很和善的女声在我身后响起："姑娘，喜欢这花可以卖你一些。"我回头看去，是位四十岁左右的女人，慈眉善目，想来是这花田的主人了。我笑道："多谢美意，我只要一点点就好。"那女人笑着应了，紧接着进屋拿了个花盆，连花带土挖了一小块出来装进盆里给我，微笑道："这花名叫念君。花朵虽小，但香味浓郁，也好养。只要一小朵，便可染得满屋香。姑娘倒是好眼光，我瞧这花也很配姑娘一身神秘脱俗之美。"我腼腆地笑笑，拿出一小锭银子给她："您的赞词我担不起。这些够了么？"她笑接过道："当然够了。"她欲回屋找钱给我，我摆手道："这花我很喜欢，不用找了。"言毕招呼曲兰嫣快步而去。曲兰嫣侧头看向我手里捧着的花："好香。"我颇为自豪地道："那自然。姐姐若喜欢，可以分你一点点。"曲兰嫣闻言笑出了声："好啦，看你样子就知道你爱这花爱得紧，只是假装大方。自己留着吧！"我被她看穿，却也不羞，只是把花盆抱得更紧了些。

我一直沉浸在得到念君花的喜悦中，走了好远才忽然想起此行的目的，问曲兰嫣道："嫣姐姐，你知道他们在哪里吗？"曲兰嫣瞥了我一眼，笑道："现在才想起来？我当然知道，不然都像你一样，事情还办不办了。"我不好意思地避开她的视线，诺诺应着不言语了。

跟着曲兰嫣一路走到落脚的客栈，御彻只是淡淡地说联络记号都已做好，明日午时一起去个酒楼就能见到人了。我满心醉在念君花香中，不以为意地晃进房间，小心翼翼地把花盆安置在桌上。曲兰嫣撇嘴笑道："瞧你把这花儿宝贝的。"我心情愉悦，但笑不语。

身旁的义父、御彻、曲兰嫣三人神色都有些凝重，只有我似乎心不在焉。的确，我看着来往的商客居民，总是无法将这一片繁荣和民不聊生四个字联系起来。很少有人的脸上会现出沮丧或是愤恨的神情，似乎我所听闻的那些风雨飘摇完全不能影响他们的生活。我很迷茫，心里透出一股凉凉的不安，恍惚间听见御彻的声音："爹，他说的就是前面这家。"我顺势而望，是一家很大的酒楼，看得出生意很好，小二的吆喝声都带着笑意，门口人们进进出出，极是热闹。

义父他们问都不问，径直走上木梯。御彻抬手轻敲了敲一个雅间的门，里面传来一声不太清楚的"请进"，声音柔和中带着几分拒人于千里之外的味道。接着御彻便推开了门，我们四人依次而入。

座位上那人见到义父，轻放下茶杯起身，云淡风轻地作一揖："久闻御先生父子大名，雍容大气，果然不凡。"客套话从眼前这男子口中说出，只令人觉得艳俗之气尽褪，反有如微风拂面之感，只是这风还是带着些许凉意。他看起来比御彻还年轻一些，好像还不到二十岁，相貌看上去很舒服，眉目间虽非英气迫人，却似乎周身散发着微微的冷意，令人难以接近，却又是那样赏心悦目。若要我说便是具有仙缘，山里那些自诩不食人间烟火想要去神界的修仙之人也没有这么好看。似乎有个词用来形容人，叫作"宛如谪仙"，看着他，觉得都不够合适：仙人要是这个样子，怎么会被贬谪嘛。一件雪白的袍衫称极了他的气质，令我挪不开眼。我暗想，这般人物也是上得战场的么？我原以为，所谓盟友，也该是个如义父一般老成笃定的中年人呢。御彻上前回了礼，义父微点点头，道："这位便是楚公子了。老夫是久仰您和关先生啊。"楚姓少年微笑着请我们入座，唤来小二问我们要吃些什么。义父道："先弄些茶水便好，饭菜一会儿再上，放好后就不要来打扰了。"小二连声应着离去。御彻道："这是江寒曲姑娘，另一位是小妹寒氏。"曲兰嫣立即起身见礼，我也依样学样，只是目光下意识地闪躲着那少年清澈的目光。他却认真地看了我两眼，大概是因为我的面纱总能引起人的猜想罢。

义父和御彻满面凝重，讨论着一些我并不十分明白的话题。我并无心细听，只听到大概是关于"京城"和"军队"一类的事情。曲兰嫣看起来倒很专注，时不时她悦耳的声音也会插进一句。那楚姓少年却一直是云淡风轻的模样，他的嘴角甚至仍然含着丝不明意义的笑意，就像他们所商议之事是今日的天气一般。我不太明白为什么他们对我一点避讳也无，但也不以为意，初时还吃点东西，看看窗外，慢慢地困意上涌，顺势趴在桌上小憩，竟然迷迷糊糊睡了过去。也不知道过了多长时间，我感觉到一个人用胳膊碰了碰我，立刻清醒过来，发现义父和御彻还有那姓楚的少年都已站了起来，三人都是含笑看着我，曲兰嫣见我醒来也站了起来，嘴边更是挂着掩不去的浓浓笑意。我大窘，觉得脸都烧了起来，忙也跟着站了起来，用手扯了扯面纱，把它又往上提了些，几乎挡住了整个脸颊。义父微笑道："小女少不更事，还请楚公子见谅。"楚公子轻轻摇头，道："无妨。今日收获颇多，多谢御先生了。此处毕竟人多眼杂，恕不远送。"

说着又是一揖。义父了然点头，转身而出。我讪讪跟在最后面，头低得不能再低，刚要溜出门去，却不想半个身子一下撞在了站在门边的楚公子身上。我羞得不敢抬头，声音闷闷地道："对不起。"他道："无妨。"我偷眼瞧他神色，却见他原本清澈平静的眼里含了笑意，几乎把我的心绪全部溺在里面。我心里一动，轻声问道："可以告诉我你的名字么？"他一笑，道："楚祈君。"一缕甜甜的愉悦从我心底的某一处莫名而来，笑意不可遏制地在脸上显现，幸亏有面纱遮住。我连"谢谢"也忘了说，一路小跑下了木梯。

五、流年珠泪启光华

义父和御彻一路无话，曲兰嫣和我在他们身后。她细细和我讲着华州的风土人情，我一时确是听入迷了。我们住的客栈很小，而且离城郊不远，眼看着快到了，身周有一面已经能望见片片森林。我们正欲踏入客栈时，远方忽然传来一声闷响，随即我便清晰地看到一片飞鸟惊起。义父转过头去，脸色一变，御彻有些奇怪地道："什么事情如此火急，以至于白天也要放这信号？"义父回头看了看客栈，语气有些阴沉地道："我们去看看。"话音一落便快步往那树林走去。我和曲兰嫣对视一眼，看到互相的眼中都是疑惑，随即加快步伐跟了上去。

一进树林，光线即刻幽暗下来。脚下的地带着湿润，没来由地令人不安。不一会儿，树林深处匆匆跑来一人，想来就是刚刚在这里发信号的人了。他向义父行了一礼后道："老爷，庄园出事了！"义父的脸色瞬间又是一沉，御彻的面色也瞬间更冷。义父道："怎么回事，细细道来！"那人忙答道："似乎是……朝廷所为。他们派了一支队伍硬闯进庄园，小的们知道您说过，不能暴露实力和他们硬碰硬，所以他们就……就进去了。他们先是闯进各房搜了一通，所幸没搜出什么东西，只是几柄兵器，然后……然后他们拿着那几柄刀剑便说此间主人图谋不轨，要放火烧了庄园。小的们据理力争，极力阻拦却没有成功……"他没再说下去，我们却都已明白：庄园没了。

我站在义父身后，看不见他的表情，只是看着他呆立良久，最后坚定地道："此地不宜久留，速速潜回庄园附近！"不等我们反应，他便转身往客栈方向回去。我默然跟上，完全不知道心里是种什么感觉。

我们拿上了东西，找了一条小船，给了船夫很多钱，安全地到了来时的码头。我们小跑着离开，却听到身后破空之声，我立即回头，看到船夫直直倒下，喉头插着一枚梭镖。我一惊之下，停下了脚步呆立原地。身旁的曲兰嫣拉了我一下，我转头，看见她摇了摇头，神色平静。我叹口气，也跟着继续前进。御彻跑向那船夫，拔下梭镖后才来追赶我们。我心里隐隐忽然明白了什么，又实在不愿细想。

我们向庄园奔去，远远地就见到了天边泛着妖异的红光，乍一看只觉是条条火红的毒蛇，吞噬人心。热浪扑面，我们不再前行。义父呆望着燃烧的庄园，口中溢出一句："怎会如此！"短短几字，叹惋沉重之情直压人心，本不是那么伤感的我也觉得心蓦然沉了下去。一直默然的御彻突然道："父亲，许是朝廷早已知道我们的存在，只是不知何事令他们忽然出手，实在无甚道理。为今之计，我们只能转往西边那处了。"义父失神地点点头。

此后的日子，我几乎毫无感觉地跟着他们长途跋涉，足足走了五六天才又住进一座宅院里，这宅院却远没有那庄园的大气磅礴了。我有意无意地观察周遭的一切，发现这座小城时常有风沙天气，气氛也比那小镇萧索了不少。

我们刚刚踏进宅院的大门，一个家仆打扮的年轻人便跑过来对义父和御彻行礼道："禀老爷、少爷，小的们刚刚把这里全部打扫完，恭请各位入住。"义父面色毫无舒缓的迹象，只是点点头，御彻却似乎立时松了一口气。曲兰嫣拉着我的手向一侧的两间大厢房走去，让我住在了她房间的旁边。我推开门，看到眼前的一切虽不华丽但干净整洁，心情也立刻好转了一些，我迈步跨入房间，隐隐约约听到身后御彻说了句："父亲，此次朝廷行动颇有诡异之处，许是宫中生变。如此，我们是否需要……"正在我心中生疑之时，庭中忽然刮起一阵风，吹散了他后面的语音。我暗叹口气，转身掩了房门。

晚间，我躺下卧了良久，却始终没有睡意，索性起身披了件衣服，坐在窗边呆呆瞧着月亮。我心里掠过许多，一瞬是那燃烧的庄园，一瞬是小舟上御彻的微笑，一瞬却又回到了昔日在崖顶上眺望连绵群山的时候。想着想着，我的目光低了下来，却瞥见了偏厅的灯光竟还亮着。

直到我最终睡去，那灯光依然亮着。

次日清晨，义父特意叫上了我和曲兰嫣一起用早膳。我照例向他行问安礼，看到他的气色竟是比昨日好了许多。只是目光相对的一刹，我忽然感到一种异样。

安安静静地用完早膳，义父起身道："彻儿、小嫣，你们先去抓紧联系下这周遭的自己人。璃儿，你留下来陪陪义父。"我应道："是。"随即起身扶着义父走进暖阁。

义父坐下来，眼神定定地看着我，目光里含着各种复杂的情绪：一如既往的坚定隐在深处，表露出来的反而是淡淡的惋惜与怜爱，甚至是慨叹，我还捕捉到了几丝微不可见的气息，那似乎是一种野心必将实现的信心。我以为自己看错，不敢直视他的眼睛，一时不知所措。过了一会儿，我才听到义父叹了口气，其中的苍凉绝对真实，令我立刻不安起来。他叹道："璃儿，义父有件事情要和你说，却不知如何开口啊。"我心里不祥的预感愈发浓烈，嘴上却只能道："义父请说，与璃儿万不要客气。"义父沉默良久，才似乎真正下定决心道："想来你也知道我们在谋何事了。我可与你直说。庄园的事情来得突然，我和彻儿昨夜长谈后觉得定是宫廷生变。而我们的人最多只是混迹官场之中，宫里并无我们的细作。"他说到这里还是停了下来，我却已经明白他话中何意。我来之前曾听星君郑重叮嘱："璃儿，你去人界游历一番我已不再反对，只要你能快乐，去哪里都可以。但是，有一个地方我希望你永远不要涉足，它是皇宫。在那里生活太过艰险，需步步小心谨慎，还免不了对别人卑躬屈膝。尤其是你生的这副容貌，还会招来杀身之祸。"我的脸色不由自主地紧张起来。义父不再说下去，只是看着我，眼神里多了些慈爱。我没有忍住，一滴泪顺着脸颊滑了下来，滴在地上，泛起刺眼的银光。这就是人间的一种爱罢。我觉得自己无处遁形，无从拒绝。最后义父问我："你愿意么？"我最终还是点了头，随即转过身去掩面而泣。

星君竟然没有分毫食言，循着眼泪就找到了我。他遣了一个幻影到我房中，倒是吓得我不轻。他似乎是有点生气了，问我："才去人间几日，便不把我当回事了？"我有点委屈："星君，对不起，我不是故意的……我在人间只遇到了这几个人，他们待我很好，这恐怕是我为数不多能帮到他们的机会，所以我想……"在星君的注视下，我也觉得理亏，渐渐就没了声音。星君也没再说话，只是静静看着我。无言良久，他低低叹了一句："看来你是不会改变了。去罢，我尽力护你便是。记着，若我有一日不得不强行带你回山，绝不许你再胡闹。"

我坐在镜前，端详自己的容颜，手里把玩着一个人皮面具。义父那日的话仍回荡在耳旁："璃儿，为父知你定不愿把一辈子都毁在那个皇宫里，我们日后定会让你毫发无损地出来。但是你要听义父的话，戴上它。"我把那面具放在脸上比画了一下，发现它好丑，至少比我难看。我正在皱着眉头把它拿下来的时候，身后忽然传来声音："妹妹，有什么好玩的也给我看看？"是曲兰嫣。我回头静静看着她不语。她搬了个凳子在我身边坐下，敛了笑容道："我都知道了。"我点头，抑制涌上的莫名悲伤，道："没关系，没有什么可伤心的，义父说了我还会回来的。不过嫣姐姐，你能不能告诉我我到底为什么要戴上这个东西？"曲兰嫣拿过人皮面具看了看，对我微笑道："为了不让你嫁给那皇帝，或者别的什么贵族。"见我仍是不解，她笑意更盛，续道，"因为我家妹妹太漂亮了，定会被那些人瞧上强娶，如此怎行？所以只有委屈你把这倾国倾城的容貌用这个东西遮起来才好。"

我恍然大悟，脸红道："姐姐休要如此夸张，你还比我美些呢。"曲兰嫣娇笑几声，又正色道："妹妹，这东西一个月要更换一次，你先带上一年的走，这一年我们会想办法再在宫里安插些人。"说完她把一个盒子放在我桌上："就是这些。"我应着，努力不让她看见我的难过。

我把曲兰嫣留在自己屋里用了午膳。曲兰嫣微笑叫人收走碗碟，又对我道："我带你出屋走走吧。"我也正想排解心绪，欣然应了，两人携手而出。

刚一出屋，我们便看到一个小厮提着食盒在正厅门口焦急地徘徊。我走过去问道："你怎么了？"那小厮回头对我行了个礼后急道："小姐，老爷和少爷似乎在里面吵起来了，直到现在都没用午膳！"我颇为意外，转头看跟过来的曲兰嫣，却见她的脸色瞬间暗了下去。她一言不发，从小厮手里拿过食盒，走到台阶上敲了敲门，接着竟直接推门走了进去。门一开，御彻几乎失态的声音便传了出来："您真的把她当作亲女儿了么！"我瞬间大惊，好在门立即重新关上。那小厮惊讶地看了看我，随即小跑着离去。我立时明白曲兰嫣为何不悦，心里却满是不解：我不过与他们相识几月，以御彻如此成熟沉稳的性子，怎会为我向义父发火？我快步走回自己房间，关紧房门，心里暗叹：只有我的离去，才可平息这一切罢。

夜晚，我实在不能安眠，索性连蜡烛也点了起来，拿了根笔在纸上随意涂写。无意间抬头，却见面前的窗纸上映出了个站立的人影。我吓了一跳，定睛分辨后，立刻明了。我尽量使自己的语气听起来没有什么感情："是我自己愿意的。请放心，我定会平安回来，再见可期。更深露重，切勿在此立中宵。"人影晃了晃，又立了半晌，才离去。我松口气，垂下眼帘，泪模糊了刚刚写下的字迹，银光皎洁如月：

似水流年。

六、回眸见宫府炎凉

又是只剩我一人的静坐。耳畔总响着那些话："今日起，你便是吏部侍郎云嘉的女儿云芷忆。再过一月，宫里会选太子妃，到时你进宫去，要设法被选中。你的任务是接近昱穹皇室，设法弄到他们在全国的布防以及对我方采取的措施。会有一个丫鬟随你进宫，你把得到的信息都交给她，剩下联络的事就由她去做了。"太子妃？我忽然产生了丝丝缕缕的犹豫。这是要我嫁给一个从未谋面的人了，那岂不是……我强迫自己重新静下心来，侧头看向门口那个静立的丫鬟，她叫莲儿，外表看去娇憨可爱的女孩子，也不过十五六岁。我在心里暗叹口气，我是有退路的，而她这样一个花季少女，极有可能会为这样的事情付出一生的代价。

云家人对我很好。我的"爹爹"云嘉云大人平日公务繁忙，时常在外当差，偶尔看到我时，眼神里也尽是波澜不惊的平静。云夫人待人温柔，每天都对我嘘寒问暖，照顾得是无微不至。我时常产生一种错觉，就好像她真的是我的母亲一般。可惜，在她的眼底我还能够不时地看到不同于亲情的怜悯。

在云府的日子里，虽然为了在众秀女中表现出色，我要进一步学习琴棋书画还有舞乐，但有的时候其实非常闲适，或是独坐看闲庭花谢，或是撑把雨伞在夏雨中感受那份清凉。我甚至还试过一次背着人悄悄变回原形，过了一天如往日般追花撩水的生活，终于还是在晚间云夫人满脸惊惶地找我时变了回来。那次是彻底明白了什么是“大伤元气”。变回人形之后的我虚弱得几乎走不动路，在床上躺了三天才恢复正常。云夫人找了郎中来看我，那郎中却只说是他瞧不出的怪病。莲儿要给我喝药被我婉拒，急得眼泪都要掉下来了。

第三天早晨醒来，我觉得元气恢复，便一下从床上坐了起来。感到周身清爽之后，我立刻由衷兴奋起来，高兴地喊莲儿过来。莲儿匆匆端着洗脸水跑进，见到我的样子后大喜道：“小姐，你好啦？”我笑，点点头。她立即手脚麻利地找了件漂亮衣服给我穿上，我站起来在地上转了几个圈，笑道：“我就说没事的！”莲儿频频点头，又立即冲出去喊着：“夫人，夫人！”云夫人闻声也赶了过来，拉着我上下左右打量，最后也是喜笑颜开，连连道：“谢天谢地，谢天谢地！”不知怎的，看着她们两人的笑颜，我心里忽然涌上一股酸意，眼泪几乎要掉下来。我立即忍住，笑着扯开了话题。

听莲儿说，后来有个丫鬟在和她闲聊的时候说：“前几天我看到过一只粉红色的小蝴蝶一直在花园里转悠，我抓了它几次却抓不到，那蝴蝶和别的不太一样，似乎……带点仙气。”莲儿看起来对这事也很感兴趣，缠着我问了半晌。我只推脱不知道、不了解才糊弄过去。

一月的时间在闲适愉快中过得很快，快得我一点都不想接受它已快过完的事实。这一日，云夫人轻轻推开我的房门，拉着我坐在榻上。我自然知道她此来何意，但却也不想开口。她也只是看着我不语，良久竟热泪盈眶。我轻唤道："娘……"她点着头，眼泪滚落下来。她的手抚上我的手，有点哽咽地道："小忆，娘真是舍不得你。"我知道她心里此刻有千言万语，但说得这一句却也足够了。我一时不知所措，只是静静地努力用一种坚定的眼神看着她，想让她放心。她定了定神又道："小忆，我本以为你是他们精心培养的细作，却不想你是个如此可爱的姑娘。娘真是舍不得你去皇宫里做那些事情，他们的事，却要叫你一个年轻姑娘去承担……"她忽然站了起来，"不然，我去找那贵人，叫他们换个人来，就说你没有什么经验，定然成不得事。"我忙起身拉住她，道："娘，万万不可。我来这里也是自愿的，并无任何怨言。您放心，我总会照顾好自己的。"我说着这话，眼里的泪却也忍不住掉了下来。她身形顿住，呆立半晌才慢慢又坐下来，神情已是极度的疲惫和无奈。她道："小忆，既然如此，娘只能和你多啰唆几句了。记住，皇宫里面深似海，千万不要轻易卷入任何斗争中去。无论何时，都要学会自保，切不可多言，也不要多情。"我心里一震，随即点点头道："女儿定当铭记娘的嘱咐。"她缓缓点头，露出个欣慰的笑。

第二日，一辆装饰得十分漂亮的马车停在了云府门口。云嘉大人，云夫人一齐来到府门送我。我庄重地向他们行了大礼，一旁的莲儿已经双眼泛红。云夫人紧走几步过来扶起我，流着泪对我道："好女儿，答应娘要一直好好的，找个真爱的人白头偕老。这样娘才放心啊……"我伸手轻轻抹掉她的眼泪，强忍着自己眼中积满的泪水，不让它们掉落。我道："女儿一定可以做到的，请娘放心，不要总惦记我。”云夫人搂着我不舍得放开，却也没有人阻止。良久，云夫人才慢慢放开我，轻声道：“小忆，上车吧。”我应了一声，目光对上她的，又对上云嘉大人的。他波澜不惊的眼神让我明白，这是个心很大的人，也只有这样的人才能与我义父他们结成同伙。我说不清此刻心里究竟是什么感觉，难过固然是有的，因为我再也不敢看云夫人的模样；但我的内心深处，似乎还有一点激动，难道在我的本性里，也有乱世英雄那般唯恐天下不乱的心思？我转身进了马车，在轻微的颠簸中闭上了眼睛。

初入宫一番折腾，我也不愿赘述，不过是例行公事般地给各位管事贡上些钱财，再不就是众位佳丽互相比拼家世容貌。我觉得极没意思，找了个空子离开了她们，回到自己的房间。还好，昱穹的律法规定秀女可以一人一小间房，还可带一个自家的丫鬟。我在房间里写写字，和莲儿闲聊几句，倒也还过得去。

接下来的一些天，一位姑姑整天为我们教习礼仪，日子过得枯燥而安静。宫里的规矩虽多，但到底也还没让我感觉到血雨腥风的气息。我做事一向安稳低调，姑姑也从未挑出过什么毛病，甚至还有几句赞扬。只是我很不享受那些妖媚如花的女子向我投来的不怀好意甚至是藐视的目光。

一日，姑姑正在教莲儿她们如何梳宫廷发式，秀女们闲来无事也便在一边看着热闹。忽然不知是谁眼尖，喊了一声：“看那边有人过来了！”我刚向她手指的方向看去，远远又传来一声：“太子爷到！”这声通报如同一声惊雷，瞬时炸开在这群秀女中。我想着自己是来选太子妃的，今日好不容易能见到这可能未来是自己夫君的人，不由也把目光投了过去。几个底气足的皇亲国戚立刻扭着腰肢迎了过去，甚至还有个媚态十足的秀女直接靠到太子身边甜腻地叫着：“太子哥哥——”其他几个秀女立刻露出不悦的神情，但也不敢多说什么。姑姑望着她们的方向叹了口气，领着莲儿她们走远了些。我随着众人往前走了几步，渐渐看清楚了太子爷的真面目：颀长的身材，浅色的袍衫，眉眼里并非全无稳重，但绝对能看出浪子的情怀。说他是翩翩佳公子毫不过分，说他风流成性我也相信。因为我看到，他在这群少女的簇拥中笑着，是一种得意的笑。我的心莫名地沉了一下，望向花枝招展的秀女们和那个应对自如的太子殿下，我觉得他们似乎都很享受现在发生的一切，而我却不由自主地皱了皱眉，趁他们不注意悄悄向姑姑离去的方向退去。

“等等！”身后忽然响起一个男声。我丝毫没有意识到这是在叫我，逃离的脚步反而加快了些。身后紧接着传来急促的脚步声，一个人挡在了我面前：“太子爷叫你呢，没听见啊！”看来是太子的贴身太监。我大惊：叫我？只好硬着头皮回头行礼：“奴婢参见太子殿下。”太子道：“你们就先回去吧，改日我再想想，叫谁来做这太子妃。”那些秀女或嘟着小嘴，或垂头沮丧，或仍是心高气傲地往回走，相同的是经过我时都狠狠地瞪了一眼。

待她们走出一段，太子对我道：“你起来吧。”我依言立起，垂头不语。“你叫什么名字。”他这时的语气却不同于适才，变得沉稳许多。我按照姑姑的教导，极尽恭敬地道：“奴婢云芷忆，吏部侍郎云嘉之女。”他沉默一瞬又道：“你刚才看到本太子转身就走，这时候又装什么毕恭毕敬。”语气却又恢复了轻松调侃。我一时语塞，但不敢思虑太久，直接就道：“奴婢自以为比不过各位姐姐，何必凑此热闹。”“呵呵。”他竟笑起来，“好女子，孤芳独立，宛若幽兰啊。你和她们不一样，我倒还真要好好考虑考虑。好了，回去吧。”“是。”我按规矩应着，“恭送太子殿下。”看着他远去的背影，我有点不敢相信：看刚才的情形本以为我定然不可能依计划得到太子的青睐了，却没想到这无心插柳柳成荫，得来全不费工夫。我哑然失笑，缓步回房。

“小姐，今天太子殿下来的时候，我见她们回来的时候念念叨叨，好像是说太子殿下单独召见小姐了？”莲儿结束了她的学习，一进屋就兴奋地冲我叽叽喳喳。我侧头看她，道：“是啊，可莲儿，你真的觉得这是好事？”莲儿靠近我，声音低了下来：“那当然了，小姐若能得到太子妃的位置，不仅贵人的计划好成，至少也是锦衣玉食好一阵子啊。”我不知她是单纯还是本性如此，不知如何接话，便沉默下来，继续勾描纸上海棠。

“小姐，你不高兴？”莲儿察觉了我的异样，小心翼翼地问。我淡淡道：“没有。”我瞥了她一眼，看到她一副欲言又止状，终究还是没有说出来。直到我画完最后一笔，她见我放下笔抬头才道：“小姐，来都已经来了，就别想那么多了，这不也是小姐自己的选择吗？”大概是说完后顿觉不妥，又恭敬道：“奴婢僭越，请小姐恕罪。”我忽然感到一阵疲累，淡淡道：“没事，你说得对。”接着毫不意外地在她眼里看到一丝喜色闪过。

七、险中有遇又相逢

想成为太子妃还要参加由太后、皇后、太子共同举办的测试，内容无非是琴棋书画一类。礼仪学完之后，姑姑便不再多管我们这些秀女，只叮嘱我们好好准备测试。于是宫院里便整天响着些琴曲之声或是吟诗之声，甚至有时有几个飞扬跋扈的秀女会气冲冲出门来指责其他秀女房中的声音太大。

这天下午阳光很是刺眼，慵懒的感觉越发浓烈地涌上心头，我丢下刚画好轮廓的花样，趴在案上小憩。莲儿小心翼翼的声音在身后响起："小姐，你怎么不着急呢？别的秀女都看起来很努力的样子……""而我天天无所事事，是么？"我截住了她的话头。莲儿道："是啊是啊，你这样怎么能选得上太子妃呢？"我听了这话愈发觉得疲惫，闭上眼睛仔细过了一遍学过的琴棋书画，复又睁开眼回答："急在这几天未见得便有大用……我看这测试比的是灵性，还有太后娘娘和皇后娘娘的喜好。再说……我并不想做这太子妃。"我说到这里，回头认真地对上莲儿的视线。莲儿下一秒的表情便夸张起来："真的？小姐你别吓我，上次你说不想当我还不太当回事，你怎么能真这么想呢！"我懒懒回道："怎就不可？成事不一定只此一条不好走的路，我也的确不愿为了旁的事情便把自己许给了毫不熟悉的人做妻子。"莲儿听我说得认真，表情也凝重起来，想了许久才道："小姐说的也有道理……算了算了不管了，只要我能开开心心陪着小姐就好。”我暖暖地冲她笑了笑，又闭上了眼睛。

第二日，莲儿和其他丫鬟一起随姑姑出宫置办物件，回来的时候神色鬼鬼祟祟，我刚把门拉开一条缝她便闪身窜了进来。我嗔道：“这么着急作甚？差点撞到我。”莲儿背靠着门，仿佛生怕有人闯入一般：“小姐，今天我在宫外的时候，有一个人从我身边走过，飞快地塞给了我一张纸条，我一想便是贵人派来的人，纸条一定是给小姐你的。”说着她便从袖子里掏了半天，掏出一张纸条来递给我。我接过来，缓缓展开：需皇宫门钥匙。我皱了皱眉，把纸条凑近烛火烧了。我走到床边坐下，低头暗叹：这事情在戒备森严的皇宫里谈何容易？若是能随便变回原形倒还好说一点，可是如今……莲儿凑过来，半蹲着把脸凑到我的脸面前道：“小姐你怎么了？这纸条上写什么了？”我不欲瞒她，随口答道：“他们要我去弄到皇宫门的钥匙。”“啊？这么难办的事情……”莲儿又开始一惊一乍。我道：“没办法，今天晚上过去碰碰运气吧。之前嫣姐姐他们调查过皇宫的形势，说是夜间侍卫换班时有一盏茶时间门口只有一个人把守。换班时间有两次：一是子时与丑时交替之时；二是寅时二刻。”莲儿歪头想了一下，然后微笑道：“小姐你真厉害，什么事情都过目不忘，过耳不忘。”

晚上我也同众人一样，戌时便灭了灯火，着了夜行衣躺在床上佯睡。夜间子时二刻，我反复确定院子里所有秀女一定都睡着了之后，才从床上起身。莲儿也跟着我站起来。我按了按她肩膀，道：“你就别跟我去了，你又不会武功，屋里留个人也好假装假装。”莲儿信服地点点头，一脸紧张地说了句“小姐千万小心”，然后就倒回床上。我拿起桌上准备好的胶泥，轻手轻脚地从未关的窗子中跳出。

我凭着记忆在黑夜里向宫门口行去。远远地看见了宫门守着八个侍卫，我忙借一堵高墙隐了身形，静静等待他们交接班。果不其然，我还没等多久，其中七个侍卫便列队开始离开。我耐心地目送他们走远。时间紧迫，机不可失，我一确定自己不再会被发现就立刻准备偷偷冲过去迷晕那仅剩的一人。我刚走了一半路程，却见那个人已经身子一软瘫倒在地。我立时警觉起来，手里扣了暗器环顾四周。

一片黑暗中，一个同样身着夜行衣的人走近了倒地的侍卫。看身形是个纤瘦的女子。我愣在原地不知是该与这人斗上一斗还是立刻躲起来。对方显然发现了我，低声对我道：“姑娘也是来取钥匙？”我一横心，索性也闪身到了那人身边。却不想她出手便来取我要害穴道。我大吃一惊，凭直觉飞速闪过，却也被她戳到了腰间。我感到疼痛，不愿恋战，迅速退开一丈远，把手里暗器照着她手腕掷了过去。一击正中她的右手腕，她飞快拔出暗器退了几步。我趁势跳回那倒地的侍卫身边，左手拿着胶泥摸向他腰间钥匙迅速印了下来。我风一般从那女子身边掠过，轻轻对她道：“上面没有喂毒，放心。”

我刚跑到隐蔽地带，略一回头，下一拨接班的侍卫已经远远跑来，那女子也已不见踪影。我心跳加速，匆匆逃回自己的房间。莲儿一听到我进来的响动便“腾”地一下几乎从床上蹦了起来，拉着我小声地问长问短。我低声回道：“没事，一切顺利，钥匙已经取到，你有机会带出宫去。”莲儿喜上眉梢：“小姐你太厉害了！”我忙捂上她嘴：“小声点！”

人们总说时光匆匆，弹指一瞬，只觉一梦未醒间，选太子妃的测试之日便到了。秀女们个个打扮得极尽美丽，珠光宝气，琳琅满目，瞧一眼是胜却人间无数，看得多了却觉金银玉石堆砌在艳丽的妆容之上，掩藏的却是深深的空洞与落寞。我选了一件自己最喜欢的藕荷色宫装，头上插了白玉簪子，戴了一对淡粉色的耳环，在众秀女中算是普普通通，并不引人注意。我满意地对着铜镜笑了笑，接着便走出房间随众人一起去了御花园。

“奴婢们给太后娘娘、皇后娘娘、太子殿下请安。”我们福身行礼，规规矩矩。太后道：“都起来吧。”我缓缓起身抬头，见到了整个王朝地位最高的两位女人的容貌：太后面容慈和中含着一股与生俱来的威严，杏眼柳眉，一身挡不住的雍容之气；皇后却是一副干净利落的样子，面容精致，丝毫看不出年华老去的迹象。而与我第二次见面的太子殿下正在吃着面前桌上的东西，似乎连看都懒得看我们一眼。

太后来回扫视我们几眼，看向皇后道：“这次是你挑儿媳，哀家便不多管了，随你意便好。”皇后礼貌地笑笑：“臣妾遵命，不劳母后费心。”接着她的目光移向我们，温润谦和之色尽去：“今日本宫考验各位姑娘的才华品貌，来看看谁才有资格入主东宫，做我昱穹王朝的太子妃。”

果真便是考些琴棋书画，却从清晨一直考到了未时还远未结束。我虽不愿当那太子妃，却也绝不愿受众人耻笑，弹琴时颇费了些心思，用了我在山上学琴时自己从仙界美景里悟出来的调子。太后听得欣然闭目，皇后也面色缓和、微微点头，一直漠不关心的太子抬头看了看我，面有得色。一曲终了，我站起来行礼致意，选择了无视众秀女满含妒恨的眼神。

我在棋局中赢了一位打扮得浓妆艳抹、那日刻意与太子套近乎的女子之后，皇后深深看了我一眼，又看了看另一张桌子前赢棋的女子："你们两位报上姓名来。"那女子当先道："奴婢郁瑾，礼部侍郎郁远之女。"我道："奴婢云芷忆，吏部侍郎云嘉之女。"皇后微点点头，道："好。那么两位便以风云雨雪为题材作画题诗，一个时辰之后，本宫与太后娘娘一起评定优劣。""是。"皇后再点点头，又转头对太后道："母后先用些膳吧。"

我趁宫女摆放桌椅和文房四宝之际瞧向郁瑾。尖尖的瓜子脸，柳叶眉丹凤眼，五官小巧，皮肤白皙，是个看似娇弱却暗含凌厉之气的女子。我早已打算好故意输给她，所以也不着急，静静瞧着她提笔蘸墨。没看几眼我便惊诧地发现，她的右手似乎有伤，运笔毫无力道，几处险些失误。她只是勉力强撑。我恍然大悟：眼前这郁瑾竟然就是当日着夜行衣偷钥匙的女子！我顿感有趣，几乎笑出声来，忙低头拿笔蘸墨掩饰。

眼看一个时辰就要过去，我装模作样地随便画了画，看那郁瑾最后一笔落下，我用笔故意蘸了很多墨水，做不小心状尽数滴在宣纸上，本不成形的画作顿时面目全非。我夸张地"哎呀"了一声，接着听见皇后的声音："你怎如此不小心？"太后也道："哀家看不用选了，就定下这位郁瑾姑娘吧！"我做出一副惋惜后悔的表情，手忙脚乱地把笔扔回砚台处，瞥见太子正盯着我，嘴角勾起含有邪意的笑。皇后柔声问太子道："漠儿，你看这位郁瑾姑娘如何？"太子懒懒地瞧了一眼郁瑾，似是随口回道："全听母后安排。"皇后也不再问，只道："郁瑾，恭喜你可以成为太子妃。本宫允你回家与家人团聚一段日子，择良辰吉日让你与太子完婚。"郁瑾丹凤眼中闪出喜色，恭恭敬敬行礼道："谢娘娘。”皇后又道：“既然如此，其他姑娘便都可各自回家去了。”我们刚要行礼告退，太子却忽然道：“不要让她出宫。”手指竟是指向我的。众秀女射向我的目光从刚才的鄙夷瞬时又变为了妒恨。皇后也看向我，皱了皱眉：“也罢，叫她到你宫里做宫女吧。”我无奈地行礼：“谢娘娘、太子。”

好容易从秀女们叽叽喳喳的议论中脱开身来，我被安排到了皇宫里新的住处。屋里有两张床，此刻却只有我一个人。我抱着自己的东西坐在床上，呆呆想着未料的前路。莲儿已经没有再留在我身边的理由，带着那钥匙的印模已经回家去了。此后的我，真的只是一个人了。

不知不觉，太阳已经西偏，房门忽然被打开，一个宫女走了进来。“你好，我叫晴落。”她毫无芥蒂地微笑。我也扯出一个笑容回应：“我叫云芷忆，是新来的宫女。”晴落的笑容不同于那些秀女，她的笑是不含心机的，是带有温度的，让我一下午迷惘冰凉的心仿佛立刻有了慰藉。“不用担心，以后我会帮助你适应宫里的生活的。走吧，先跟我一起去领晚上的饭食。”她热情地拿开我手里抱着的东西，拉起我的手。我心里暖暖的舒服，也就任由她拽着，迈着含笑的步子往御膳房的方向去了。

八、夏桃不谢几时熟

我和晴落拎着食盒往回走着。初夏的傍晚天还未黑，西边还余了一抹紫得妖艳的晚霞，东边却是静谧中仿佛藏着暗流涌动的一片深蓝。风不再如白天般带着热气，与耳畔未歇的虫鸣交织。我的步履轻松了许多，嘴角不知不觉就泛了笑意，顺口说了一句："今天天气真好。"晴落却"扑哧"笑了出来："这话不该是一早起床时说么？现在这太阳都落山了。"我微微愣了一下，没再搭腔。

回到房间，我们打开食盒。不得不说，无论皇宫里是什么境况，生活条件毕竟还是不错。不过不知为何，一进屋里，一看到摇曳的灯光，我的心情又莫名地沉重起来。我的使命，终究不是享受生活。看了看埋头吃饭的晴落，我本来毫无芥蒂的心里忽然生出几分猜疑，既希望她是御彻他们派来与我并肩作战的战友、细作，却又不希望她澄澈的笑容背后也潜藏着一颗心狠手辣的细作的心。抑或，她根本就与我敌对？我胃口大减，想了片刻就问她道："你进宫有多长时间了？"晴落抬起头来，她的脸上似乎永远挂着友善的微笑："已经两年了。""那我该叫声姐姐了。晴落姐姐，那你进宫也是因为选秀么？"她似乎听到了什么笑话般，表情颇有些夸张地道："我哪能参加选秀啊？我出身贫寒，是迫不得已进宫的，不像你们这些大家闺秀，进宫后还有人暗中关照。”一口气说完这些，她自觉失言，有点尴尬地补了一句，“那个，云姑娘，我没有别的意思。”我笑笑，轻声道：“没关系，倒是我触到姐姐的伤心事了。”“没事没事，这些本是事实，也没什么好瞒妹妹。”我知道自己不是在闲话家常，虽然我很清楚无论我怎样试探，短短的话语总不可能令我疑虑尽消，但我似乎轻易就看到了她质朴无瑕的心。我有些不忍再问下去，想着总有一天她的身份自然会揭晓，就岔开了话题。

第二天我便到了太子宫里当差。领头女官让晴落带着我多看多学，晴落积极得很，我也正好不愿和陌生人接触，自然也颇乐在其中。到第三天上，晴落沏好一壶茶，动作流畅地把茶倒进茶杯，放下茶壶对我道：“芷忆，今天你自己把它端进去吧。皇上和涟王爷都在里面，注意千万不要搞错茶杯。”我指着茶杯对她道：“这个是皇上的，这个是太子的，这个是王爷的，对吧？”晴落微微笑道：“对。去吧，你一定没问题。”

我端起托盘，按着前些天学的宫廷礼仪的步法走进殿中。我姿态恭敬地靠近，稳稳放下茶杯，按部就班地说了敬语，接着退到一边侍立。将一切做完，我松了一口气。第一步迈出去了，以后也就该渐渐习以为常了。我这才有工夫打量一番四海至尊的皇家天颜。有些出乎我的意料，皇帝的相貌并不超群，相反却是如平常人家四五十岁的父亲一样，不如义父具有十足的威慑力，他看上去虽非善类，但也确实不像治世之才。不过这也只是我的感觉。太子依然是一副玩世不恭的模样，皇帝好像很宠着他，所以他也没有唯唯诺诺的样子。忽然，他的眼神转过来，正好对上我的。那种玩味的神情再次出现在他的眼睛里。我立刻垂下眼帘。太子的身边还坐着一个清秀的少年，就该是涟王爷了。他看去要比太子规矩得多，秀气的面容背后隐隐透出些非凡的气质，让整个人显得沉静从容。我不敢长时间看着他们，很快学着其他宫人的模样，微微低头站着。

也许是因为他们没有避讳我们这些宫人，他们的话题几乎无关军国大事。气氛几乎有些沉闷。于是很快，皇帝就起身离开，涟王爷也跟着出去。太子令屋中的其他宫人去送驾，我走到桌前，把茶杯一一放回托盘。我伸手去太子面前拿他的茶杯，手刚握住茶杯，紧接着却被他握住。我下意识地抽手，却抽不出来，只好抬眼看他。我对他眼里玩味的神情有些反感，一时间却也不知道该开口说些什么。好在他打破了僵持："选太子妃那天，你为什么故意输给郁瑾？"这话在我意料之中，因为我也不认为自己的伪装有多么完美。可是，这要我如何与他解释？搞不好眼前之人可能直接把我扔进天牢。"奴婢怎敢在两位娘娘与殿下面前故弄玄虚，是奴婢做事不小心。"我无奈，保持着弯腰被他握着手的姿势答道。他若有似无地哼了一声，松开了我。我立刻拿起茶杯，转身就走。他在我身后道："总有一天，你会为那日的决定后悔的。"

我低着头走着，直到手中的托盘顶在了一个人的身上。我瞬时回过神来，抬头一看，是晴落。我讪讪一笑，把托盘放在一旁的桌上。晴落看了看我，问道："你怎么了？脸色看起来不大好，不会是刚才出了什么纰漏吧？"我整了整神色，道："没有啊，可能是刚才有点紧张。"晴落"哦"了一声，不再多问。

午后，下一批宫女与我们换了班，我一个人走在甬道上，准备回房间小憩。突然，身后想起了一阵急促的脚步声，我犹豫片刻，想要避让却已不及，被一个人从后面撞上，对方摔在了地上。我回头一看，是个不相识的太监。他倒在地上，手里的东西散落了些许。我蹲下身问道：“你没事吧？”他看了看我，问道：“你是谁？”我有些莫名其妙，但还是很快答道：“我是新来的宫女，云芷忆。”他的表情突然闪过一丝惊喜，随即又变得谄媚。他立刻爬了起来，说道：“原来是云姑娘。”说着便来握我的手。我本想避开，但突然见他似乎是给我使了一个眼色，我的动作就缓了下来，由他握了一下。果然，他的手里有一张小纸条。我会意地轻点点头。他立刻放开我，开始捡拾地上的东西准备离去。我忽然想起什么，不动声色地往前跨了一小步，挡住了地上的一个小盒子。待他捡起东西又往前跑了几步，我捡起地上小盒，提声叫道：“等等！这里还有一个！”他闻言回头，我几步走近他，轻声问道：“与我同屋的晴落，是我们的人么？”“晴落？”他一边接过小盒，一边嘟囔一句，继而皱着眉对我摇了摇头，“我们在宫里的人很少，应该没有这个人。”我点点头，目送他离去，心里几乎像是卸了一块大石。

回到屋中，趁晴落还未归来，我打开纸条：近日昱穹皇帝将携太子微服出游，尽力取得路线图和停留地点。另，太子妃一事无须挂心。阅后即焚。字迹虽小，却不难看出刚劲气概，是御彻的笔迹？我心里蓦然一暖，反复看了几遍，依言烧了纸条。火舌吞吐，纸条被烧得耀眼。温度渐渐漫上来，我松了手，纸条掉落地上。火烧的气味有些呛人，我迅速把所有窗户打开，好让气味快些消散。我微蹙了眉，站在门口东张西望，一直用手试图扇去鼻端的异味。或许，这屋里该养盆有香味的花。

太子许是从未见过我这等对他总是不温不火不咸不淡的女子，又过得几日竟愈发有些锲而不舍的味道。他本就不喜屋中有太多下人，此刻又把门口的两个宫女支出去送东西了。他把玩着手上的扳指，也不看我，只道：“姑娘，你很有意思。你不要以为天天这样敷衍就能等到本太子放弃的那一天，本太子还没有见过收服不了的女人。”我听得头疼，甚至连搭腔的最基本礼节都懒于履行。他慢慢抬头看向我，我脑子一团混乱之际。忽然想起一事，便也抬眼对上他的，甚至笑了笑：“殿下可否答应奴婢一件事情？”他嘴角的笑意更浓：“你说。”我道：“入宫之后几年不能出去，奴婢想回家再看一看父母。”太子听得此言，忽然敛了笑意，坐直了身子，有些愠色道：“你想干什么？逃走的话，是可以杖毙的。”我抿嘴一笑：“殿下息怒，奴婢断无此等勇气。不过是回家而已，不出一天就能回来。”他又倒回柔软的椅背上，从腰间取下块令牌扔给我：“好，你明天就能回去。要是敢跑，本太子定要抓你回来。”我接下令牌，揣入袖中，笑道：“不劳殿下费心。”心里泛起一丝苦涩：便是我真的想跑，不怕你抓，却怕无法面对别人。

第二天正好不是我当差。一早起来，我对晴落道：“姐姐，我今天出去一趟，也许晚些才能回来，中午你自己吃饭吧，不必等我。”晴落问道：“你去做什么？”我微笑道：“出趟宫置办些东西。”晴落就道：“那好，你自己注意安全。”

我出了宫，独自步行往云府的方向去。云府的守门家丁见到我显然有些吃惊：“小姐？”我点点头，迈过了门槛。

我走到正厅前，还未踏上台阶，就已看见御彻坐在侧席上与云嘉大人议事。云大人正说着话，忽然看到了我，站起身来惊奇地问道：“小忆？你怎么回来了？”我几步走上台阶，行了一礼道：“爹，我是特意回来看看您和娘的。”御彻也转过头来，看着我，只是面上表情波澜不惊。云大人回头对御彻道："公子，我所知道的也就是这些，你和小忆说着，我先走了。"说完冲我笑了笑，便向内堂去了。

御彻始终面无表情地看着我，此刻也不言不动。我轻声道："谢谢你。"他依旧无表情地微点点头，道："这次他们微服出巡，我们可能会联合其他人进行弑帝行动，你注意保护自己。"我闻言一惊，随即也点点头："知道了。"他站起来，走到我面前，欲言又止，深邃乌黑的眼眸里有我读不懂的神采。最终他道："去看看云夫人吧，她很想你。"我应了一声，往云夫人的房间走去。

我还未走到，便听见了云夫人急切的声音："小忆，你回来了，娘这些天真是想你……"我鼻头一酸，随即敛了泪意，笑着投入她的怀抱："娘……"她抱着我，抚摸着我的头发："在宫里怎么样？有没有受累？有没有被人刁难？"我轻声道："没有，我都很好，娘不必为我担心。"我慢慢离开了她的怀抱，她凝视着我，一时竟无话可说。我避开她的视线，顿了顿，才道："娘，日后我们可能难以再见，您切勿总记挂小忆了。"她依然看着我，张了张嘴，终究什么也没说出来。

最后，我回到了自己曾居住过的房间，一进门便见到莲儿正在侍弄我带过来的那盆念君花。我轻轻唤道："莲儿。"莲儿转过身来，喜道："小姐！"我走过去，对她说道："我今天回家来看看，以后可能也不会常回来了，这盆花，我想把它带进宫中，可好？"莲儿愣了一下，随即笑道："当然好了。奴婢常常夸这花儿又美又香，放在屋中最令人赏心悦目，若能陪着小姐，当然再好不过。"我闻着念君花独有的幽香，竟然真的就愉悦起来，笑着捧起花盆："好，那我就拿走了！"

晚间我就已经回到宫中自己侍弄这盆念君花了。晴落初见它时讶异地道:“芷忆，这花哪里来的，好香！”我转头笑道:“早上我是胡说的，其实是太子殿下许我回家一趟，从家里带来的。”晴落愣了片刻，道：“芷忆，你真是令宫里多少女孩子嫉妒啊。太子殿下虽说沾染过很多姑娘，但从未对任何女子有过纵容或是执着的行为，你以后要是成为了太子妃，可别忘了我哦。”我在花枝上的手停顿了一下，随即把脸凑近小花：“这可别乱说，太子妃可就要过门了。”

九、山水不解强赋愁

显然，昱穹王朝的皇帝似乎不甚了解朝野之中各种对他不满的声音，这次出巡甚至更多是以游玩享乐为目的。“漠儿，皇后为你定的大婚之日是明天吧。”“回父皇，是的。”皇帝棱角分明的脸上露出了笑容：“好，过些日子你带着太子妃一起随朕出游。”“是。”太子并未表现出高兴或是不高兴的神情。

到了晚间，宫里不当值的宫人都忙起来，把大红绸子挂上门楣，一派张灯结彩的架势。我却恰好是当值的。我站在太子屋门口，与正布置新房的晴落有一搭没一搭地聊着天，消磨时间。“听说这次皇上要带很多人出巡呢，小忆，你说我们有没有机会跟去？”晴落脸色红润，嘴角弯弯，不难看出一丝丝的兴奋。我微笑答道：“姐姐一定能去，你是宫里的老人，做活最为可靠，不带你去带谁去？”晴落的笑容更加灿烂：“那我一定拉着你一起去。”我笑笑：“那是最好。”我回头看了一眼屋内的太子，心里盘算着出巡路线图的事情，毫无头绪。

又过一会儿，我见屋内的蜡烛就要燃尽，便取了一根蜡烛，走进屋去更换。烛光摇曳中，太子抬起头来看了我一眼，继而视线落回桌上的书：“明日，本太子就要迎娶太子妃了。”我不知他用意，只转过身道：“是，奴婢恭贺殿下新喜。”他突然又看向我，勾起一个笑，在烛影晃动中显得有些邪魅。他的眼眸里流转过多种情绪，我下意识地后退了一步。我被看得有些尴尬，涩涩开口道：“夜深了，明日是重要的日子，殿下早些休息吧。”幸而他没有再做什么，也没有再说什么，我匆忙把蜡烛点燃，摆好，接着快步离开。

我和晴落侍立在殿中的角落。这个用于宴请重臣贵族的大殿极为宽敞，此刻更是人声鼎沸，觥筹交错，金碧辉煌。太子妃刚刚蒙着盖头，一身盛装从这里经过，新人拜堂，宾客的祝福声声入耳。周遭过分的喧闹在我脑海里已经不清明，我反而觉得心里安静得很，似乎时间静止在这一刻，静止在最幸福的这一刻。纵然我知道，皇家的婚姻少有幸福，一对成亲的夫妻彼此甚至并不熟识，只有一面之缘。而且，这位太子妃，郁瑾姑娘，似乎还有着不为人知的一面……

很快，太子一袭红衣又出现在视野里。一醉方休的夜晚开始了。一阵倦意袭来，我转过头，想与晴落闲聊一下排遣困倦，却见她非常专注地看着一个方向。我不由得顺着她的目光看去。我看见了人群中的涟王爷。他正在微笑着与周围一群贵族子弟碰杯，交谈。不难看出，他很受欢迎，温润如玉。灯火通明的大殿里，他本就俊秀的容颜显得更加柔和，气质高雅，与众不同。只不过，我虽不知他们在说些什么，但我注意到，涟王爷的眼神，虽然带有柔和的笑意，却也隐隐透着一股清冷。我收回目光看向晴落，不禁莞尔。

夜深了，屋外无比静谧，连虫儿也去睡了。太子喝得有些多了，步履虚浮地回了新房。众宾又闹了一会儿，也渐渐地散了。我们的任务也终于完成，我和晴落挽着手往住处走去。

漆黑的夜路上，我们都很疲乏了，因而没有说话，只是默默地走着。岂料忽然冒出来一个宫女，我一惊之下险些叫出声来，站定了戒备地看着她。晴落显然也吓得不轻，出口问道："你是谁？"那宫女的声音娇嫩得很："两位姐姐，对不起，我吓着你们了。我是来找芷忆姐姐的。"我以为她又是御彻派来的小细作，淡淡对晴落道："姐姐先回房吧。"晴落看了看那个小宫女，又看了看我，答应了一声独自走了。

我走近小宫女，还未开口，她先道："芷忆姐姐，请随我来吧。"说完她便当先走去，我只好莫名其妙地跟上。她走的竟是我来时的原路。可惜我发现得有些晚了，还没来得及问，墙角后就突然闪出了太子的人影。那小宫女几乎立刻就不见了。我没有了退路，只好硬着头皮向他行礼："太子殿下。"黑暗里看不清他的神色，尽管他的语气很平静，但我还是不能认为他已经酒醒："云芷忆，本太子在新婚之夜到这里找你，算不算惊喜？"这真是一桩大麻烦。我有些着急地道："殿下是醉了，奴婢送殿下回新房去吧。"说着我走过去想要引他回新房，他却一下打开我的手："你还想要什么！"这一次的语调染上了怒意。我简直气结，从头到尾，竟然是我想要什么？我顶了回去："奴婢希望殿下与太子妃恩爱白头。殿下，您回去吧。”他显然还醉着，竟冷不防向我扑来。我大惊，情急之下迅速侧身躲开，他几乎摔倒，我只好又扶他站稳。不过我不敢再离他太近，扶了一把之后立刻退开几步。此刻的他似乎清醒了些许，冷冷地道：“很好，云芷忆，你很厉害。”我看不清楚，却能感觉到他凌厉的目光。接着，我站在原地，看着他的身影一点点消失在墙角处。红色的喜服在暗夜里无端变得狰狞。我似乎给自己惹上了很大的麻烦。我拍了拍自己的衣衫，困意全无。我刚想迈步，却听到一个女人的声音在不远处响了起来：“殿下？殿下怎么在这里？”是郁瑾。我忙靠在墙上，隐蔽身形。接下来似乎是郁瑾搀扶着太子渐渐走远，太子的笑声远远传过来，若有似无。

太子南宫漠成功地破坏了我接下来几天的心情。每天极不情愿地去当值，都几乎缩在墙角他视线看不到的地方，只有皇上、涟王爷或者郁瑾在的时候才敢端茶进屋。

一日我正端着茶，在走廊上小心翼翼地走着，眼见已到了太子宫门口，忽然见郁瑾从太子宫出来，迎面而来。“奴婢给太子妃请安。”我语气波澜不惊地道。她挑眉一笑，道：“云小姐，别来无恙啊。听闻太子爷对你不错，定没少收到赏赐吧，也许，比我这太子妃更加富裕呢。”我心里一沉：她只是个细作而已，何必在这里与我争风吃醋？我无法，只得恭敬地回道：“奴婢不敢与太子妃相比。”她轻轻哼了一声，瞟我一眼，又往前走。我刚想侧身避让道路，她却直直撞过来，一下子碰翻了我手中托盘里的茶杯。我急忙护住茶杯，没有让它摔到地上，只是热茶水已经洒在了郁瑾的身上。郁瑾身边的丫鬟见机极快，立刻尖声道：“你怎么如此不小心！烫着了我们太子妃，太子殿下必要好好追究一番的！”郁瑾掏出帕子擦拭衣服，没有搭腔。我当即皱起眉，想想又恢复了谦卑的表情，低声道：“是奴婢不小心，还请太子妃恕罪。”郁瑾看也不看我，那丫鬟又高声道：“一句道歉怎么行？……”她的叫声很快吸引来了我们的领头女官。她赔着笑脸对郁瑾道：“新来的丫头不懂事，冒犯您了。您大人有大量，我回头定然好好教训。”郁瑾眼里闪过一丝狡黠，对她的丫鬟道：“小杏，回去给我换身衣服吧。”“是。”小杏得意地扫了我一眼，护着郁瑾离开了。

她们一走远，领头女官秋水的满脸堆笑就变为了怒火万丈。她也不顾太子宫近在眼前，抬手一下打在我脸上，怒道：“你这死丫头，不知使了什么狐媚手段令太子爷宠着你，今日又来招惹太子妃！我告诉你，别以为你就能攀龙附凤了，信不信我立刻把你贬去浣衣局！”我偏过头去，心里积压的气焰几乎也要爆发出来。突然，一旁的门打开了，南宫漠站在门口。秋水见状，表情又是一变，跪下来道：“殿下，奴婢该死，奴婢这就带她离开。”南宫漠看了看站在原地不为所动的我，秋水又立即斥道：“还不行礼！”我偏着头，不想让他们看到即将滚落的泪水。南宫漠淡淡道：“秋水，怎么回事？”秋水小心地道：“刚才，太子妃从这里经过，她……她不小心把茶水洒在了太子妃身上……”“小事而已，太子妃定然不会计较。”南宫漠加重了后几个字的音量。秋水在宫中多年，自然明白意思，连连称是，匆匆爬起来退下。

我忍回泪水，抬眼看向南宫漠。他的脸上又恢复了平常轻松戏谑的表情：“你其实可以选择不过这种生活的。”我不想理他，连谢谢也没有说，转身就走。

很快就换班了，已近黄昏，我闷闷地回了自己房间。晴落不在屋里，此刻的我也无心追问她去了哪里，只是百无聊赖，在屋里坐也不是，站也不是，躺也不是，怎样都无法舒服。我的脑子很乱，时而想着南宫漠步步紧逼的话语，时而担忧秋水会发现我戴了人皮面具，时而又头疼日后郁瑾的百般刁难……

门被推开了，晴落挽着食盒走进来。她看见我，问道："今天又不开心了？来，坐下吃饭吧。"我不好说什么，接过食盒放在桌上。我们双双落座，我打开食盒，一阵沁人的香味溢了出来。晴落把饭菜端了出来，笑道："特意为你准备的好吃的。"我看着那盘菜，嫩绿的蒿子秆，白净的肉丝和蒜末，赏心悦目，格外鲜香。我忍不住尝了一下，更是一发不可收拾，这一顿少见地吃了许多。晴落笑道："这叫'解忧菜'。我看你最近几天总是愁眉不展，特意去亲自给你做了这道菜，看来效果不错哦。"我吃得心满意足，心情竟然真的好了许多，也笑着道："那姐姐教我做可好？"晴落满口答应。

于是不当值时，我们便跑到御膳房去。御膳房的师傅为人友善，从不阻拦，于是到了第四天时，晴落就吃上了我做的"解忧菜"。"不错啊，小忆果然聪明过人，这么快就做得像模像样了。"我边吃边笑："谢姐姐夸奖，多吃些吧。"

"这个给你，三天后你和晴落随本太子跟皇上出巡。"南宫漠丢给我一张折好的纸。我心里五味杂陈：得来全不费工夫！面上淡淡应了声是，顺势退下。

晴落看到这张出巡路线图的时候很是开心："还真让你说对了，我真的可以去了！"我陪着她笑着，心里盘算着如何传递消息。

飞鸽传书？不行，这还要去偷鸽子。寻找其他细作？不行，宫里人这么多，如何寻找，徒增危险。出宫去传递？不行，太过招摇，令人起疑。夜晚，我在床上辗转反侧，始终想不出一个妥当的方案。罢了，慢慢见机行事吧。我终于放弃了徒劳的思索，慢慢进入梦乡。

三日后的清晨，数辆马车浩浩荡荡排列在皇宫门口。皇帝携太子、涟亲王，大臣贵胄以及个别嫔妃、太子妃，加上少数侍女，一行几十人出巡。

我服侍太子上了前面一辆富丽堂皇的马车，郁瑾随后跟上马车，进入车帘之前意味深长地瞪我一眼。我不可避免地感到心里不舒服，扭头走向自己的马车。

雄壮的号角吹了数声，车轮轧过地面的声音也随之响起。我感受着马车的颠簸，踏上了这前路未卜的出巡之路。

十、不宁波澜还旧颜

听说，昱穹历代君王出巡，最爱去往之处便是云溪。这座城市，名字就有些仙气，行云流水。它地处温润的水乡，人口稠密，有热闹的白昼或节日的夜晚灯火通明，也有平日的清晨与黄昏中从小桥上走过的恬静。尤其是云溪城中那片名为安宁的湖水，清清澈澈，美不胜收。当地的人们也总喜欢用多余的钱做条小船，带着家中的孩子戏水湖上；官吏骚人则更乐意登上花船，对酒当歌，尽情享乐一番。至于此番帝王出巡，自然也少不了排场。

皇帝别出心裁地建了一条几层楼高的大船，带领一行人住了进来，日常公文全部叫人送到船上，有人觐见也是登船。

适才所言的都是些过往光景了。如今还能够在这湖上享乐的，无非就是皇帝或者达官贵人了。为了这些，徭役赋税全部施加在了百姓头上，很少有人还能做船，很少有人还能有空闲的时间享受天伦之乐。这些都是我身边的宫女们说的。她们几乎人人都惦念着贫穷不堪的家人，例钱和偶尔得到的赏赐都是能给家人全给家人。饶是如此，提起家人时她们也仍然没有笑脸。我忽然有些明白御彻他们的心中所想，若是能让这些花样年华的姑娘们绽开笑颜，似乎多做些什么都是值得的。

船固然大，但终归总是在水上有些摇晃颠簸，我起初极不习惯，甚至把吃下的饭食吐出过一次。晴落皱着眉头问："小忆，你是京城人氏吧？看样子是从未出过家门的大家闺秀。"我一阵干呕，终于熬过了天旋地转的感觉，摇摇头答道："是啊，此番出来才知道人们时常谈到的云溪真的这样美丽。坐船确实有点晕，不过没事，一会儿就习惯了。"晴落帮我用手帕擦了擦嘴，她见我似乎是缓了过来，才直起身道："那你先好好习惯习惯吧，今儿奉茶的活我替你做了。"也不等我回答，她就转身离开了。我不欲欠她人情，但一则实在不太舒服，二则觉得与她计较这许多似乎有些见外，于是作罢，心里觉得暖暖的。

第二天，我果真觉得习惯了许多，于是开始当值。我到茶房时，正见到晴落沏好了茶，将茶倒入一个个茶杯中。她身旁一个脸色红润的小宫女道："晴落姐，让我去奉茶吧。"晴落笑着扭头看她："你何时变得如此勤快了？今天不是你当值啊。"小宫女低下头，嗫嚅道："我是想去看看，那个楚大人……"我的心莫名一颤，接着就看见晴落一个没忍住，笑出声来，手一抖，险些把茶倒在地上。那小宫女红着脸“哎呀”一声，接着看见刚刚走进的我，不再作声。晴落脸上笑意未消地看着我道：“小忆，你去吧。”我应了一声，端起托盘，无意间瞥到旁边小宫女艳羡的眼神。晴落在我身后对她笑道：“这里不是胡闹的地方，你要不去找他们门口的姐姐们问问，看能不能替她们站一会儿？”接着两人便笑闹起来。

我半低着头进了屋，按部就班地把茶水一杯一杯放在各人面前。几个月的宫廷生活，已让我学会抑制自己的好奇心。不过事往往不遂人愿，我虽不愿惹任何事，事情却要自己找上门来。皇帝正和一位中年官员议事，旁边一个少年半侧着头，瞧不清样貌。我蹲下身，端起一个茶杯往他面前的小几上放去。岂料他忽然伸手过来，明显有意地碰了一下，还热着的茶水就从杯中晃了出来洒在了我手上。我险些叫出声来，抬眼一看——竟然，真的是他。

楚祈君淡淡地看着我，口中却斥道：“怎如此不小心！”我掏出手帕擦拭桌上的水渍，顺便用手帕包起了他趁乱假装擦衣服时塞过来的纸条。正谈话的两人只是扭头看了我们一眼，丝毫不以为意。我再抬头时，他已又挪开了视线，淡淡地，不知在看何方。

我匆忙端着托盘离开了那个房间，看着自己被烫红的手，我不禁腹诽起那个淡漠如水的人。好在这大庭广众之下的消息传递并未暴露。我轻车熟路地寻了无人处打开纸条，简简单单的几个字：明日夜宴，除南宫漠。我大惊，一时竟忘了马上烧掉纸条。当初怎没想到，这条路必定会让自己手染鲜血呢？我苦笑着摇摇头重看向那纸条，字迹娟秀，不似御彻沉毅刚硬，是他写的？

以我的武功，在近距离内迅速出手杀人应该也不成问题，可是每念及此我自己的心都要颤上几颤。我真的走到这一步了么？把匕首放入袖中的一刻，我轻闭上眼，想象着鲜血喷了我一身的场景，手几乎颤抖到不能自已。怎么办？我的人间之旅注定如此收场？

我真是个不合格的细作。我真的非常努力才控制住端托盘的手不让茶水洒出来。纵然我对南宫漠没有什么好感，可是今日要做的事情却实在令我无法接受。歌姬曼妙的歌声和撩人心弦的唯美音乐我几乎一点都听不到，甚至觉得舞女的舞姿都显得有些狰狞。

但是我竟然真的做了。我放下茶杯，退开半步，犹疑着把手拢入袖中，摸到了匕首的柄。冰凉的刀身贴在我的胳膊上，一阵刺骨的凉意袭来。

大概是我犹豫得太久了。坐在太子身边的涟王爷似乎是喝得有些多了，站起身一下就撞到了我。我的心疯狂地跳起来，拿出一半的匕首竟然随着我的颤抖掉在了地上，发出一声脆响。我完全愣在了原地。另一边的郁瑾眼神凌厉地瞥了我一眼，嘴角挑出丝笑，夸张地喊了一声：“有刺客！”众人立时骚乱起来，侍卫们向我的方向冲了过来，女眷们忘记了矜持尖叫着四散逃窜，不会武功养尊处优的皇亲国戚们也战战兢兢地远离，我不敢捡匕首，矮身瞬间躲避开好几丈远。

变故发生得太快，我几乎还沉浸在纠结的心绪里，对着一片嘈杂甚至还没有意识到自己这宫女的身份已经保不住了。眼看着几个大内侍卫举着兵器向我攻来，我恍惚间未及反应，等回过神来已经觉得自己必死无疑。我正想思考一下我是不是和别人一样会就这样死去，却见到面前这几人手腕忽然被飞来的暗器打伤。我这才身手敏捷起来，迅速避开。

我四下看了一眼，试图搜寻最佳的逃离地点。身后劲风一阵，我的手已经被一人拉住。我回头刚想打开对方，却恰好对上楚祈君看着我有点玩味的眼神。我莫名地脑中一片空白，机械地跟着他轻巧的步子站上船舷，然后一跃而起。

然而脑中一片空白的结果是，我连码头所在之处都没有看清，一个不稳跌入了水中。这个季节的湖水虽不致冰寒刺骨，却也并不温暖，我的衣衫瞬间湿透，不识水性的我还立刻呛了一口水，挣扎着把头露出水面剧烈咳嗽了几声。楚祈君险些被我拽下水，本能地松开了拉着我的手。这时船上的侍卫们已然有几个发现了我，飞奔着也要跃过来。楚祈君见状，对着他们轻描淡写一挥袖，掷去一把暗器，接着弯身拽着我的手把我救了上来。

许是嫌我过于麻烦，他竟然直接横抱着我穿过各种大街小巷。我不敢动，连眼也不敢睁，也不知过了多久，我的脚才重新触到地面。

楚祈君掸了掸衣服，淡淡地道："他们追不上了，我的官也做不成了。"我靠着墙，颇为尴尬地愣了一会儿，才小声道："谢谢。"身边温度骤冷骤热，我实在忍不住，侧过身去连打了几个喷嚏。楚祈君拉起我向不远处巷口刚刚停下的一辆马车小跑过去，似乎像对我说，也似乎是自言自语地道："真不知道他们怎么会让你来当这个细作。不要去找他们了，跟我走吧。"

夜色本已浓了，这辆马车给予了我莫名的安全感，加上身子有些难受，我竟然就此不知不觉地睡去了。半梦半醒间，只觉得似乎车子不再颠簸，自己也由里到外变得温暖起来，时日安稳，岁月静好。

再醒来时，已在房间里了，身上衣衫也已然换了新的。屋里陈设清爽典雅，门口站着的侍女见我醒来，微笑问道："小姐您醒了？奴婢马上伺候您洗漱，想吃点什么吗？"我感到自己颊上飞起一抹红晕："昨晚……我是如何来到此处的？"侍女"扑哧"一笑："楚公子送您来的。您的衣服是奴婢换的。"我轻轻地"哦"了一声，又道："我知道了，你去吧。"她应了一声，转身要走，又忽然转回来，神色认真地道："对了小姐，楚公子叮嘱奴婢说，千万不能让您离开这间房。"我有些惊奇地抬眼，随即明白了什么，淡淡应了句"知道了"。

我回想了一遍，发现此刻的一切似乎与我原先所想不甚相同。楚祈君是以御彻和嫣姐姐的盟友身份第一次出现在我们面前的，可是他昨天似乎是说了一句"不要去找他们了"……我不能离开这间房？一种几乎是不祥的预感浮上我的心头。不过，此刻的我也并没有挑战一下这句话的兴趣。我看见桌上放着一套水蓝裙装，水嫩飘逸，倒正是我喜欢的风格。

我关门换了衣裳，总觉得困倦，竟像还没睡醒，便靠在床上闭了眼睛。忽然听见敲门声和刚才那侍女的声音："小姐？"我连起身也懒得起，随口应道："进来吧。"她端着脸盆进来，身后跟着楚祈君。我霎时有些窘迫，却也不好意思说些什么，只好任由侍女若无其事地帮我浸湿了毛巾。楚祈君忽然道："寒姑娘，面具摘下来会更方便些。"我心里闪过一瞬间的讶异，继而低头，轻轻撕下伴随我许久的这张逼真的人皮面具。我清楚地听到拿着毛巾的侍女倒吸了一口冷气，张了张嘴欲言又止。

我很快收拾停当，侍女端着脸盆离开了房间。我坐在床沿，侧倚着墙，低头不语。楚祈君问:“不舒服么？”我摇头，小声道:“没有。”他又问:“前日可被茶水烫着了么？”我带着丝讶异抬头，看进他清澈的眼眸，随即避开:“没有。”顿了顿，我带着些莫名的期待问他道:“为何想起问这个？”他道:“那时以为姑娘是训练有素，杀人如麻的细作，些微小事无须在意，行事鲁莽了些。昨日方知姑娘虽身手不错，却是纯真善良，所以觉得抱歉。”我心里一酸，眼里泛起泪意，咬紧了牙不让泪水掉出来。也不知他是否看见了我的失态，只听他又道:“寒姑娘，此刻已没有了云芷忆，姑娘以后不必再出入这腥风血雨中了。”我如鲠在喉，不知自己该对他说些什么，能对他说些什么。来日方长，先过几日不须繁重思考的日子吧。

后来想起他当日言语，屡屡觉得，如果那句“不必再出入这腥风血雨”是真的，多好。

十一、清清河畔青青草

又是一日傍晚，我终于在这单调的屋子里感到有些百无聊赖了。门伴着声响推开，我以为是送饭食的侍女，来的却是拎着食盒的楚祈君。我带了两分讶异看他，看到瞬时被敛去的一丝丝疲倦和厌烦。

他在我对面坐着，我垂着眼帘颇为不自在，一会儿想要赶快把饭吃完，一会儿又觉得是不是该看起来文雅一些。他一直不言不语地看着，像是在看，又像是在神游天外。

见我吃得差不多了，他忽然开口道：“姑娘家乡哪里？”我抬眼，见他神色竟不是那样淡淡，而含了几分认真，便道：“我双亲早亡，自己也不知家乡在哪里。”“抱歉。我原想问问姑娘，若是姑娘家乡离京城远些，还好把姑娘送回去过些安稳日子。”他又恢复了疏离的神色。我不知怎的脱口而出：“我不会走的。”停了停又道，“我答应过他们一起做事。”楚祈君看看我，继而拿了食盒站起，忽而叹道：“姑娘，这不该是你做的事。”他白衣的身影从门缝里消失，我只觉得心里黯淡起来，困倦袭上心头。

夏末的小雨淅淅沥沥，在夜晚造访了人间。我闭着眼睛听雨，仿佛听出了许多未了的情思。

雨后初晴的早晨向来是我喜欢的，索性抛却了寻找御彻他们的那些烦心事，我推开房门，一股清清凉凉的空气迎了上来，夏日的炎热被一丝丝抽去，秋天就这样衣带飘舞地悄悄来了。

还未走几步，忽听得一个清脆的女声：“楚祈君！”我隐蔽身形向声音来处看去，一个红衣少女正从院门小跑而入。楚祈君从正厅出来，应了一句：“小玥姑娘。”那姑娘走近了些，我渐渐看清楚，高挑的个子，率真又有些刁蛮的眉眼，白皙的肤色裹在一身红衣里——确实不失为一位佳人。“爹爹要你去一趟他那里。”她从袖筒里拿出一封信笺，在楚祈君眼前晃了晃。我看不清楚祈君的神情，只见那姑娘又脆声笑起来：“你上次一定被爹爹说得很惨。放心，爹爹说那件事情已经算过去了。”两人一起进了正厅，片刻后又一起出来，那姑娘挑眉笑着，满脸明媚：“你答应过要和我去玩的，到底什么时候兑现？”楚祈君轻轻挣开被她抓着摇晃的手，侧头看她一眼道：“等你爹爹不让我做这许多事情的时候。”

我回过身，却见一直陪着我的侍女雨薇悄无声息地站在我背后。我吓了一跳，没来由觉得有些尴尬，她朝我笑笑，道：“小姐，该用早饭了。”我收敛神色，微笑应了一声，随她回屋。

“她是关家小姐，名叫曦玥。她经常来这里找我们公子。”雨薇说着，笑得越发令我心里发毛，“不过我们瞧着公子不是很喜欢她。”我笑问：“你笑什么？”她却不说话了，只是愈发收敛不住笑意。

静谧的草地，静谧的流水。绿绿的草地上显然没有人的脚印，踩上去有些湿意，却清清凉凉很舒服。禁不住靠近小河边，伸手触摸清澈见底的河水。凉意从指尖沁入心底，仅剩的一点点燥热也随之消逝。我坐在一块石头上，随手摘了朵小野花在手里把玩，细细的花茎缠上手指，心情像蓝天舒爽惬意。

“真是个好地方。”我微笑赞道。楚祈君走到我身边，淡淡地道：“心情不好的时候来这里，就不会那么烦躁了。”我点点头，眼睛看着河水里灵动的小鱼。早晨他随关曦玥去了不到一个时辰便回，午后却牵了两匹马带我来了这里。我才想起自己忘记学骑马了，好在一路慢慢而行，也很享受。

楚祈君在不远处也寻了地方坐下，侧面对着我不知低头在摆弄什么。忽然听他问道：“姑娘可曾想过，一生在这样美好的地方静静度过？”我抬头看着他，脑海里浮出了那片绿得浓浓无法化开的青山，那条潺潺流淌沁人心脾的绿水。“我若想的话总是可以，此刻却想过些不一样的日子。”我如是说，心里涌动着自己也说不清楚的情绪。楚祈君忽而也抬眼看向我，深深地看着，带着探究、不解和些许隐蔽晦涩的神色。我破颜而笑，问他：“公子可向往这样静好的生活？”他似乎沉吟了一会儿，继而缓缓道：“几年以前我大概会不屑一顾，可是现在有些变了。”我环顾四周，深深吸进一口新鲜的空气，忽然闪念，他们，或是我们要去做的，就是让天下百姓都过上如此刻般无忧无虑的惬意生活么？

我也不知自己失神了多久，直到忽然觉得身后有些动静。我猛然回头，却看见站在身后的楚祈君唇角未及收起的一抹笑意。“别动。”他轻声道。我已经看见他手上的花环，蓦然脸红起来，乖乖转回头来，笑容却是忍也忍不住了。他轻轻把花环戴在我的发间，我迫不及待站起来凑近河水，以水为镜照着自己的模样。流动的河水泛起微微的波纹，淡雅的花环刚好衬了我一身鹅黄的裙装。我瞧着水中晃动的影子，发觉自己的笑容是那样真实，那样烂漫。夏末的微风吹起了我的发丝，我的头发也在舞动，水中的影子皱起来，也像跳舞。“谢谢，我很喜欢。”我的目光迎上他的，忽然从他眸中读到了丝丝的温柔。“果然很美。”他微微地笑了。

我真的很快乐，很快乐。终于有一瞬间，我想要时光停下来。我未完成的事务，经历过的繁杂，都在这个瞬间彻底无影无踪，只有我快乐地跳上马，甚至忘记了自己不会骑马。我突然很想自由，很想奔跑，于是下意识地催马快跑。许是马儿也很高兴，撒欢地奔跑，它虽无意将我甩下，我却顿时失了平衡，剧烈的颠簸唤起了我心中的恐惧，我很快就晕头转向，只知道紧紧抱着马的脖子，不让自己摔下去。

我已经忘记了如何停下来，也忘记了怎样发出些声音。只是身边忽然刮过一阵劲风，接着有人从我汗湿的手里接过了缰绳，不知所措的我，忽然落入了安全的环抱之中。楚祈君在我身后轻笑道："我以为姑娘会骑马呢。"马儿已经听话地慢了一些，我渐渐缓过来，却颇为窘迫，脸上烧得厉害，抿嘴不语。

大片的草地上空无一人，天地间似乎只剩下了这两匹马、我和身后的他。原本温润如玉的微风此时加速地掠过我的耳畔，我的心也加速地跳，前所未有的刺激的快乐席卷了我。"好玩么？"温热的话语钻进我的耳朵，我笑着应了一声，半靠在他的怀里，忽然随着急促的马蹄声笑出了声……

最后我们慢了下来，像来时一样，不紧不慢地散步般。"总有一些瞬间，我会想永远过这样的日子。"他道，"不过只是一些瞬间。"我觉得心里的一层厚厚的障壁慢慢地垮塌了，脱口而出就道："我以前并不知晓，现在却觉得，这是我最快乐的一天。"说完忽然觉得有些不对，不敢回头，直视着前方。"姑娘，如果你想，你可以永远远离那些纷争，就在这里生活。"我闭上眼，细细地想了许多许多，心底里一个声音阻止着我接受这句话，我却不忍破坏这样难得的一天，终于沉默不答。

楚祈君一直送我到房门口，雨薇迎出来，见状狡黠笑笑，赞了句花环真漂亮，随后进屋。

晚间雨薇陪我吃饭，终于忍不住问道："小姐，你今天做什么去了，这么开心？"我本来一直含笑，此刻听了她问话更加笑得吃不下去："出去逛了逛，这附近的景色很美。"雨薇也笑笑，又道："公子肯定带您去清清河了。"我竭力抑制大概看上去是脸红的神色，奇道："你怎知道？"雨薇歪着头道："公子最喜欢那里了。以前他小的时候，夫人总带他去。那是最好不过的去处了，只不过没几个人知道。静静的，显得更美。"我不知道该说什么，雨薇停了一会儿，忽然又道："夫人走后，公子好像再没带谁去过清清河了，关家小姐缠着公子和她出去玩，也从没提到过那里。"我抬眼，正好对上雨薇认真的眼神。她很认真地道："小姐……你真漂亮，像天上的仙女一样。这世上只有你能配得上公子……"她忽然又眨眨眼，"也只有公子配得上小姐。""不许说了，吃饭！"

雨薇拎着食盒出了房门。我倚在床头，玩着那个花环。上面的小野花粉粉黄黄，可爱得紧。它们互相缠绕在一起，似乎很难理清，也很难分开。

果然很美。

十二、念君花香弦音绕

"小姐！"雨薇蹑手蹑脚地打开房门，压低声音喊我，却是满脸的焦急之色。我道："什么事？怎么慌慌张张的？"雨薇做了个噤声的手势，拽起我就小跑出了房间，一路东张西望，直跑到这宅院的最尽头处才寻了个久无人居的屋子进去，开口道："小姐，刚才我去给你拿东西，遇到伺候公子的雨落，她说让我赶快带小姐找个地方躲起来，还说是公子吩咐的。"我听得一头雾水："为什么？"雨薇蹙眉道："好像是说外面来了一个人要找小姐。"我一听之下立时心中一动，挣开雨薇就跑了出去。雨薇小心翼翼地追出来，却哪里赶得上我练过轻功的步伐。

还好这些天我在宅院中时常转转，还算熟门熟路地一路跑到了当日窥见关曦玥之处。院门和正厅之间的空地上站着两人，背对我的一人自然是楚祈君，来人却果然是御彻。有一瞬间我几乎想光明正大地走出去，却忽然又被另一些不明的情绪阻回了念头。

我隐在拐角处，听他二人话声远远传来。

御彻道："听闻当日小妹行刺失手，是你出手相救。御某在此谢过。却不知小妹是否在这府上？"楚祈君道："抱歉，令妹确曾在我这里，不过两天后她便不告而别。她没有回到阁下那里么？"我想象着他一副云淡风轻的神色，在心里叹道，若是我在御彻面前这般说谎，只怕不出半句就要被拆穿。"打扰了。不过你我既是盟友，烦请帮忙留意着些，家父也很着急。"御彻的声音比适才已是冷了几分。楚祈君却仍是淡淡地："阁下放心，我定尽力相助。"

御彻转身便走。我蓦然又急起来，脚下不由自主迈了两步，终于鬼使神差又停了下来。我不想让楚祈君看见，急急又转身，一脸如释重负的雨薇撞入视野。

"小姐，今天来的那个人……是你家人？"雨薇凑近我，有些小心地道。"……算是吧。"我莫名地不想多提。雨薇识趣地不再多问。

傍晚拎着食盒进屋的又是楚祈君。

我已渐渐习惯了他的不时造访，初时的尴尬消散了不少。

吃饱喝足之后抬头，却见楚祈君正细细盯着我看，我一惊立刻避开他的目光，他却勾起唇角意味不明地笑笑，道："寒姑娘，听墙角可听得清楚？"我暗叫不妙，嗫嚅半晌后才定下心神，看着别处心中滋味莫辨，轻叹道："我本该回去的。"楚祈君却连声音都染了笑意："那姑娘为何不现身相见？"我心下大乱，索性站起身回道："那岂不是辜负公子一番心思。"话音落下，我只觉得这屋内的空气都有些灼人，快步推开房门踏进了夜色之中。

夜凉如水。时日近秋，虽不致冷，晚风却也瑟瑟而来。我颊上的温度随风拂过而慢慢回复，随意踢着地上的小石子，心却无论如何也静不下来。清清河一游之后，日子在我眼里悄然地不再那般枯燥或是充满未知与危险，生活仿佛焕然一新，令我措手不及而暗自欣喜。欣悦和烦恼都没来由地交替缠绕着我，像是种名为牵挂的情愫。即使此刻独处月下，我似乎也不愿对自己承认，不愿对自己说出，这一切都源于适才屋中那人。心里眼里都被填得满满，喜怒哀乐全忘了问自己缘由，他一举一动一言一笑几乎都牵着我的心思——一个极为熟悉又非常陌生的字眼终于蹦入了我的脑海。

我心绪百转千回，直至夜深受不住冷意才向屋中回转。推开屋门的一刹，我简直再次萌生了转身逃开的愿望。楚祈君还在原处，听见响动含笑起身，在我面前轻声地道："其实姑娘也不想离去，是么？"我的回答哽在喉间，立了许久终是没有搭腔。

"璃儿，我也不想你走。"最后他的身影消失在了我的房间里，只是这一句话又绕上了我的心头。

第二日早晨，我刚刚梳洗完毕，就听见几声敲门声。雨薇打开门，只见一个表情甚是尴尬的小厮在门外，身边站着依旧一身红衣的关曦玥。关曦玥初时一脸骄矜，见到我的一瞬似乎一愣，接着神情变了变，挑眉道：“这位姑娘，我从未见过你，敢问贵姓？”我听出她话里的敌意，不愿与她纠缠，只淡淡回道：“免贵姓寒。”她应了一声，上下打量我一番，转而看着雨薇道：“雨薇，她是谁？为什么住在这里？”雨薇看了看我，道：“关小姐……是公子带寒小姐入府暂住的，其他的奴婢也不知道。”关曦玥正欲再问，楚祈君却远远走了过来。

“楚祈君！我怎从未听说你府上还住着这位寒姑娘？”关曦玥的语气间颇有些咄咄逼人之势。显然楚祈君丝毫不为所动，仍是无所谓的语气：“她是我们的盟友，在皇帝出巡的时候遇到了一点麻烦，我让她在这里暂住。”关曦玥道：“那她什么时候搬走？”楚祈君听她如此说，微微皱眉道：“小玥姑娘，在盟友面前怎可如此失礼。”我眼瞧着关曦玥的神情愈发难看，忙道：“关小姐，等我尽快寻得住处自然离去，有劳小姐关心了。”我抬眼，清楚地看见楚祈君眼神复杂地看我一眼。关曦玥面色渐渐恢复为初时的骄傲，恨恨瞥了眼旁边那小厮，伸手拉上楚祈君，转身就走：“爹爹有话让我告诉你！”

等她走远，那小厮才把手里一个精致的盒子捧到我面前，道：“小姐，这是公子说要送给您的。”我接过，那小厮又支支吾吾地道，“我送来的时候……遇到了关小姐……是关小姐一定要来见小姐的。”我笑笑道：“没关系的，你去吧。”

我回身进屋，顺手打开了手里的小盒。“好美！”雨薇凑过来，赞叹了一句。确实很美的发簪。它静静地躺在触感丝滑的盒子里，光华流转。雨薇眉眼弯弯地看着我，我嗔道：“笑什么笑！”

雨薇笑道："我只是没见过公子何时碰过这些首饰。"我转过脸，不想让雨薇看见我也在笑得开心。

午后，雨薇提了水壶来侍弄窗前的花草。我看着她认真地浇着水，忽然念起我那盆在皇宫里没来得及带出的念君花。念君念君，此刻若能闻那花香，更合我意。我不由得叹息出声。

雨薇转过头来问道："小姐，何事不开心？"我道："只是看你浇花，想起我以前养的一盆念君花，我最喜欢它了，可惜再也见不到了。"雨薇道："念君花？……我只听说过这花有动人的香味，可是没去过未漪，没有见到过这种传说中的花。"

时日安稳，岁月静好。我再次拨弄琴弦，始终觉得不够满意。时节秋高气爽，柳叶声沙沙，在舒爽惬意中含着丝丝的惆怅。此情此景，只令人想到诗句的辞藻或是琴弦的雅音。我左右无甚要紧之事，便取了琴来想自己谱首乐曲。

今日却卡在了一个音上。这一小段，如何修改总是不合心意，我索性搁置一边，转手弹起了之前学过的曲子。

琴音泠泠淙淙，不多时便扫尽了我心底的烦躁。手下愈发如鱼得水，弹拨间心绪融入了乐音，串串旋律流畅而出，我莫名感到了一种"回首仙山，自是人间好"的冲动。

"好才情。"琴音辄止，我正感到酣畅，却听门外赞了一声，接着是楚祈君推门而入。一股再熟悉不过又令人沉醉其中的香味直直漫向鼻端，我抬眼，竟见楚祈君手中抱着一盆我朝思暮想的念君花！

我一下站起身，他把花儿放在窗边，我迫不及待地凑过去左看右看，他笑道："喜欢么？"我心里喜悦、感激、满足等等情绪涌上来，认真地绽开笑颜对他道："谢谢。我好喜欢。"而后又低头看花，忽然想起我从未对他提过念君花，只是那日对雨薇随口说过……

我轻轻以手触摸小小的花瓣，满心欢喜之际却听楚祈君在身后拨弄了几下我的琴弦，冒出一句："以姑娘的伶俐和美貌，不该当不成太子妃啊。"我闻言嗔他一眼，道："我不愿嫁。"说完也不再看他，眼睛留在这小紫花上挪不开。

"姑娘适才似乎是在谱曲，你听这段可好？"他忽然又开口，接着是一段琶音钻进我的耳朵。我闭眼一想，此段正可作为我苦思不得的那段，泠泠悦耳，直令我心里荡漾了满满的幸福。我只觉得心底忽然清朗起来。

"甚好，谢谢公子为璃潇解了一大心结。"我转过身笑看他。

他走近我，嘴角勾起一个好看的弧度："终于肯看我一眼了？"我笑："公子虽好，却不及花儿好看。"他离我更近了些："璃儿，惹我不高兴，我就不把花送你了。"语声轻轻，又是这样唤我，他的气息拂过我的耳畔，我只觉自己脸上的笑意更深："你不会的。"

"是，我不会的。"他在我的颊边轻轻落下一吻，语气宠溺。

敲门的"笃笃"声敲散了满室旖旎，楚祈君转身过去开门，只见一个气喘吁吁的小厮："楚公子，我们老爷说，计划有变，今晚就要行事，请公子快速过去。"楚祈君应了一声叫他下去，那小厮又匆匆忙忙跑了。

我也不知自己哪里来的冲动，脱口就道："你去哪里？我也要去。"

十三、荆棘莫问蝶云舞

“璃儿，待在这里，我去去就回。”清浅的声音，我却听出了坚决。我却是当真不怕，还欲说些什么，楚祈君却已靠近，深深看着我道：“这不该是你做的事情。”他眸色漆黑，却宛如深潭里涌动的暗波，情绪迫人。我心里一窒，终是没有言语，看着他快步离去，轻轻掩上了门。

若是依我往常行事，多一事不如少一事，找点事情消磨时光也就罢了。此刻，却有种种想法倏忽涌上心头。远离纷争……我既是为蹚人间浑水而来，何畏纷争？既然他离不开这旋涡，我又为何要枯坐此间？

心念电转，我立刻拉开门狂奔而出。雨薇恰好向这屋门行来，见到我立刻大喊：“小姐！小姐你去哪里！”边喊竟也边跑来追我。走在前面还未出院门的楚祈君闻声回头来看，我立时觉得脸上烧起来，索性低垂眼帘继续奔去。雨薇的声音忽然消失。

楚祈君竟停下来等我。我气喘吁吁地停在他面前，未及解释什么，微乱的头发被他轻轻拢到耳后：“走吧。”我几分惊愕几分惊喜地抬眼，只看见他几分无奈几分复杂的神色。于是我再次咽回了本就不知如何出口的话，踏上了院外停着的马车，从车窗看见了晕染微黯蓝色的天空。

“璃儿，真的要如此吗？你也知道这条路背后的艰难和危险。”楚祈君没有看我，仿若自言自语地问着。我脑中闪过帧帧画面，最后只余心中此时此刻的所感：“无妨。”许是听我说得轻松，他侧过头来，似担忧似温柔地看我，显而易见地欲言又止。我忽然隐隐约约感到一丝难受，专心地望向窗外。

不知不觉行入了城镇中，马车最终在一户几分气派的大户人家前缓缓停止。我跟着楚祈君下车，一身素衣的关曦玥和她身旁一位气势颇足却有些阴鸷的中年男人撞入眼帘。想来，那便是关家老爷了。我很识趣地定在原地，楚祈君过去对关老爷低语了几句。关曦玥看见我，脸色猛然一黯，敌意毫不掩饰。

我不愿与关曦玥炽烈的目光对视，转而看向她家的宅门。忽而楚祈君提声道：“寒姑娘。”我闻言回神，缓步行过去向关老爷行礼。对方不明意味地笑笑：“寒姑娘。年纪轻轻也有兼济天下的情怀，堪称奇女子。”我莫名其妙，不知楚祈君和他说了些什么奇怪的介绍，只得连连谦虚，搪塞过去。抬眼时却见关曦玥的神情更加难看。

寒暄过后，又是一阵马车颠簸。

夜幕渐渐压下，我忽然一阵心里没底，看着楚祈君一副闭目养神的闲适模样，心里一阵乱。“楚公子，可否告知我们此行有何要务？”我有一下没一下地踩着车厢底板，发出一些声响。楚祈君睁眼看了看我，道：“我们都是御彻的盟友。御彻劫了一批谪戍边疆的军队，正在城郊，此去是帮他们策反这批军队。”我听得似懂非懂，隐约觉得蹊跷，也不想多问，索性作罢。

人烟渐稀的道路，入夜虽有蝉鸣阵阵，暖风吹拂，却仍不免撩起人心底潜藏的不安。

忽然，嘈杂混乱的兵刃声和人声蜂拥入耳，撩开车帘看去，却是几个官府装束的人和一群兵士模样的人正在混战。马车不慌不忙继续靠近，我看到一名官兵刀锋一转，直插一名兵士的胸膛，鲜血喷洒，显然是出了人命。那官兵看似普通拼命的一招，实则暗藏精妙，我愈发疑惑，却不想再看，放下车帘，一阵难受。楚祈君也探头看了看，似乎了然地笑笑，接着直接闪身跳下了马车。我一惊之下再次掀开车帘来看，只见前面车中御彻和曲兰嫣也飞身而下，冲在最前面的却好像是已经亮出兵刃的关曦玥。

几人极有默契，直奔官兵而去。御彻是一如既往，临阵不乱，沉静自若；关曦玥显然武功不高，手中兵刃虽然别致，却不免一会就左支右绌，楚祈君穿着白衣最是显眼，可酣战之中似乎连衣袂都未染半丝尘土，轻描淡写的几招剑势却是极快，倏忽便使关曦玥眼前的官兵乱了阵脚。曲兰嫣似乎是远远地站着，我看不清楚，却能感受得到她的沉静如水。

我渐渐越靠越近，眼见着关曦玥身后忽然冒出一个官兵，挺刀冲她背心便挥，关曦玥在瞬间回头，一声尖叫。楚祈君刚刚结果那名官兵，回身欲救。我心里忽涌上一股莫名情绪，顺手摸到袖中藏的暗器，腕上使力一弹，正中官兵眉心。

我也跳下车，官兵大概是全数死了，混乱的兵士们退成行阵，关曦玥兀自盯着地上尸身眉心的蝴蝶钉，它仍在夜色中闪耀着粉色光芒，本是星君不知从哪里弄来，特意送予我，极好看的，我却有些颤抖，不敢去看。楚祈君过来，站在了我的身边。我隔着他，偷眼向御彻和曲兰嫣瞄去。御彻的目光正好对上我的目光，我立刻转开视线，在那一瞬看到他平静无波的脸色和显然与之不符的眸光。曲兰嫣倒不似御彻隐隐含怒的模样，依旧柔和端庄的脸上两分愠三分惊五分喜。关曦玥慢慢转过身来看我，初时的敌意消散了不少，原本清澈直率的眼眸里除了没有褪去的恐慌，多了些我不及读懂的神情。

御彻非常顺理成章地开始了他策反言论的宣讲，曲兰嫣退到一旁仍目不斜视地看着，我们却多少觉得无趣。关曦玥原先显露的张扬和棱角忽然不见，此刻未褪稚嫩的样子让我尤生几分亲切。我瞥了眼楚祈君，轻轻把关曦玥叫到一旁，问道："关小姐可知今日……"话说一半，我忽然觉得自己极是可笑，一意跟着出来，却直到连人都杀了一个也不知道究竟为何。关曦玥却明白了我意所指，勉强微笑了一下小声道："那些官兵……都是我爹和御彻他们找来的人假扮，我本来只是学了武功，以为都是安排好的，自然没有危险，就央着爹爹出来试试身手，可是……可是我刚才看到那人满脸都是愤恨不甘，一副索命的样子……"她说着几乎失控，我听得也几分心惊，轻轻拍着她安慰道："没事了，都没事了。"她泪眼婆娑地看着我，嗫嚅道："多谢姐姐救命。"我沉默不语，眼光不自禁地瞟向仍然熠熠生辉的蝴蝶钉，手不禁微微颤抖。关曦玥抹了把眼泪，似是发觉了我的异样，小心地问："姐姐也是第一次……杀人么？"我看看她，淡淡"嗯"了一声，不愿再显示情绪，又摇摇头示意我没事。

我静静思索一会儿，整件事在脑海中渐渐清晰。原来那些官兵临死才知自己是被骗至此，要被自己倾心信任的人亲手送入地狱。然后我们以救命恩人的姿态出现，水到渠成地说服这些本要谪戍边疆的兵士为己卖命。我忽然感到厌恶，随即又想起这是我来时自己选择的一切。

楚祈君看到了我们，缓步过来到我身旁，轻轻握住我的手。关曦玥还在近前，我下意识想要甩脱，他却不着痕迹地加了力道，我抬眼，看见他暖暖地一笑，似乎是洞悉我一切的想法，所有言语都是多余的存在。然后他对关曦玥道："小玥姑娘可有受伤？"关曦玥脸色变了又变，摇摇头道："没事。"接着转身走远了些。

我几分嗔怒地看了楚祈君一眼，他恍若不见，只是柔声道："璃儿，现在还觉得，这是你想要的生活么？"真的是么？我心乱如麻，低头踢着石子。纵然蝴蝶钉的光芒仍然挥之不去——可是，如果这一切完结之后，万万千千的人能够脱离颠沛流离、穷困贫乏的痛苦生活，如果我所珍惜的仅有的一切都无可避免地被卷入这样的道路，我难道，还能有别的选择。"如果你们都觉得这是值得的，那我也是。"我郑重地道。接着看到楚祈君纠结的神色，我忽然破颜而笑："难道我长得特别天真烂漫？你好像觉得我该是个被护在家院里的镇宅之宝。"他也笑起来，低头在我耳边轻声道："这样也好，就当天天将镇宅之宝带在身上好了，防偷防抢。"我一下推开他，转过身去掩饰羞愤的神情。

忽然，身后传来震耳欲聋的齐刷刷的高呼，我们一齐看时，见那些兵士们振臂高呼，显是已为御彻所动。御彻的表情仍不见波澜，只听他续道："在我们有生之年，只要有更多的人支持这大事，你们的父母妻儿都还能够过上一直期盼的安定生活……"我不由自主地也受了几分感染，心念一动，拉了拉楚祈君的衣角，叫他和我一起蹲在了一处灌木丛后。

楚祈君莫名其妙地看着我。我一脸兴奋，示意他不要出声，半背对着他捏了一个手诀，闭眼行了一个简单的仙术。虽然有了上次变回原形的"惨痛教训"，我却并不觉得在仙山如此轻松可以做到的仙术会如何耗费灵力。

好在是耗费灵力，不是削减效力，不出一会儿，四面八方的蝴蝶都被我召唤了来。蝴蝶本就美丽，群聚起来更是人间罕见的奇景，白蝶如雪，粉蝶娇俏，黄蝶耀眼，紫蝶优雅……渐渐靠近的它们成了片片的云彩，再也分不清各自的颜色；它们扇动翅膀忽上忽下忽高忽低，在各自的舞蹈中融合得绚丽多姿。天空最后的余晖和已上山头的月光投向它们，营造若暗若明的梦幻场景。暗处蝶如剪影，笼罩在兵士们和御彻的上空，幽灵般神秘静美；明处蝶如珠翠，流光溢彩。

关曦玥满脸赞叹，小姑娘对美丽事物的倾慕之色展露无遗；一向稳重的曲兰嫣也难得露了小女儿情态，如痴如醉。百年间见惯此景的我，也被周遭人们感染，第一次觉得蝴蝶们如此震撼人心。那些兵士显然又是惊骇又是惊喜，连御彻都已经动容。

楚祈君看了半晌蝴蝶，又满眼含笑地看我，目光里真正含了激赏。我得意地笑，换了一个手势催动，蝶儿们非常听话地在空中组成了宫殿楼阁的形状，华美不可方物。

七嘴八舌的嘈杂终于在奇幻瑰丽的蝶舞翩翩中汇在一处："敬遵号令！"

我想，这就是古籍中所讲的，每朝每代开国皇帝总会离不开一些神奇的传说……看着人群之前镇定自若，沉毅慑人的御彻，我不禁更信了几分。

我对楚祈君做了一个噤声的手势，他微笑点头表示明白，于是我们起身状似无意地站回原处。我的眼光从人群中扫过，看来他们此番该对御彻的话坚信不疑了。

我撤下灵力，蝶云渐渐向四面八方散去，像仙女的衣带灵秀舞动，渐去渐远，不减绚烂。

曲兰嫣似乎是意犹未尽地收回目光，回复往日的姿态仪容。

御彻却面无表情地直看向我。我已不再犹疑惧怕，直视回去，轻轻摇头。隔着距离，御彻的眸中仿佛情绪涌动，终于还是毫无表现，与曲兰嫣并肩而去。满眼放光的关曦玥仍然盯着天空，楚祈君拉了拉我，也转身离去。

回到车上，我才渐渐感到脱力不适，暗暗腹诽为什么堂堂蝶仙在人间施展仙术反而灵力受限，呼吸却已有些力不从心。楚祈君发现了我的异样，一下靠过来揽着我道：“璃儿！你怎么了？”我羞赧地推他，却使不上力气，反而呛得自己咳嗽，大概还让自己的脸色变得更加可怕了些。楚祈君一手按着我手，另一手给我顺气，微愠道：“别动。”我见他显然已经急了，忙轻声道：“我没事。刚才变戏法太费力气，一会儿就好了，真的，不要叫郎中。”我虽然还是全身绵软，但呼吸渐渐平复，他的脸色也缓和了些，道：“好好，都听你的，现在闭上眼睛，好好休息。”

于是我竟然靠在他肩头……睡着了。

第二天，我在自己房中醒来，雨薇端水来让我洗脸的时候，满脸都是诡异而开心的笑容。

十四、今朝作别来日路

“璃儿，你也知道，我们所做之事凶险无比，也总不能蜷居此处。”我咽下嘴里的东西，不假思索便道：“我知道啊。”“你也不是当细作和杀手的料……”“谁说我不是了？你们去哪，我跟着就是，我不会后悔，更不会自己偏安一处。”我抹了抹嘴，转头认真地看向貌似苦口婆心的人。楚祈君垂眸一瞬，半分无奈地道：“好。寒女侠。”我一笑，不再理他，继续吃未用完的早饭。

紧接着完全不敲门就推门而入的是一脸焦急的关曦玥。她看了我一眼，紧接着挨着楚祈君坐下道：“楚祈君，你帮我跟爹说说，我也要和你们一起去！”“小玥姑娘，你爹也是关心你的安危。而且，你生性善良，有些事见多了也并不好。”关曦玥显得很气愤，忽然一下站起来指着我道：“那……她是不是也去？”我忽感到有些尴尬，蹙眉看向楚祈君。他却好像无所谓般道：“是。”关曦玥声调提得更高了些：“那我为什么不能去？”楚祈君看她半晌，终于叹道：“好吧，我不说了。小玥姑娘若能说服关前辈，我也自然没有意见。”关曦玥“哼”了一声，起身快步离开。我的心里也蓦然划过一丝不舒服，继而归于平静。

“我们现在京郊，危险且不方便。浅阳地近边境，远离京城，偏僻少人。我看过了，那里有藏龙之象，虽算不得极好，作为初期筹备的地点，也应当够了。我们这次走宋州、云溪那条线，去往浅阳，中间路过些豪杰聚集的地区，也好多招揽盟友举事。”楚祈君难得认真跟我讲一回正事，大概是接受了我的想法，准备共行此路了。我听得渐渐有点兴奋，原先还不知他是懂风水术数的。我同样认真地听，认真地点头，认真地问：“那……我能干点什么？”他笑笑：“到时候看吧，不会让你闲着的。……你往那里一站，估计能帮我们引来不少青年才俊。”他笑意满满地说着，我扭过头轻声道：“也不怕你的镇宅之宝给人抢了去。”说到后面已是声若游丝。“好了好了，说着玩的。知道你会武功，只要不是凶险万分的事，自然都会带上你的，可好？”一种心有灵犀的暖流从心中流过，我转回来笑道：“当然，必须。”

隔天，关曦玥风风火火跑来，满面喜色。楚祈君笑问：“小玥姑娘，这是说服了前辈？”关曦玥得意地点头，清清脆脆地道：“当然，我爹最疼我了。”她又看了眼我，续道，“爹说，再过几天，九月初一出发。”

临出发前才知道，雨薇竟也是学过武功的，竟然还会使软鞭。似我这种不擅体力又半分懒惰的人，只学过暗器和轻功，那日便缠着雨薇给我演示一番。

“雨薇姐姐，反正你也要跟我一起去，到时行走江湖也不免要出手，先给我看看又有何妨嘛……”我拿着她的银色软鞭把玩。阳光炽烈，照在其上闪烁耀眼的银辉，冷冽光华，正是我的最爱。雨薇拗不过我，只好轻轻拿了银鞭道：“好好好，小姐您站远些。”

早前便想过，这些形长的武器若是女子用来，定如铿锵舞蹈，美丽恣意。如今看来果然不假。雨薇一改往日俏皮模样，举手投足间利落霸气，鞭稍扫处竟也有两分睥睨六合之概。跃起时如惊鸿翩跹，转身时如游龙摆尾，武功虽并不算得非常高妙，横扫一般武士应该也不在话下。我连连拍掌称赞，脑中浮现帧帧游侠江湖的画面，莫名憧憬倍增。

雨薇行事向来利索，我的行装都由她打点，自然不需我再操心分毫。坐在窗前百无聊赖时，忽想起早已习以为常的满屋飘香，和窗台上摆的念君花。上次辗转宫廷便遗失了它，此番又该如何？

头痛许久，忽然又想起未漪花农曾说，念君花不仅种在屋中飘香四溢沁人心脾，就算取下花瓣来风干许久都仍然不褪其香。于是我立刻跳了起来，精心捧了花盆下来，一瓣瓣摘了，在桌上堆了一堆。一边细心摘着，指尖也是浸染花香，惬意陶醉间又看着自己亲手令其凋零的花株，终是有种淡淡的伤悲萦绕心头。好在此番，无论海角天涯，终有念君相伴，长念君意。雨薇曾绣过香囊给我，此刻更是派上了大用场。雨薇的手艺本就精巧，配上我最爱的花瓣在内，真是贴身携带的不二之选。

留在这京郊小院的最后一天。

我已将念君香囊戴在腰间。雨薇正在角落整理她自己的行囊。门外传来低低的语声，想来是楚祈君在问门口的侍女。果不其然，马上就见他清清爽爽地推门进来。

"璃儿，明天就要走了，要不要出去转转？"他说得极是自然，我却微窘地瞟了雨薇一眼，正好对上她看过来"不怀好意"笑着的眼眸。无奈，我只好立刻把楚祈君推出房间："好好好，出去出去。"我也跟着出去，关上了房门。

看得出，他很留恋这里，大概是他从小生长的地方。我本就不爱闹，此刻更不知有何可说，于是只静静陪着他踏遍院落的每一寸土地。

行至宅院的正房前，楚祈君顿住脚步，接着慢慢一阶一阶走向房门。门口并无侍女小厮，颇有几分冷清，想是空置已久。我明白了几分，大约他的父母都已走了。今日的他，竟是与我一般无异，孑然飘零于复杂的人世间，或许可以饱尝跌宕起伏，却始终无法重温最坚如磐石的那份真情。我自觉不太合适，立在阶下未动，望着他的背影，心思却恍恍惚惚飞回已记不清年月的时候。我大概也曾有父母罢，只是亲情一事，断断比不得人的。忽而又想起云夫人，那位待我极温柔的，为我流过离别泪的母亲；忽而又念起晴落，那位待我极体贴的，陪我嬉笑怒骂，陪我分享忧伤的姐姐。心中忽然柔软，几乎有些酸疼。

楚祈君将门开了条缝，却忽然回过头来，向我轻轻招了招手。我才回过神来，犹豫地上了台阶。

屋内并不如我想象的尘土覆盖，蛛网缠绕，反而像是天天有人打扫，洁净雅致，仿佛那位雅趣盎然的楚夫人仍然居住在此，日日梳妆，时时微笑。墙上竟当真有一幅女子画像，巧笑倩兮。我细细立在画前看去，楚祈君的眉眼与她像了七分，温润的神情更是似极。画中的她一头长发，戴着花环，本就美貌，更是年轻了几岁。画中笔法有未褪尽的稚拙，但已是非常传神了。我半仰着头看得出神，楚祈君忽然从身后环住我，低声道："这是我娘。她总喜欢带我去清清河，我学了好久才学会怎样编花环，编好的第一个就给她戴上，还画了这幅画。她好喜欢，就一直把它挂在这里。"我静静不语，心中却在微微地颤抖。他的话音里，分明含了从未出现过的落寞神伤。千百年来，我从来一人生活，与流水山川为伴，和日月星辰为友，不曾悲伤，不曾狂喜，更不曾孤独。修仙，本就与人间的七情六欲绝交。然而此时，在这虽有阳光却几分黯淡的屋堂里，那缺失的寂寞忽然向我袭来，四面八方，令我无处遁形。这就是人性么……原来没有亲人，该是件刻骨悲伤的事。不知不觉，泪竟湿了脸颊。

"璃儿，怎么了？"楚祈君把我转了过来。我忙吸吸鼻子，抹掉眼泪，挤出笑容："没事。你娘真美。"他深深看着我，仿佛又看透了什么："乖，都过去了。"我摇摇头，也深深看进他化不开悲戚的眼眸："……以后，你也不会再孤单了。"

我们携手从正房出来，未发一言，却像约好了般，牵马，去了清清河。

大凡事物，沾了秋的味道，便会染三分悲凉。从前仙山并无如此分明四季，自然没有感觉。此时此地，就算我是强说愁罢，也竟真的能说出几分。清清河，河水仍旧清澈见底，游鱼依旧欢快翕忽，只是草色失了鲜嫩，垂柳增了暮色。美则美矣，心绪却不畅快。

我坐在石上，凉意若有似无。四下看去，小野花仍是有的，星星点点，忽然就挑起了我的兴味。我弯身拔了几朵小花拿在手上，笑向楚祈君晃晃：“公子，也教教我可好？”他也笑，笑意终究回复了温暖。

一番忙碌，我们一人手里都多了一大束小野花，单看就已喜人。我坐回石上，把花束轻轻放在身边。他坐到我身边，花束放在另一边。

若说琴棋书画，甚至武功，我学来都不甚费劲，却只有女红……还有编花环之类的事情，我却似少根筋般，笨拙了些。楚祈君倒很耐心，一朵一朵，待我小心谨慎地模仿成功之后才继续他的动作。我也有总搞不懂的时候，他也不像晴落教我女红时会笑说我笨，只淡淡把他编好的那朵轻轻抽出，再慢慢编回去。

也不知过了多久，手中花环成形，竟也有着十分的清丽。我捧着它爱不释手，左看右看，楚祈君淡淡笑着把他的戴到我的发间。我看了一会儿我的，笑站起来放在了楚祈君的头上，接着退后几步看看，然后笑得直不起腰。他坐在那里，想拿下来又不想拿下来的样子，结果就是我笑得更加猖狂。

最后他也没拿下来，只是把狂笑的我拉了回来，又扶上马，接着自己坐在我身后，策马奔腾。马儿一跑起来，我有些紧张，笑不下去，却已经笑得有些瘫软，顺着迎面而来的风，几乎是倒在了后面人的怀里。我勉力想坐直起来，他却一手拿下我那花环放在我的面前不让我起身。我回头瞪他，他只不痛不痒地道："风大。"语声夹在风里，轻柔撩拨我的心事。

九月初一。

载了重的马车显得有些步履蹒跚，我掀开车帘看时却见和前些日子策反军队的路是一模一样。楚祈君道："关前辈说，先再去一趟那里，有点事未处理完。"

渐行渐近，果然御彻和曲兰嫣已经到了。我莫名有些心慌，对楚祈君道："我……就不下去了，在这等你们。"楚祈君看看我，应了声"好"。他刚欲下车，我又忽然记起一事，从怀里摸出些碎银，想来够了，又叫住他道："……能不能帮我把这些，交给御彻。"他有些莫名其妙地看看我，却不接过："你还是自己给他，比较好。"说完只身下车。我无语，收回银子。

我靠坐着，索性卷起了车帘侧耳听听他们在说什么。距离不够近，只是只言片语飘过来，飘进我的耳朵。御彻的声音："……好，那就让关前辈的弟兄带他们去萱化。"关老爷的声音"……有何计划……"御彻的声音："……我们准备以家乡江寒为起点……到时围剿京城离不开前辈相助……"关老爷的声音："……一言为定……"

眼看着他们散开，各回各车，我心里一慌，立刻放下车帘，正襟危坐。直到楚祈君进来，马车一颠一颠晃出很远，才终于安下心来。

在那辆还简简单单，甚至是温馨的马车里，我还从未念及过可能会后悔的未来某一天，从未真真正正考虑过那些血雨腥风的分量。终究是那漫长仿佛没有尽头的修仙生活让我淡然千年，从来不知刻骨铭心为何物。我只知道，是我自己义无反顾地选择了踏上这条荆棘丛生的路，尽管我并不清晰地知道任何命数。我不知道，此时在我身边的他，又明白这些几分。若是宿命给我们一个重头来过的机会，我大概仍会如此选择，却不知道，他会不会。

向浅阳的路还远，很远。向生命尽头的路也同样，像是远不可及。可它其实又是那样近，近得诉不尽款款衷肠，近得来不及体验人世沧桑。

第2卷

乱世尘烟似水年

十五、初尝人间情冷暖

虽说只是一路坐车，颠簸前行，断断没什么有趣的，可于我而言，也并非那样无聊。村落市井，各有不同的景致风格，或是扛锄戴帽的农夫在田间耕作，或是小商小贩沿街中气十足地叫卖，抑或是什么人也没有，但是渐升的太阳，安静的民居，在我眼里也尽是新奇。只是蜷在这么小的空间里难免会困倦难受，好容易才听楚祈君说到了个可以待待的地方。

“这里是渊州，可能要住上两天，拜访一下此地的武林豪杰唐耀。他之前与我们有些交情，探口风也是支持我们事业的，所以尽量争取他发动江湖兄弟的力量，派些人去浅阳练兵。”其实我只注意了“可能要住上两天”的字眼，和它背后“可以下车转转”的含义。于是马车一停，住客店的事情总不需我费心，关曦玥仿佛也是同样欢悦的心思，破天荒没有与我如何过不去，反倒很投机似的一起往街上跑了。关老爷在后面叮嘱了几声，关曦玥也不甚搭理，早看见了有人在卖小饰品，奔着去了。

我正目不暇接地感受城市中热闹的景象，却忽然听关曦玥道：“你身上是什么味道？好香啊。”我愣了一下才反应过来，心里一乱正亟亟想着如何回答，她却已发现了我腰间的香囊：“是这个！什么花？”我有些手忙脚乱地一把抢回香囊，看着别处随口道：“以前去未漪时买的花，说是挺少见的，名字忘记了。”

关曦玥有些失望地“哦”了一声，看着远处忽然又高兴起来，拉起我就跑：“那边有好吃的！”

第二天，我们一行前往唐家拜访。

唐耀显然与关老爷很是熟稔，亲自迎出门来，颇为热情道：“易知兄，稀客稀客！”关老爷关易知接道：“我们不请自来，劳烦唐兄弟了。”唐耀道：“哪里哪里，诸位快请进。”一边请我们进门一边提声道，“快些，给各位客人备些茶点！”

入座时便例行一一介绍。关易知对唐耀道：“这位是楚公子，这是小女，还有盟友寒姑娘。”唐耀开口时我才发现他身旁的两名青年：“这两位是犬子，唐俊勋，唐俊铭。”关曦玥非常大方地开口就道：“两位哥哥好。”她一如既往一身明丽的红衣，眉眼间是满满的明媚纯美，如争妍斗艳的花簇中最惹眼的一朵，语声清脆，眼眸清澈。我微垂了眼帘示意般地见礼，只看到那唐俊勋目不转睛地看着笑容满面活泼可爱的关曦玥，慢慢恐怕自己都不自知地笑起来。楚祈君显然也看到了，侧过脸来意味不明地笑着示意我。我先是感到脸上烧了起来，后又忽然涌起一股情绪，笑笑摘下了出门必戴的面纱。抬眼正对上唐俊铭赏慕的目光，我是真没想到如此灵验，吓了一跳忙低头坐下。

唐耀和关易知单坐一小桌对酌长谈。显然唐耀是自己当家，两个儿子看来是游手好闲的公子，不怎么管事；关易知深沉难测，笃定关曦玥帮不上忙，对楚祈君和我又不甚亲近信任。于是我们几个也在旁边开了一桌闲谈。

年轻人聚在一起，明快的气氛不请自到。楚祈君忽然从关曦玥身后伸手过来拉我衣袖，我转头瞪他，他用眼神示意了一下唐俊勋，又示意一下关曦玥，一脸油腔滑调的笑。我明白了意思，玩心忽起，便故意借着寒暄，不动声色地到了楚祈君和关曦玥之间，让唐俊勋和她座位挨在了一起。不过关曦玥好像以为我是故意分开她和楚祈君，那种敌意再次显露无遗，甚至几乎想要发作，却忽然转头看了眼唐家兄弟，气鼓鼓地咽了声坐下。

既然倒了点酒来，不行些游戏总是不对。武林世家并不擅文辞诗赋，或是七弦雅律，我却自知阴招小道会是会的，却不懂那些好看的成套的武功，反而学了好些琴棋书画。好在游戏颇为随意。唐俊勋和唐俊铭下座取了剑来舞剑，我未学过看不出端倪，便只微敛了目光看个皮毛，只知道这武功大概是比关曦玥强些，却大大比不上楚祈君和御彻；关曦玥多少对比自己好的有两分仰慕，又似是注意到唐俊勋一直偷眼看她，一张俏脸飞上红晕更加娇美；楚祈君保持着无懈可击的微笑，心底里只怕与我想得一般无二。

两人归座，楚祈君笑赞了句，又道："可否劳烦拿些纸笔？若方便，也麻烦帮寒姑娘找一架琴。"来到人间好些时候，我渐渐明了许多人心曲折，此番不由有些疑惑地瞧向他。他云淡风轻地笑着，一如初见时的模样。唐俊勋的笑容里有了我能看出来的几丝轻蔑，礼貌得有些过分道："楚公子客气了。不麻烦不麻烦，小瑶，听到楚公子的要求了？快去。"他身后的侍女立刻答应一声去了。我趁他们还未回过头，对楚祈君低声道："你这样，不怕被他们武林世家笑话？"楚祈君闻言朝我一笑，真的很愉快的样子："没事。"我看着他又是意味深长，后招无限的样子，叹口气不再问了。

转过视线，却见唐俊勋正努力做得彬彬有礼地对关曦玥道："关姑娘，我叫小瑶去取楚公子和寒姑娘所需的物品了，你可也需要些什么？”他半低着头，颇有几分小心翼翼探察关曦玥脸色的味道，一改适才的张扬模样。关曦玥抬头看了眼唐俊勋，又转过头看看楚祈君，蹙眉看了眼我，渐渐脸涨得更红，娇艳欲滴……“我……我还是喝酒吧！”她讪讪地笑，极不自然，几乎是要把眼泪都笑出来。她说完也不等我们反应，霍然站起，端起酒杯一饮而尽。接着拿起酒壶自斟自饮，姿势豪迈，却隐含着少见于她身上的凄苦。唐俊勋有些惊异地想要出手阻拦，我对他做了个不要的手势。总之小酒杯一杯不过是一口而已，何必抹了她最后一点骄矜的风采。关曦玥连饮三杯，之后重重坐下，眼中莹莹泪光隐约可见，眸中的神采却仍是我熟悉的她。于是我带头拍掌道："好！小玥姑娘巾帼不让须眉，坦坦荡荡。”此言一出，他们也反应过来立刻连连称赞。关曦玥转过来像是感激地看了看我。我适才也抿过一口酒，只觉辛辣，难以下咽，此时看关曦玥也显是不胜酒力，几口下去是强忍着才没有表现出被呛辣到，微醺的脸上红晕柔和不少，更是可爱。

侍女小瑶抱着笔墨纸砚，身后跟着一个抱着琴的小断回来了。唐俊铭微笑看着小断摆好琴，对我道："我们本是武林世家，不善音律，不过恰巧家母并非武林中人，很喜欢弹琴，是以家中有琴。家母并非高手，此琴也不知成色如何，寒姑娘见笑了。”这人显然比其兄长为人和善儒雅不少，只是……我从未应对过这般既不同于南宫漠欲求和轻视，也不同于楚祈君温柔甚至宠溺的这种看似淡淡、礼貌却倾慕的眼神，只得半低着头道："唐公子谦虚了。我也只粗略学过一些，还想请你们不要见笑。”

我状似无意看了眼楚祈君，他已经开始旁若无人地摊纸不知道画些什么。我左右想想，其实也就对这琴最为熟悉，也便不再说什么，起身坐到琴后。脑中几乎空白，信手拨弦，竟是楚祈君送我念君花那日正谱的曲子。那时并不觉得什么，此刻在欢声笑语中听来，竟是十分应景。弦音传情，想必当时的我，定也是心情欢愉极了。泠泠清越，恍惚间就到了他那日助我完成的一句，我只觉指尖十分流畅，竟是记得最熟。脑中忽然闪现那并不富丽的小院，并不绝美的河畔，和并不惊艳的花环，并不出众的马儿。在我心里这一切竟是那样不凡，那样特别。唇边的笑意不经意便漾起，我勉强忍着没有去看他，心里的感觉渐渐弥漫，仿佛有什么呼之欲出。

一曲终了，我不由自主抬眼看向唐俊铭，看到他眼中仍然淡淡的，赞赏和倾慕。我立刻躲开视线，看见关曦玥也真诚地在鼓掌称赞。我很庆幸，还有一点点失落楚祈君没有抬头，然后心情很好地对关曦玥笑笑，坐回了原位。

后面就是吃喝闲谈，我不擅此道，关曦玥却活泼善谈，唐俊勋看起来很乐得逗她喝酒。我想想有楚祈君在也不会有什么事，也就未加阻止，静静坐着看他们谈笑风生，最后竟隐隐升出些许自卑。偶尔自己一滴一滴抿酒，欢快中不由生了一丝怅然。抬眼，忽然看到也是比较寡言的唐俊铭正淡淡看我，许是明白什么般，对我暖暖一笑。我心里猛地明媚起来，粲然一笑，举起小酒杯朝他晃晃。他会意般，端起他的酒杯做了个敬酒的动作。我仰头喝尽了这一杯，继而也笑逗关曦玥去了。

天边已微微暗了，关曦玥已喝得面色潮红，神智都有些失常，胡乱地大声说起些小时候的事情。忽然却听她道：“楚祈君，你画好没？”我们闻言下意识地扭头看楚祈君，他恰巧落下最后一笔，搁笔微微笑道：“好了。”侍女小瑶得到示意过去拿起画作给我们看，我只看了半眼就心跳加速，不敢再看；关曦玥看了好一会才看清，一边笑着却是一边掉下了眼泪，又被她用力擦去；唐俊勋眼里闪过欣赏，随即又是那副公子哥模样；唐俊铭仍然有礼地微笑称赞，只是眸光并不清晰地黯淡下去。我忽然就平静了不少。

转回来细细看去，他的笔法比当时画他的娘亲时熟稔许多，一个女子侧颜隐在秀发间若隐若现，仍是十分传神。只是……那女子发饰衣衫都与我此刻一模一样，勾画间更是像极了我的神韵。我不可抑制地脸红，嗔怒地看他，他还是笑笑地看着我，那样熟悉的眼神，简直像是一步步引我沦陷，再不复返。

眼看暮色已至，唐耀留我们再摆一席吃饭，关易知似乎有事未说完，欣然同意。

席间，唐俊勋和楚祈君先后借口离席，我正好有些内急，也不习惯宴席氛围，便借着找茅房离座而去。

我不喜人跟着，只身一人走过一道回廊，忽然听到有些动静，便在一根柱后隐了身形。果然是唐俊勋和楚祈君，在廊边的庭院里。离得有些远，并不能听清二人交谈内容，看样子像是唐俊勋喝了点酒，借着酒劲在说些挑衅言语。楚祈君轻描淡写的样子有时确实惹人恼怒，于是我看见唐俊勋突然拔出舞剑后一直带在身上的佩剑，竟是直接刺了过去。我大惊，差点叫出声来。不过随即想起楚祈君武功高他很多，并且看见楚祈君几乎动都未动，便与剑锋擦肩而过。楚祈君没有怎么还手，想来是不愿闹大了坏事，唐俊勋却不知好歹，也不停手。这般过了几招，我都心急火燎之际，楚祈君终于忍无可忍，电光石火间很随意地出手轻轻巧巧夺下唐俊勋手中的剑，轻轻巧巧避着唐俊勋抢夺的手比画了几下，再接着轻轻巧巧将剑一掷，正好掷回唐俊勋腰间的剑鞘。唐俊勋立刻停了动作，低头看着袖子上被剑锋划出的一个不知名符号，呆立半晌。

唐俊勋捡起了地上的衣衫小碎片，看起来是在和楚祈君赔礼。后者面色淡淡没什么反应，两人一道回宴席去了。我暗暗摇摇头，从柱后出来也自行去了。

宴席宴席，敬酒敬来敬去都是难免，我也在话赶话之间喝下了几杯。我以为是自己酒量太小，没喝几口就困得要命。关曦玥似乎是注意到了，招呼来两个跟着她和她父亲的丫鬟："你们两个，和这里的人说说，先扶寒姐姐找个房间歇一歇，她不能再喝了。"我迷迷糊糊再也没听清看清后面的事，只怕没几步走出去就已昏睡过去。

我醒转来时，差点没吓得直接跳起来。唐俊铭竟然坐在屋里的桌前，没事人般拿着个茶杯，淡淡看着我。脑中如惊雷炸响，我立刻低头查看，还好什么也没有异样，只是身上多了条被子而已。我坐起来理了理头发，小声问道："这是哪里？我怎么会在这里？"唐俊铭放下茶杯，温和地道："这是我房间。爹刚让我们回来不久，不知道姑娘为何在此。"我大窘，起身就想出门。唐俊铭却忽然道："寒姑娘且慢！"我惊疑地回头看他。他有点不好意思地道："外面都在寻找姑娘，此时出去只怕……会惹上闲话。"我闻言，立刻定在原地。唐俊铭又道："寒姑娘是否习过内功？"我有些纳闷，当下只随口应了一声。他道："在下猜想，可能是姑娘被下了迷药，但姑娘内力修为不浅，只不到一个时辰就自行醒来……"似是说到窘迫之处，他停了下来。我瞬间恍然大悟，脸上烧红地背过身去。唐俊铭几分担忧的声音从背后传来："寒姑娘……可与谁有些过节？"我也不知自己做了何事至于对方出此下策……难道是关曦玥？我不欲多言，只道："不知道。"

唐俊铭也不再多问，站起身道："寒姑娘，请先到那边稍等一下。"我依言挪到墙角，看着他开门张望一番，又回过头来道："寒姑娘，此刻门外无人，姑娘可以快些离开这里。"我此时才想起自己是会轻功的，感激地看着他认真道："谢谢你。"他眸色一黯，却笑得温暖。我不想再看，身形一闪就到了门前。唐俊铭却又似急切地叫了一声："寒姑娘。"我退了一步回身，没有言语。黯然的死寂中，他轻缓地道："愿姑娘一切安好。"语声含了两分暗哑，仿佛掩藏了太多太多。我忍着瞬间涌起的泪意，一声"谢谢"细若游丝，不知他是否听到，我已瞬间移出很远。

于是我被"找到"，有惊无险地平安出了唐家的门。楚祈君见到我就急急低声问道："璃儿，你上哪去了。"我低头闷闷地小声道："到处转转，迷路了。"接着连忙转移话题，"你们刚才怎么样了？"他也不再多问，只是讲唐耀答应派些渊州的武林弟兄去浅阳练兵，自己也会择日跟进。还有就是宴席上关曦玥终于明白了唐俊勋的心思，烦得要命却无法摆脱，只怕被灌了不少。我心道，怪不得刚才关曦玥一脸怨恨地看我，怕是眼前这家伙没有给她解围。

第二天，关曦玥却客客气气来找我，语气颇愧疚地道："寒姐姐，昨天……昨天是我爹带的丫鬟给你下了迷药……我替她们给你道歉……那个……对不起啊。"我了然，心里一阵寒凉，却只拍拍她道："没事。别告诉别人就好。"关曦玥点点头，朝我笑笑，神色拘谨而可爱。

十六、篱下孤苦叹悠然

出了渊州，城市的喧嚣繁华渐渐远去，或是成片的荒地，或是连绵的村庄。于是借宿农家就成了今日的必然。

马车堪堪停下，我还未起身，关曦玥已经从外面掀起车帘。这些天来每次都是这样，等我下车之后，她便拽着楚祈君走，说些有的没的，我也不甚关心。也许，心里难免有些并不清爽的感觉，但一念及上次唐府之事，还是觉得当着那个关易知关老爷的面还是多一事不如少一事的好。闪念至此，我不禁转头向关曦玥那辆马车的方向看去。关易知似乎正远远盯着我，阴鸷之感淡淡袭来，我忙避开视线，尽量隐藏锋芒地跟在他身后，看着他敲开一家农宅的门。

为避免一行人数太多引人生疑，关易知带的随从本就不多，多半还留在渊州分批慢慢出城，约的是在宋州会合，因而此时身边只有两三人，也已自行去找别家借宿了。我们运气倒也不错，开门的是一位面容活泼亲切的农村少妇。

许是看到关曦玥一身抢眼的红衣和我们几人显而易见的气质，少妇亲和的笑容里带了几分恭敬和拘谨："各位……"她似乎还在措辞，关易知便道："这位夫人，我们四人往云溪赶路，途经此处，见都是村庄，恐怕难以找到客店，希望能够借宿一晚。"说着拿出钱袋来取了一锭银子要给少妇。少妇脸上现出一丝警惕，多打量了我们几眼，最后还是赔笑接过银子连连道谢："多谢，真是多谢这位爷。请进请进。我们家里有些简陋，我这就去腾出房间……"

虽然说在山上学了不少人间事，但是星君那里肯定是没有锅炉碗灶的，我跟晴落学做了两道菜也是用的宫中设施。此刻看着农家的锅灶竟觉得十分新鲜，蹲下来看着火焰跳动，很有几分意思。关曦玥显然也是娇生惯养，闲来无事也跟着我一起，甚至从边上捡了根柴火扔进火堆。

火舌瞬时气焰嚣张不少，热浪袭来，我离得太近吓得不轻，反射般立刻向后躲避，脚下不稳，眼看就要坐到地上。正想着四周千万别再有人见这窘相，却已感到被人从后推了一把，脚底重新找回了重心。

我颇有些尴尬地站了起来，以为是关曦玥，转过身刚欲道谢，却见关曦玥早已站了起来表情不善，楚祈君不知何时已神不知鬼不觉站在我身后。我未出口的话哽在喉间，扯出一个微笑之后想要逃之夭夭。关曦玥却先我一步，转身进屋去了。

楚祈君似是不甚在意，只看着我轻声道："璃儿，总躲着我是何意？"我被他问得一愣，垂下眼帘。有么？继而想想，淡淡的莫名苦涩漫上心间，也许是罢。看到关曦玥刻意接近他时，我的下意识躲开真的只是因为怕她父亲给我惹上麻烦么？想起关曦玥第一次见到我时飞扬的神色，她最喜欢的一身明媚的红衣，理所当然般对人颐指气使的模样……此时我的视野里是近在咫尺的楚祈君，一种从未如此清晰出现过的感觉不可抑制地涌上来，占据了我的心扉。很别扭，说不清楚，像是酸涩，像是对自己的愤恨。我到底在干什么？竟是分分秒秒都在念及放弃？放弃又如此不干脆，坚持又如此晦涩……我忽然恨极了自己的懦弱，泪水立刻溢出来，根本拦不住。

我怕自己只要一动就会忍不住哭出声音，抹着泪跑掉又很没有风格，只好不着痕迹转了方向，低着头抿唇，由泪水滴滴滚落。但是他还是很快就发现了。他蹲下身看我，我马上退了一步转过头，很不情愿却仿佛必须如此说一般："没事。"他没有说话，只是拉着我出了房门。我莫名地没有反抗，一边忍着眼泪一边跟着他走出去。

乡村的土地散发着淡淡芳香，暮色微曛，斜阳正艳。魅惑人心的霞光从远山身后半遮半掩地恣意四射，毫无惧意与肆虐的夜色抗衡。

我呆立着，看看晚霞又低头看看脚下。楚祈君看着远方，淡淡地道："璃儿，你在怕什么。"没有几分真在问我的意思，反而仍带着惯常的那些许了然。我索性默然，心里想不清的纠结大概仍在，只是忽然不想弄清。泪水却再次被这句话毫无预警地激出。这次像是心底的防线彻底溃塌一样，心里钝钝而真切地痛。我下意识地捂住了脸，下一刻却似乎是被他轻轻揽过去，手背触到了他的肩头。

于是我把眼泪蹭到了楚祈君的衣衫上。心中忽然有了未曾出现过的冲动，像是想要傲然起来，抓住一些什么。大概哭了很长时间，因为心里的苦楚怎么都消不掉，几乎愈演愈烈。后来，一只手轻柔地抚过我身后的发丝，无言的安慰让我渐渐平复过来。

我缓缓抬起头看他，只看见他眼里复杂的情绪。像是欲言又止，他最后轻轻摇摇头，什么也没有说。我看到他肩头泪渍处竟闪着点点银光，在又暗了些的夜色里显得夺目而撩人。脑中忽然掠过星君的话："记住，你的眼泪是与他人不同的……"是这种不同法？我的心情竟蓦然好了一些，抬起头向楚祈君扬起一个笑容。他也微微笑笑，道："回去吧，秋夜寒凉。"

我回身，关曦玥定在门口的身影撞入眼帘。楚祈君像是早知道般，很自然地走了过去，对她说了句什么。我慢慢走着，渐渐看见关曦玥脸色几番变化，终于转身跟着楚祈君进屋去了。一如以往很多次的奇怪感觉不受控制地出现，我强行按压下去，状若无事般进屋吃饭。

农宅狭小，我和关曦玥不得不挤一间屋子，甚至是一张床。我没有什么睡意，趁着没人注意，披了件衣服便悄悄出了门。

随意找了个角落坐在地上，望向天空。夜黑似墨，乡村的天空却永远不会缺少繁星的点缀，只是不如夏夜时那般显得俏皮，而是精光闪闪，徒增一份凉意。风不紧不慢，吹起我的发丝玩弄，并不像有意，却有令人清醒且痴迷的恰到好处的冷。

多少年了，无论何处，秋日的夜都是一样，让我迷惘，让我无端悲凉，让我莫名喜欢痴醉其中。只有沁骨的寒凉穿身而过，悲凉的确是无端的，因为真正烦心的种种不会在此刻徒劳地涌上心头。

直到坐久了才有睡意。我轻手轻脚起身回屋，打开房门的一瞬猛然听到一声闷响，紧跟着关曦玥一声惊呼。我毫无防备，心里一紧，手立刻缩了回来也是一声惊呼。下一刻才反应过来，大概是她起夜，正巧被门磕了一下。

我迅速道："对不起。"借着月色看去，她睡眼惺忪的表情立刻变换，凌厉地提声道："看不惯我也不用这样吧？大半夜的干什么？想让别人以为我欺负你？”我哑然，其实确没有这个意思的。下意识左右看看，似乎还没有惊动其他人，我不欲闹大，没有说什么，只向前踏了一步进屋。

我回身想要关门，关曦玥却撑着不让，愈发气愤般又道：“害怕了？别以为接近我们就能得逞，你指不定就是谁派来的细作呢！”我看着她，心中一股邪火霎时燃起，气闷在胸口，几乎到嗓子眼时才发现并无什么强有力的辩词可以压过她，努力忍了忍往床边走去。

关曦玥意犹未尽般，脱口又出一句：“哼，早知道还不如叫爹爹使计把你丢掉！”寄人篱下的气短瞬时爆发，我何时受过这等委屈，当下怒极反笑，冷冷笑了一声，从袖中抖出一枚蝴蝶钉，毫不犹豫直甩过去。关曦玥果然大惊失色，恐惧下忘记闪避，于是那枚蝴蝶钉巧妙地插进了她的一头青丝，在暗夜里像她的发簪一般，生出柔和魅惑的紫色光芒。

我不禁生出几分得意。关曦玥愣了片刻，忽然拎过一件红色披风和她的那造型别致的佩刀，转身摔门而出。我半点都不想再理，自顾自坐在了床边。

还没安静一时半刻，门上就传来敲门声，和那农妇的声音：“寒小姐？关小姐？”我无奈，也不好半夜叫主人家睡不安宁，只得起身将门开一小缝，人挤了出去，又随意般掩上门道：“没事。劳烦姐姐了。”农妇显出几丝疑惑的表情，原本对着关易知所住房间方向的楚祈君闻声转过身来，对那农妇道：“既然无事，夫人先去休息吧。”我道：“不好意思，惊醒您了。”那农妇看了看我，应了声好转身去了。

楚祈君淡淡道：“这么晚还没睡？”我低头看着自己一身穿

戴整齐，心情被他这一句平复不少，低声将刚才一事细细说与他听。说完，我才突然意识到，关曦玥还没回来，现下关易知显然是被楚祈君暂时安抚住了，若明早被他发现，我肯定是首要怀疑对象。这里天高皇帝远的，关易知杀了我都不会有什么影响。楚祈君听完我说的一切，一副又气又笑的表情："我还从未见过你生气的模样，没想到这么厉害。"我已没心情开玩笑，转身就想出去寻关曦玥。楚祈君在身后眼疾手快地拉住我："别去。她不会跑远，可能一会儿气消了便会回来。"我道："不行啊，她一个女孩子，半夜里独自在外，总归有些可怕。况且……"我不愿再说，只盼他会明白。他道："好，那我和你一起去。"

夜幕黑压压的迫人，我和楚祈君颇茫然地站在这田间郊野。我几分焦急，几分烦乱，几分担惧："她会到哪里去？"楚祈君想了想道："她跑离时是夜里，心情又是气急，几乎不会有规律方向可言。""那我们也从住家门口乱跑一次试试？"我很满意自己的奇思妙想，并立即付诸实践。

跑了一段，楚祈君无奈道："这样真的行得通吗？也许你和她的习惯并不一样。"我没有停下，正在措辞回答，却听到了远处隐隐传来的并不给人良好感觉的声响。楚祈君显然也听到了，含义复杂地叹了一声，随即拽着我往隐蔽的方向跑去。

果然没出好事。几个貌似山匪的人正包围着关曦玥，后者语声清脆地喝骂着。我心里闪过一瞬内疚。从刚才刀剑交手的声音听起来，这几人武功极其稀松平常，一定只是普通山匪，其中一人竟似已被关曦玥砍伤。我便不再顾忌，飞速靠近的同时甩出几枚蝴蝶钉，不伤要害，意在逼退这些山匪。楚祈君反应极快地跟着我飞身而出，电光石火间几名山匪纷纷倒地，他已站在关曦玥身旁，说上了话。

山匪头也是个没骨气的，刹那间气焰消失殆尽："大侠，女侠，小的们也是没饭吃啊，饶命，饶命……"楚祈君竟然随身带了银子，给了那山匪头一些，道："走吧，记得以后别再伤人。"那人唯唯诺诺转身欲逃，我忽然想起一事，叫道："且慢！"那人惊慌地回头看我。我道："把那几个暗器拔下来，还我。"对方立刻照做，楚祈君好笑地看着我，我认真道："这些很难做的，在这里浪费了太不划算。"

关曦玥看向我的眼神柔和了不少，惊魂未定却也显而易见。有一瞬间道歉的话到了唇边，但又被我下意识地吞回。

一路无话，直到回屋，关曦玥也只是自顾自脱掉披风，放下佩刀，钻进被窝，背对着我睡去。我心里一团乱麻，干脆和衣睡去。

一夜浅眠，心里烦躁，脑海里飘过种种场景，最终回到了下山之前。

那时我正学琴，很高兴地听到自己手下的泠泠悦耳，收手之后盯着星君等待夸奖。星君淡淡而笑："很不错了，让多数人惊艳不在话下。可以去玩了。"我笑着起身离开，却听星君在我身后幽幽叹道："可是，你性子孤高，在仙界我自可让你舒心，但若在人间遇到委屈之事，真是……"不知后面还有什么，散在风中全听不到了。

也许人间，真的不如憧憬一样美好？

忽然念及离开，忽然才感受到，自己心里竟然仿佛生出了刻骨的不舍得。

第二日一起吃饭时，关易知有意无意就问起："玥儿，昨晚可是与寒姑娘发生了争执？听闻昨天动静不小，连祈君也跟出去寻你们了？”关曦玥闻言，恶狠狠瞪了一眼我，面露得色刚要开口，目光扫过楚祈君时却忽然消了声息，敛了神色道：“爹，没事，只是我做了噩梦，出去透透气，他们是不放心我。”关易知也不再多问，顺着话头含糊地道：“那便好。”

我们与那农妇告别，准备启程。

忽然远远跑来一个小厮模样的人，一脸急切。我想想关易知那种看我的眼神就很厌烦，看到此景就走远了些，朝马车那边过去。远远听到那人道：“老爷不好了，李将军前日遭人陷害而死……”我心下一凛，那李将军大概是前些天策反那批军队的新任头领，貌似还是关易知颇器重的手下。已经渐懂政事的我隐隐觉得不妙，却听楚祈君的声音道：“可能是朝廷的人发现了他们，杀鸡儆猴。”关易知同样随口敷衍，而后打发那小厮走了，接着没事人样叫我们照常出发。

“你其实也怀疑，是御彻他们，对么？”

楚祈君没有说话，没有点头，也没有摇头。

十七、红尘深处尽淤泥

又走了几天，到达一个离宋州不太远的小城。久违地住进客栈，吃上点像样的酒菜，席间的气氛似乎也融洽了一些。

关易知道：“听说几个月前，礼部侍郎郁大人的父亲重病不治而亡，郁大人回家奔丧，不想也染了病。现在连太子妃也惊动了。她的家乡就是这里，大约这几天就要回家省亲。”郁瑾？仿佛已经久远的名字乍然听到，我不禁恍惚。而后忽然明白，原来那郁瑾八成就是关易知派去宫里的细作。此番回家省亲……也大概就是借机会面商事罢。

果不其然，第二天郁瑾就回来了，街头巷尾地似乎是图个新奇，竟都热闹起来。

我无甚兴味地在客栈里闲着，无意间发现这客栈大约也是与关易知有交情。若有似无的寒意从脚底升起。一盘遍布苍穹大地的棋局恍然在我眼前展开，只是硝烟还未燃起。

不出所料，夜色全黑，子时左右，一身夜行衣的郁瑾准时进入了这间客栈，来到了我们面前。例行见礼，没有浓妆艳抹的她仿佛也不再那样飞扬跋扈，反而精明干练，颇予人好感。不过我却有些许紧张，还好戴了面纱。郁瑾转头注意到了我，开口问道：“这位姑娘是……”关易知道：“她是我们的盟友，寒姑娘。”我礼数周全地与她寒暄了两句，继而落座。

关易知道：“宫中或是京城可有什么消息？”郁瑾道：“皇帝耽于玩乐，这两年还会再次出巡，不过不会再经过云溪。可能会改走江寒一带。主要是丞相等重臣想要独揽大权，是以都在任由甚至鼓励皇帝玩乐。太子南宫漠也很像他父亲，终日看起来不务正业，也找了不少女人。只是我未完全看透，他这一切是否故意为之。因为以前他曾参与政事，也被赞过有治国之才，这两年才忽然成了纨绔子弟。现在宫中夺嫡的风声也愈演愈烈，二皇子南宫海是多年荣宠不衰的淑妃所生，那淑妃甚有野心，一直在为儿子推波助澜。虽然皇帝没有多少改立太子的意思，但近来也让热心政事的南宫海做了不少事情，难保这几年不会闹出大事。”关易知点了点头道：“嗯。那你也知道该如何做。挑起宫内萧墙之乱，令敌自乱阵脚，不失为最好的方法。”郁瑾的神色似乎有些复杂，但言语干脆：“是，属下明白。”

后面又谈了很多军政之事，再后来关易知与郁瑾单独又说了些什么，我只看到郁瑾离去时手中多了一个包裹。

关易知也走到门口，示意我们再进去。重新坐定后，关易知道：“郁远虽是郁瑾生父，却并不知郁瑾与我们相交，但是现在事情可能离败露不远了。郁远官职不小，留着必是麻烦。”说到这里，一个诡异的停顿之后，他的目光转向了我，意味深长，“寒姑娘，听闻你暗器与轻身功夫了得，老夫欲劳烦你跑一趟，除去这郁远，如何？”我心下一震，迅速瞟过身旁两人，关曦玥神情显露出惊诧，楚祈君只是如初见时那般，完全无所谓，未动声色的模样。

我心念电转：杀人的勾当我是铁定不愿做的。可如若拒绝不做，关易知必然对我更加生疑，况且我现在都不甚清楚他究竟如何理解我的来历。关易知说这等杀死属下的亲人之事面不改色，足见此人性情，难保这近在咫尺之人会以何种恐怖手法加害于我。而我对今日不能说毫无准备，只是走上这条路的初衷仿佛不过是不想飘零尘世……或说是舍不下身边那一脸淡然的人？念及此处，我心神一恍，好像一直不愿直面的事情避无可避地浮出水面。就算关易知不欲害我性命，也总是要想法令我远离他们的计划，那么我的初衷也便随之烟消云散了。

肯定不行。

所以，我毫无疑问地被逼进了一条狭窄的死胡同，没有第二种选择。罢了，先应允下来，再见机行事好了。我极不情愿地装作语气平平地道："身为盟友，共谋大事，出一份力也是应该。此事我会尽力完成。"

关易知似乎很高兴般，笑道："寒姑娘不愧为女中豪杰。很好，老夫这几天就等你好消息了。"我勉强笑着应了。

出房门时，关易知当先走了，跟在其后的关曦玥毫不掩饰嫌恶地瞪了我一眼，我心中愈发苦涩，站在原地忘记了自己还要出去。楚祈君从身后绕过来，停下脚步，回头深深看我，眼眸里有担忧，怜惜，和喜悦。他低声道："你只潜入郁府做做样子就好，下不了手的事我来想办法。"我回看他，苦涩地摇摇头，低声道："他很精明，这个试探马虎不得，我既然这样选择，也没有理由自认不行。"他轻轻叹了一口气，转身离去。我的心，却被这一声含义分明的轻叹压得愈发沉重。

我本来很喜欢夜空，喜欢对着夜空发呆，以前在仙山上没有什么心事的时候就很喜欢，现在有时也会对着夜空喃喃自语。可是今夜，漆黑的夜空无端凄冷萧索。

其实潜入郁府并非难事，我体内的内力与常人并不相同，这一点在轻身功夫上体现得尤为明显，武功很好的人都不一定能发现我的侵入。也许是未到那最后一刻，心中的阴郁还可忍受，深夜闯入他人宅邸的行径竟然还为我带来一丝刺激，于是我迅捷地找准时机越过墙头，隐在灌木丛中夹杂的粗壮树干之后。

前一日关易知"好心"地给了我郁府地图，于是我还算顺利地摸到了郁远卧房旁边的一处犄角旮旯。小城生活清俭，其实府里并不气派，也没有多少巡夜的家丁，是以我现在的处境已经算得很安全了，足够停下来细想决定。

我蹲在角落，心绪千回百转。忆起上次兴头上施过仙术后的悲惨后果，我尚心有余悸。不过人命关天，总之我不会死就是了！大不了就说为了防止别人查出真凶，我把尸体处理掉了。

卧房并没有守卫，我蹑手蹑脚踏了进去，站在门口捏了一个手诀，把这屋子圈在了结界之内。这是最小范围的结界，我怕自己无法维持更大的。然后取出一枚蝴蝶钉，靠近郁远，把蝴蝶钉虚按在他脖子上，然后叫醒了他。

郁远惊讶地一下就要坐起，感受到蝴蝶钉之后又躺了回去，估计是见我不急着取他性命，索性扯着嗓子喊了几声“来人啊”。反正结界里的声音外面人是不会听到的。尽管如此，从未做过此等事情的我手心里也沁出了汗滴。我收回蝴蝶钉，略略紧张地道：“别叫了，他们听不见的。”郁远惊异地看了看我，眼神慢慢变成戒备。“你是何人，为何挟持于我？”我想了想，他大概去了仙山也不会再回来，知道真相也无甚大碍。“郁大人，你女儿郁小姐参与谋反，他们怕你知道了会破坏大计，派我来杀了你。但是没关系，我不会杀你的。等一下闭上眼睛，不要想着与我对抗，我自会送你去安全的地方。”郁远的表情千变万化，又是惊异又是悲愤又是莫名其妙的。最后他声音有些颤抖地问道：“瑾儿可知道你们要取老夫性命一事？”我有些不忍，转过脸道：“她不知道。”灵力已经开始从我身体里流逝，我清晰地感受着，知道不能再拖，立刻截住了郁远后面的所有问题：“别再说话了！去把外衣鞋袜都穿好！”郁远根据我的指令茫然地穿上外衣和鞋袜。我见差不多了，便道：“现在什么也不要想了，闭上眼睛……”

郁远却坐了起来，瞪大眼睛看着我的身后。我心里莫名就是咯噔一声，惧意霎时直蹿上来，身子不禁打了一个冷战，脑中也瞬间一片空白，猛然回头时心口大石落地的同时不禁失声道："星君？"只见屋中出现了一团月华般白皙柔润的光晕，中间一身白衣的男子眉目如画，足不点地，宛如神祇。星君近了两步，一脸无奈道："你又在做什么？短短数月，已经是第三次了。"温润如玉的语调带着淡淡的情绪，这样的熟悉让我放下了所有复杂的思绪，莫名的泪意酸了鼻尖："我……星君，如何责怪璃儿都好，可否将此人送至仙山？"星君淡淡瞥了一眼我手里的蝴蝶钉，淡淡阖上眼眸，轻轻一挥手。我回头看去，郁远果然已经不见。

星君淡淡看了我一会儿，又一挥手，转瞬也已不见，连带我的结界。我大松一口气，毫无知觉地颓然迈步，走到门口，竟又与一人撞个满怀。我骇然抬头，是楚祈君。他环顾了一下四周，又仔细看了看我，眼中闪过疑惑和一些看不分明的情绪，而后轻握着我手道："璃儿，把这枚蝴蝶钉给我。"我下意识感到不妥，却再无力思索什么，由他轻轻掰开我的手指拿了去。他淡淡担忧地道："这次……会不会比上次更严重？赶快回去休息吧。"诚然，这个小结界也并不是省油的灯，脱力感已然阵阵袭来。我脑海里一片混沌，种种疑虑惊悚交替闪现。我刚想强撑着离开，却终于忽然念及一事，于是顺手抽出楚祈君的佩剑，往自己腿上划了一下。毫无技法可言，疼痛叫嚣着侵袭了我的神智，我大概只是忍住了没有喊叫出声，在楚祈君惊痛的低呼声中晕了过去。

再醒来时，已经回到了所住的客栈。面纱不知道什么时候被拿掉了，腿上的疼仍然清晰，转眼一看却是关曦玥正趴在我的床边。见我醒来，她眼里立时闪出神采，竟是很开心的样子。我疑问地看向她，她浅浅笑了笑道：“寒姐姐，我听楚祈君说了，你没有杀郁瑾姐的爹爹，不惜自己受伤也要把他安全送走。”真善的光芒在她清澈的眼眸里闪动，立刻照亮了我心底的阴霾。见我并未说话，关曦玥又自顾自道：“当时我就想说爹爹来着，怎么可以对郁瑾姐那样，可是爹在这些事情上从不会听我的。寒姐姐，你是好人，我不会告诉爹爹的。”我也笑了笑，小声道：“谢谢。”

闭目养神，听得门外隐隐是关易知和楚祈君交谈的声音。

关易知道：“她这一手暗器确实漂亮。可是说也奇怪，当时你笃定这寒姑娘刺杀南宫漠一定会失败，建议我以此招除去她，或者逼她离开皇宫，好让郁瑾地位稳固。可为什么短短这些时日她就也可做出如此干脆利索的刺杀？”

我心下大震，某些执念霎时撼动，几乎土崩瓦解。

楚祈君轻描淡写的声音若有若无：“迫于压力，本就是被他们挑中的细作，这点事情应该并不奇怪。”

后面还有什么，我已经完全听不进去，只想捂脸痛哭一场，泪泉却似乎已经干涸。我反而莫名地微笑起来，但估计十分难看。

荒唐，当真荒唐。

挥之不去，那人洒脱如仙的衣袂，温柔戏谑的笑语，早已镌刻在我的心尖。也许未至最浓烈处，却已再难忘怀。我本已相信人间尚存一息美好，抛却许多也要坚持，可是现在……

“我本凡人，为厌弃尘俗来此。人生在世，不如意事十之八九，就算至亲至爱，也难免背叛、猜忌、谎言、争执等等无休止的纷扰。”当日星君劝我不要草率下界，说了很长一篇，都被我作耳边风过。今时今刻，这些言语绕上耳畔，绕上心头，滋味却深了许多。

关曦玥清脆的语音从虚空的回忆中针刺般传来："寒姐姐，伤口很痛吗？"我低头看看，腿上伤痛，何如心之迷惘。我摇了摇头，复又阖上眼眸。

晚上关曦玥拿了饭食进屋，我吃了一点点便没有食欲，想来虽然一瘸一拐，走出屋子应该无妨，便称气闷，让关曦玥扶我出去透气。

"寒姐姐，我上次半夜里对你发脾气，对不起啊，你别介意。"寒凉的秋风从半掩的门外跻身而入，吹得我身心俱冷，回首想想，或许向我显露真心的只有眼前这位明艳无瑕的姑娘。"没事，只是下回吵架的时候，别再自己跑出去，免得遇到危险。"我听见自己如是说。

出得房门，夜凉如水。我漫无目的，信步就往后院隐蔽处去。

客栈的后院处有些诡异地毫无人迹。关曦玥皱眉建议换个方向，我却不觉得害怕，顺口劝慰她一句就继续前行。

转过拐角，忽而听得一些窸窸窣窣的声响。我和关曦玥默契地定住脚步，看着视线里慢慢出现了两个小厮扛着一具尸体，大约是要扛到别处处理。那尸身眉心处，蝴蝶钉闪着炫目的寒光，刺痛了我的眼睛。这是他做的罢。远远的不够明晰，可那手法与我的竟是像了九成九。一缕风与我擦身而过，令我生生打个冷战，还未恢复的身子几乎要软倒在地，被关曦玥用力撑住。

我对关曦玥扯出一个笑容，看见她脸上并无什么明显的神情。

原来费尽周折，不过是害了不同姓名的另一条人命罢了。

“世间之人，多看重声名、财产、权势，有时私欲在人心中可以压过一切。等级制度森严，皇家与庶民几乎可称天壤之别。你若想要体验如常人般的生活，便记住不要轻易与世人惹不起的人发生冲突，也不要总是质疑他人所想……”

私欲……红尘染身，我此刻的心境与常人只怕已并无二致。甚至……还不如身边关曦玥的通透纯净。

“寒姐姐，不必再歉疚了。我跟着爹爹许久，已经明白很多事情无法改变，甚至无法承受。而我们并不能因为这一天发生的事情，就放弃自己的未来。今天所做的一切，都是在为最想要的明天准备。”我看向她认真的眼眸，有所触动般应了一声，露出了一个可算真诚的笑容。

回到屋中，关易知和楚祈君迎面而来。关易知皱眉道：“玥儿，怎能让寒姑娘尚未痊愈就出门？”未待关曦玥出声，我立刻抢道：“前辈切莫怪罪小玥姑娘，是我执意想出去透透气。”“也罢。姑娘还是好生休养才好。”我顺口应下，视线却似有意似无意地对上旁边楚祈君的目光。他的眸中，那些担忧，心疼和温柔，好像还是那样明晰，我却丝毫不能辨认真假。

十八、空堕旋涡难自拔

我移开了目光，心里的堵塞感略弱了些。关曦玥冲我笑了一下，我也淡淡送还一个微笑。

楚祈君道："前辈，郁远之事，事态正在扩大，此地小城边防不严，不如立即出城。万一事情闹大，他们封锁城门严格排查，于我们就不好办了。"关易知点头："不错。若非寒姑娘受伤不便，我们昨晚便应离开此城。"我暗暗皱眉，忙道："前辈，我已无甚大碍，万万不好因为我而耽误大事，眼下速速离城吧。"关易知道："好，大家收拾一下行装吧。"

腿伤着实令人很不愉快，收拾起东西更是慢了数倍。关曦玥有随行小厮帮她，她便跑了过来帮我。"寒姐姐，除了这几件衣服，还有什么要放到这个包裹里吗？"我浅笑着回头看了看，道："没有了。"回过头来，却见不远处放着另一个还没有系上包裹的桌边多了一人，正结束一个漂亮的结扣。我心头蹿起一股莫名的不爽，以一个很不雅观的姿势冲过去打开他手，咬咬牙忍了牵动伤处的疼痛，眼瞧着包裹道："我还有东西没放进去！"顺着话意从怀里随便掏出来一个东西，便欲往包裹里塞。定睛看时，却见那竟是眼前这人曾送我的，很鲜见的粉红色蝴蝶发簪，与我的蝴蝶钉颇有几分相似，却少了寒光凛冽，多了娇艳清纯。我很尴尬地一把将其塞入衣服堆里，拎起包裹绕过他便走，只隐隐约约听到身后一声笑叹。

关曦玥把我的包裹也都扔给了随行的小厮，搀着我走出房门。马车已经等着了。我忽想起一事，侧头对关曦玥小声道："小玥姑娘，可否与你爹爹商量，让你我同坐一车？"关曦玥爽快笑道："当然可以，我也正想说呢。"立刻提声叫道："爹！我和寒姐姐坐一辆车，好不好？"关易知回过头来，神色复杂地打量我几眼，又看了看关曦玥，又低头思索一瞬，似乎比较勉强地点头应允，并招呼楚祈君和他一道去了。我心里闪过一丝安慰，和丝丝缕缕的失落。

行了几日，我的腿伤颇好了些，一行人也算平安无事到了宋州。宋州是云溪北边的一个城市，这附近除了云溪，它算是差不多最大的一个城市了。显然关易知他们在这里有事可做。我仍是伤员，和关曦玥一起被早早安置进了客栈住下。

到宋州的第二天，我因为提不起兴趣而索性在客栈的房间里待了一日。天气凉快得紧，便是闷在被窝里也不会觉得烦躁。有一搭没一搭地听着窗外人来人往，仿佛窥探到了一隅人间百态，又恰似过眼烟云，不留心间，空虚而潇洒。

晚间，关曦玥推门进来，神情却显而易见有些怪异。我对上她的目光，心里蓦地一黯，问道："小玥姑娘，怎么了？"她显出些许为难，缓步过来坐到了我床边，停顿一会儿才开口道："寒姐姐，今天听我爹爹说了不少事情。他说，我们这一路争取到了不少势力，眼下兵分多路都在前往浅阳。但是今天有人来报，说我们出渊州不久后到的那个地方，叫什么来着不记得了，就那里的一批隐居的精锐势力，在路上莫名其妙地被消灭了。"我隐隐觉察出了什么，心中暗叫不妙。关曦玥停了一会儿，语气略显犹疑地续道："爹爹还说，这件事八成就是那个什么御彻做的。还说大事还未启动，对方就徒生事端，着实可恶。还说……寒姐姐你是御彻的义妹，只怕你也有些蹊跷……"果然如此。不过我确实对这些杀戮之事之前一无所知。我抬眼看向关曦玥，还未想好如何说，说些什么，她已经再次续道："那个……爹爹不让我把这些告诉你的。"我自忖心机尚浅，又觉与关曦玥耍心机也似乎不必，于是只摇摇头道："我完全不知此事。自从宫中出来之后，我只有与你们一道时见过御彻他们，这些消息更是全然不知。不过你爹行事谨慎，对我有所怀疑再正常不过，小玥姑娘愿意信谁都好。”我大概确是心情不佳，话一说完马上自觉不是很对，却也无从弥补，只得闭口不言。关曦玥果然皱了皱眉，道：“寒姐姐，我愿意告诉你便不是怀疑你了。你之前在郁瑾姐爹爹的事情上那种做法，如果被爹爹知道也一定会换来被怀疑的结果。如果是他们让你来害我们，被我爹爹怀疑对你肯定不是好事，可是你还是做了。我也和爹爹说了你不是那样的人，他好像不太相信。所以我只是想说，也许……姐姐这段时日要小心一些。”我心下一暖，随后却是一凛。听这话的意思，她听到的言语一定不如她说得这般温和，只怕关易知已经决定对我不利。

我的脸色大概不太好看，关曦玥岔开了话题道：“其实也没什么事，反正他们这几日忙也不会带上我们。我看寒姐姐的伤已经好得差不多了，不如我们明天去城郊玩玩吧。”我淡淡应了声好，忽觉心乱如麻。

晚间，闲坐了一天的我并没有什么食欲，几乎只是碍于礼貌而下楼一起吃饭。少许吃了一点点，客栈里热闹的气氛吵得我心里的情绪翻涌起来，有种忍不住就要爆发出来的冲动。而我下意识地就不想表达出内心的一切，索性目送关曦玥他们回房之后，慢慢踱步到了客栈之外，想着吹点冷风也好。

时节一天天向冬季逼近，秋夜里的寒凉一点点变得真切。天色暗得早了，川流不息的人潮逐渐稀疏，安静地感受风里的寒意，我竟真的觉得舒服了很多。眼睛定定看着远方天尽头的某处，其实什么也没有看到。只是当视线里闪烁的星星忽然被挡住的一刻，我还是察觉到了，顺着疑似衣摆的遮挡物抬头看时，似有所感般看见了最想也最不想看见的人。

楚祈君道："你的脸色不太好，回屋中窗前看夜色吧。"我复又低下头，丝毫不为所动。他的声音携着几分暗哑的情绪又道："……璃儿，是我让你伤心了么？"我心下一震，万没料到他会直截了当说这么一句。幸而我在盯着地上的小石子，他不会看到我的表情。蓦然产生一种想要流泪的冲动，我竭力忍了回去，装作平时谈论天气的语气道："没有。"他极轻地叹了口气，道："无论怎样，不要自苦，好么？"我这才发觉，自己的样子现在看起来可以形容为"蜷缩在地"。于是我几乎用尽了我能用到的全部力气，才把心里诡异的情绪浪潮尽数压制，起身，进屋，上楼。关上自己的房门。

躺在床上胡思乱想，只觉得自己像是溺水而并不会游泳的孩童，徒劳或者是坚持地划水求生。乱如团线的思绪里，我从疑惑不解转向怀疑恐惧。是啊，如果是有意接近，当然有可能装作不知，或是迫使我更加……沦陷。

屋里比外面暖和得多，而且有温暖的被窝。可是挥之不去的孤独感漫上心头，我却哭不出来，只能强迫自己入眠。

是咬定我不肯放手么？

睡了一觉起来，心情平复了不少。关曦玥吃过早饭就心念着昨日的提议，拉我去郊外玩。我兀自犹豫的心境被她明快的笑语打破，也就随她一起去了。

秋天的蝴蝶仿佛也添了几分寂寥，想要寻求一些温暖，竟在没有召唤的情况下也纷纷绕到了我的身边。它们，绚丽斑斓也好，色如枯叶也好，总会令我犹生亲切，能够装扮我惨淡的心情。关曦玥跳下马去追蝴蝶，但十有八九被那些敏捷的小生灵避开。她丝毫不恼不烦，只回头向我笑道："寒姐姐，好像蝴蝶很喜欢你呢。你说，京郊那日那些神奇的蝴蝶会不会也是为你而来？”我下意识心里一颤，随即知道她不过是笑语一句。我淡淡而笑没有回答，随意将手指伸向一只蝴蝶，对方很自然地停在了我的手上。关曦玥怕惊扰蝴蝶似的轻手轻脚跑回我身旁，仰头看着我手上的蝴蝶，笑着小声道：“我说得没错吧，姐姐不用抓都能得到它们。”

我不是很愿下马，于是信马由缰，由马儿缓步随意而行。关曦玥乐此不疲地与蝴蝶嬉戏。我默默看着此情此景，终于感觉荒凉的城郊焕发出了些许活泼的气息，而我的内心，有些东西正在悄然变得愈加明朗。

后来，我和她并肩在半枯的花田里一步一步地慢行。蝴蝶围绕身畔，宛若春光。

四下无人，我早已摘下了恼人的面纱，捏在手里晃着。关曦玥再看向我时，眼神里多了很多认真，甚至是还朦胧的坚决。“寒姐姐，你真漂亮。”我虽听不出这话里半分的虚假，却清晰地察觉了这语气里并非简单的欣赏。我知道这只是一个开始，无从回应也没有回应。她果真续道：“虽然没有见过你与人武斗，就算你不会舞刀弄枪，功夫也比我强得多。你还会弹琴，读书，连蝴蝶都喜欢你。”她说着，抬手伸向一只蝴蝶。蝴蝶急速飞起，避过了她的手指。她收回手，低下了头，声音也弱了几分，“你知道吗，楚祈君很不喜欢外人进他家院子。因为他娘亲不喜欢陌生人。他爹和我爹交情不浅，所以爹爹常带我去他家拜访。一开始我只知道他家有个公子，但好像是体弱，从不见人。后来过了几年他好像蒙高人相救，不再多病，我就认识了他。那之后我便经常过去他家，他爹很欢迎我……他爹是做官的，前几年为了不连累我们大计，被朝廷杀了。”我听到这里，莫名地竟然心静如水。甚至，有些想要保留这些更加完整的记忆。

“所以我第一次看见你在那里，就觉得不高兴。可是，是他亲自把你带进去的，我早该不生气的……”我有些不舒服，转头想要阻止她继续。她的脸色有些苍白，侧颜都能看出不同于平日骄横单纯的坚毅。我于是，竟咽回了嘴边的话，选择了安静聆听下去。

“其实我一直都知道，楚祈君虽然待我很好，可我始终在他心里没有那么重要。我一开始觉得，你有什么好呢，总喜欢戴着面纱，话也很少，整天好像都不开心的。后来我慢慢发现，不是这样的。寒姐姐有那么多优点，还有……我也不知道怎么说，总之我明白了，楚祈君很喜欢你……我，我也觉得你很好，真的。”我早已撇开了目光，望向身边的枯萎花枝，和远处若隐若现的人家。孰真孰假，再次交缠在一起，混沌了我的视线。

我慢慢转回头看着关曦玥，轻轻地道：“是么。”话一出口才发现喉咙干涩，发出的声音几若不闻。我清楚地看见，关曦玥的眼泪已经呼之欲出，在听到我的这句低声呢喃之后，她眨了下眼睛，泪水滚落，她眼里的神色换上了一些讶异。我扯出一个笑：“也许并不是这样呢。”关曦玥摇摇头，低声道：“我是看得最仔细的，我从未见过他看谁的眼神里像看你的一样，没有疏离淡漠。”我何尝能够丝毫不为所动。但是，我最后还是决定，遵从自己已有的决定。“小玥，你何必如此说。我不过迟早是你们的敌人罢了。”我吐字有些困难地道。关曦玥仍然摇头：“只要楚祈君不把你当敌人，我也不会。”我听到这句话时只觉得讽刺。是么？他们是想要我命的人呢。我也摇头，继而用我柔软的面纱为她擦擦眼泪。她却忽然笑了，笑得无瑕。

既然无法接受，不如干脆离开。反正我知道的也不算多，即使被追杀还可以回仙山不是么？我转头看向马背上恢复了笑语晏晏的关曦玥。也许她的生活还会变得更加美好呢。

深夜。

我自从回屋就一直枯坐，仿佛是在敲定那个决心，逼迫自己放弃最后一根救命的稻草。

这两天没怎么动包裹，收拾行囊很是容易。蹑手蹑脚下了楼梯，客栈的门自然已经紧闭。我暗自嘲笑自己的愚蠢，昏头昏脑竟然忘了这茬。于是……如果施术法出去会不会直接倒在门外？不敢肯定。

还是算了。我复又蹑手蹑脚回到楼上屋中，打开窗户往下看去。嗯……似乎不算很高。于是……我抱着包裹从窗户跳了出去，安全落地。

再想想，好像半夜去牵马也不太现实，只好靠自己了。茫茫夜色无边，心上的压抑迫使我全力奔跑，只想最快尽可能地远离这恐怕久久也无法忘怀的一切。

最后，当我终因体力不支而颓然停下时，长夜寂寂，周遭的环境却陌生得一塌糊涂。这是什么地方？我苦笑着环顾。只怕适才我用了不少的轻身功夫，不过迷路也正合我意，也许去哪里还能邂逅一段新的生活。毕竟星君那话我还没有真切的体会，甚至还没有什么痛苦令我甘之如饴，我还觉得没面子回去。

我大概是坐在了路中间。不知为何，一个人独处时，再浓的泪意也化不成真实的泪滴，我喘着气为自己取暖，却不免被风吹得瑟瑟发颤。我将头埋下蜷缩的自己的臂弯里，好像暂别这纷繁而布满荆棘的人世，安享一隅长乐。

但是很快现实告诉我，这不过是自欺欺人的把戏。因为我从轰鸣作响的心事里再度抬头时，已经看到了很不现实但是确实出现了的，寒光闪闪的兵刃，和渐渐围上来的黑衣怪人。

我立刻站了起来，甚至还来得及射出几枚蝴蝶钉。不过我已经处于几乎体力透支的情况，蝴蝶钉掷出去就有些软绵绵，准头更是差得可以。大概只命中了一枚左右。反而似乎激怒了来人。为首的一个在夜色中打了个奇怪的手势，接着我身后一阵劲风，一个人捂上了我的口鼻，那味道说不上的奇诡，我毫不意外地很快失去了知觉。

好吧，星君的话又应验了一句，纵然我法力已经好几百年了，可是修为还是太浅，到了人间身体平时不会与常人有什么不同。包括生病和吃药……

在一间破屋子里醒过来的第一刹那，我竟然想到的是这些。也罢，我都不想去问，这些黑衣人八成就是关易知派来的。难为他在我身上花费这么大的心思。

还好，这些人并未对我进行虐待。而且就在我醒过来的当天，关易知就亲自到了。“寒姑娘，这一日委屈你了。关某没有什么特别的要求，只是想知道御彻到底对我关某人是个什么态度，是不是哪天就要到我头上动土？”我因为身有退路，并没有多深的恐惧，只有一点紧张。“前辈高估我了，御彻不曾与我交代过任何事。”我也知道，这话他铁定不会相信。我已经开始思考，如果他要派人大刑伺候，我是现在逃呢，还是坚持到最后一刻再逃呢。

但是他竟然没有再做什么。“既然如此，寒姑娘且先在此多住几日吧。关某不是三岁孩童。寒姑娘如若坦坦荡荡，又如何会深夜出逃？”关易知很无所谓般，转身离去。

十九、轮回井边诉衷情

半月过去了。

今晚似乎冷得有点让我难以入睡，思绪没来由地也多了起来，丝丝缕缕缠绕在脑海心房，渐渐从可有可无变得挥之不去。

关易知并不常来，十余天光景里不过只再来了一次。其余时候，都是那个黑衣人首领旁敲侧击地说上两句。且不论我想不想告诉他们，我是真的什么也不知道。现在想起来总觉得御彻他们也并不将我看作心腹，徒在人间辗转许多时日，竟仍落得一份无家可归的孤寂。

寒夜里孑然一身时，总会想起晴落。也是奇怪，结识在复杂的深宫中，还不过是短暂的时光，我却觉得她像是最亲近的人，永远会站在我身侧一般。

我闭着眼睛，想要迫使自己进入梦乡，却只是让脑中思潮愈发杂乱无章地喷涌，无数画面交替、交织，一片混乱。蓦然又想起，许多天不见我，关曦玥会不会向她父亲问起？……他的心里又会是怎么想的……夜深人静，我已习惯向自己承认，楚祈君确已走进我心，可以轻易牵动我的情绪。一天天百无聊赖的时候，我也曾翻来覆去地想，想他那时丝毫看不出掺假的表露心迹，想关曦玥含着泪水在郊外对我说出的肺腑之言，想我自己，究竟把日积月累的亲眼所见看得更重，还是疑点频出的那句所谓背叛欺骗。

有时我还会对自己感到不解，为什么总是更愿意义无反顾地相信那些坏消息。

困倦终于战胜了我的胡思乱想，我在不知不觉中沉沉睡去。

再醒来时，新一天的阳光已经刺眼。那个黑衣人首领刚好踹门而入。我敏锐地觉察到他身上不同于之前时候的杀意，气氛显然非常不对。

黑衣人首领道："姑娘，关老爷说，看来你是什么也不愿意透露了，说是让兄弟们斩草除根，以绝后患，不过……"我透过半开的门看见他身后还跟了不少人，此时他竟然已经满脸不怀好意地步步紧逼过来。我脑中一声惊雷炸响，错愕惊慌间再顾不得旁的，直接施了一个瞬间转移的法术逃走。

修为用时方恨少。那一刻我最后悔的事情就是几百年来没有日夜不分地刻苦修炼！因为我转过身就发现，自己竟然只是到了一个还能看见那小房子的,勉强可以称之为"远处"的地方。黑衣人们正从屋子里转身冲出，几乎已经发现了我。

我毫不犹豫，夺路而逃。不过我毫无方向感，下意识地往陌生的方向飞奔。其实我清楚自己的灵力耗损已然不小，能撑到此时还能跑这么快简直趋近于奇迹，怎奈后有追兵，我不得不强忍着想哭的冲动和全身翻江倒海的难受感继续浑浑噩噩地奔跑。

我仿佛每一步都在用尽全身的力量，拖拽这具躁动着痛苦的身体。直到此刻，我才狠狠地嘲讽自己的可笑。只是我自己觉得我自己无所不能。其实呢？我觉得我已经笑出了眼泪。

其实就是，无论我觉得自己用了多大的力气，逃生的步伐也变得越来越慢，而且，偌大的荒野里我仍孤身一人，再无力面对追上来的众黑衣人。

我跌坐在地，喘着气哈哈大笑着望向来人，眼泪清晰地顺着脸颊滚落。我知道自己的脸色肯定特别难看。他们估计是经过刚才的诡异情状，又看见我这副不人不鬼的样子，已经认定我是妖怪了，倒是收起了刚才那副嘴脸。

黑衣人首领下令道："去！抓住她！"他身后的几个黑衣人面面相觑地犹豫了一会儿，又看了看我，应了声是，颇为忌惮地持刀逼近。

我发现我根本无法停止无声的颤抖，我似乎是还在苦笑，甚至在某一瞬失去了求生的意志；接着又在某一瞬想到，我是不是被砍一刀之后也和常人一样？

我软绵绵地被他们重新抓住，手被绑在身后，几乎神志不清地被他们推搡着胡乱迈动步子，只能勉强辨认，似乎不是回那个小房子的方向。

直到一阵风把我吹得一激灵，稍微清醒些时，我才猛然发现，自己竟然已经身处悬崖峭壁的边上，几乎若是不慎踉跄几步就会直接摔跌下去。

那些人松开了我，退回几步面向我站成一排。我所有的有恃无恐等等荒谬的想法早已抛到九霄云外，几乎是惊恐地看向了黑衣人首领。他却没有很得意的样子，反而看起来也有几分紧张，开口说道："妖女！关老爷说不能让你死得那么痛快，看你气数将尽，识相的话就自己从这跳下去吧，一了百了！"

我愣在当场。看架势，若我就这样按兵不动，他们一时半会也不敢贸然进犯。可是我这次自己都能感觉到自己的身体凶多吉少，最轻也得待上几个时辰才能好转逃离。而几个时辰之内，难保他们不会发现什么端倪而让我一命呜呼……

我缓缓转身，心中五味杂陈地看向悬崖下。深秋萧索，繁荣的树木上枯叶被风撕扯，所剩无几。光秃秃的枝干静静延伸，又像垂首不语的离人。耳畔交织着大自然的秋诗，那是风在吟唱献给亡灵的序曲。

这真是我最爱的季节。

我深深看着那落叶满地，脑中又飘起不切实际的幻想，跳一下似乎也不错，不知道星君会不会来接住我……

黑衣人首领夹杂着怪异腔调的声音把我拉回现实："妖女！你再不跳……兄、兄、兄弟们可就不客气了！"我转回身，莫名其妙地就一把扯下了一路折腾都没有掉落的面纱，笑道："好啊，你们尽管来！"然后我清楚地看见黑衣人们立刻愣住的表情，笑得更加开心。

我觉得自己已经疯了。也是，生命将尽，活得如此荒唐，再疯一点也真的无所谓。只是我残存的理智把昔日的话语拉进了我的脑海。

"等你爱上了一个人，你就会明白，和他在一起一天，都会比独活千万年更加快乐、更加值得追寻。"

"纵然那'爱'让你遍体鳞伤，让你再也回不到此时此刻的快活，你也愿意？"

狂涌的思绪戛然而止，只有一个人的面容和身影渐渐安静地清晰。

可是，我真的心甘情愿么……

身上所有的痛在那一瞬间一齐叫嚣起来，我头痛欲裂，再也不想想清楚这个问题，转身向悬崖走去。脚下的碎石蹦跳着滚落，我堪堪行到不能再前，鬼使神差般停了下来。

就像有个声音在心底深处无声呐喊：一切不可能这样完结。

我很慢地，用尽了全身的力气再次转身，模糊的视线里，一切似乎都成了放慢的戏剧。仿佛一切周围的声响全部屏蔽不见，泪光中，世间只剩下了我和我眼前看见的一切。

一个看不清的身影从后方接近这群黑衣人，我没能看清他的出手，只见到黑衣人们脸上的表情变得突然狰狞起来，然后纷纷不可思议地委顿在地。

我来不及惊愕，甚至没有想到挪动一下处在险地的身体。因为那个看不清的身影，越过了无法反击和阻止的黑衣人们，走向了我。近了仍看不清，只知道是个穿得寻常村夫模样，还遮住了面容的人。可是看不清又怎样，我做梦般毫无怀疑地确认了眼前这人，便是我在最后的时刻心心念念的人。

他在我面前几步处站定，我此刻才想看得清楚些再清楚些，下意识地伸手抹干了眼前的泪花。我看见他的眼眸里闪烁着欢悦和惊疑不定。

他向我伸出一只手，停在空气里，像是此生最郑重的邀约。我只觉得此前种种甚不真实，神智和冷静忽然回归了身体，心底突然蹿上一股真切的恐惧。我似乎微微颤抖起来，再也不敢回头去看那深渊峭壁，小心而惊惧地用手去触碰他的手。

下一刻，我冰冷的全身沐浴进了我渴求的温暖的力量里。我从来不曾如此贪恋过一个怀抱。没有泪或言语，我安静地依靠在楚祈君的怀里，之前所有出现过的想法都化为碎片飞向九霄云外，因为它们显得那样苍白可笑。我可以清晰地感知到自己由内而外渐渐回暖，重新拥有足以行于世间的温度。楚祈君也没有说话，只是轻轻环抱着我，指尖若有若无地抚过我纤长的发丝，像是擦拭失而复得的珍宝。

当所有的惊慌、恐怖、失落、怀疑全部褪而不见之后，从那名为真心的地方，出现了难以抑制的，难以名状的，大约可说是瞬间的幸福的感觉。于是我抬起头，无比真诚地对楚祈君绽开了一个笑容。这大概是个看起来有些傻气的表情，他除去脸上的遮蔽，神情有些复杂地，似笑非笑地也笑了一下，低低问我:“有受伤么？”我抱着他，笑着摇头。只是累嘛，又没有伤。他伸手替我安置好翘起的碎发，半分无奈地道：“是不是又‘变戏法’了，脸色很不好。”我陡然一惊，视线盯住他的眼睛，生怕从里面找到疏离和嫌恶。我知道我很多时候都掩藏得很不好，或者说不太愿意掩藏这些。可是星君跟我讲过很多次，人们总是害怕、厌恶、远离那些无法理解的东西，那些总被他们统称为“妖魔”，所以让我不要在朋友面前暴露自己的真实身份。

“你是什么都好，不愿意告诉我也好，我只是不愿你受到任何伤害。”他并没有避开我的目光，而是用柔光回看，但这话里却含着某种深深的悲凉，甚至是无力。我神经质般忽然感到触动，虽然不太情愿，却不受控制地听见自己的声音说道：“……你不是觉得，在宫里借他人手把我除去也很好么？”声若游丝，但我知道一定要问。他僵硬了一下，但转瞬又恢复蜜浆般令我难以自拔的温柔:“原来你是为此。璃儿，是我不好，曾经那般想你。你生得倾国之颜，又会武艺，我那时以为你会是个劲敌。可是那日我见你手法稚嫩，而且失手之后，忽然就再也无法弃你不顾。此后待你，全是真心。很多时候功名利禄甚至是江山都想不起了，纵然被人追杀也绝不会有刚才见你站在崖边时的那种惧意。”我不知还有什么可说，身上的力量更是所剩无几，软软地靠着仿佛听见他的心跳。只听他又续道，“之前言语确是出于我口，我无可辩驳。只是方才所言句句是真，你可愿信？”

我只有一种心思全被洞悉的感觉。我要如何不信，我要如何才能再甩手而去……不可能了，他已将我所有想要听到的话全部说尽。

我望向他有些神伤的眼眸，心也跟着疼起来。

“对不起……”我本以为干涸的泪又溢出两滴，我一边嗫嚅出几个字，一边尽数蹭在他衣衫上。

“说什么呢。”他的语气终于轻松了些，“好了，别哭，乖。他们一会儿就会醒了，我穿成这副样子估计也瞒不过他们。不过……先带你走吧。”

我眼睛已经快睁不开，心里五味杂陈有些歉意地道：“我走不动了。”声音明显有些微弱，我甚至没什么力气去憎恨人间对仙术的局限。唉……如果修满一千年的话这种影响就会小得多了。

“果然如此。唉……若有一日无人保护你，该怎么办。”他似乎是这么嘀咕了一句，我感到身子一轻，然后安心地睡去了。

再醒来，是在一间小城里不起眼的颇为简陋的客店里。我自是不知已经离开原来的小城多远，只看见了哪个坐在桌边若有所思的人站起身走了过来，问道：“好些了么？”我坐起身，用手抚了抚可能会乱的头发，斟酌答道：“还是没什么力气，不过慢走或是坐车应该没事了。”

楚祈君看了看窗外道：“现下已是寅时，我对宋州附近恰好比较相熟，所以此地应该比较安全，他们两天内都不会找到。”我心里隐隐知道现在的局面已经一盘散沙，很多暗流涌动都可能即刻化为滔天巨浪，可是我执拗地不愿去想，反而愿意相信此时此刻的真实。我像是刻意忽略了他话里的沉重，顺口问道：“你是宋州人？”他看了看我，道：“不是。那座小院就是我家，关易知他们寻到我后也移居到那里附近去了。”我渐渐明白了一点，续问道：“那一定是你很厉害了。按照你的说法，他们会很快发现我没有死这件事情是你做的。以你的才能，关易知一定早就有所忌惮，现在……你岂不是已成众矢之的？”说到后面，我的声音小了下去，头也渐渐低下。楚祈君本来面色比较凝重，听了这句之后却忽然换了一副无所谓的样子，甚至微微笑道：“这有何妨。他们若是聪明一点，便会知道我已无意江山，只要他们不伤你，就一定相安无事。”我脸上一烧，立刻转移话题：“……那些黑衣人会不会认出你，已经告诉了关易知？”他好像笑得更开心般神秘兮兮道：“我穿成那样子是顺手而为，本来还想吓唬你的。如果不出意外的话，那些人醒来之后是不会记得我的存在的。”着实有意思，这种事情似乎很高阶的仙术才能办到，于是我很配合地瞪大眼睛做惊喜状。楚祈君伸手轻轻捏了一下我脸，续道：“我师父精通阴阳术数和炼制药物。我十几年来只学了些皮毛，师父忽然含糊其辞说有要事等着他，匆匆与我交代之后便云游而去。此后我就再也没见过他。”我心中一凛，虽然不知其详，总也知道这些本事高深莫测，相传造诣高者能够依据风水布下阵法，有颠倒乾坤之力，历代君王幕后无不藏有此等国师，又无不对拥有这些本领的人极为忌惮，常常用各种手段斩草除根。

我难辞其咎，百爪挠心。“我……是因为觉得你对我全是诱敌之计才在夜里出走的……现在弄成这样。你为什么要来救我，我除了把自己和事情全部弄得很惨之外根本没什么好的，也许从崖上跳下去也不会死……这不值得。”我的泪意又涌上来，被我强行忍住。

一双手伸过来，把我的脸扭向楚祈君的方向。“璃儿。”声音不高，我却有一种他好像生气了的感觉，心里不太舒服地收起了蹙眉愁苦的表情，低垂着眼帘不知道该看哪里。“你知道你这样子说话很容易伤人么？”我抬头看了他一眼，据实道：“不知道。”不过听起来像吵架一样，有点生硬。他很无奈地道：“我告诉你了，现在知道了么？”我心里正又是愧疚又是自卑，鼻子一酸，还是没什么好气道：“嗯。可是不知道为什么。”这次他没有很快接话，我心下一紧，抬头看时看到他一脸正在隐忍的神情，忙道：“你别生气……我是真的不知道。”他叹了声气，看着我认真说道：“璃儿，我不明白为什么你总是喜欢一个人承担所有你能做或是其实根本不能做的事情。你不愿意向任何人透露你其实可能会遇到危险，或者……你很难过。当有人关心你的时候，你也总是不着痕迹地推开。你的要求也很高，自己只要有一点点错误，就好像罪大恶极一样。这样很累，很不舒服，对么？”

我的眼泪已经再次掉了下来。是的没错，我真的很恨自己，百无一用。我弯起腿，脸埋进了膝弯，手臂环抱着自己。

楚祈君没有再来管我，任由我哭到停不下来，而后慢慢收声。

他深深叹了口气道："唉……我只是想说，璃儿，你有很多好处，为什么你自己看不到呢？还有，我喜欢你，想做你心里一个例外的人。"

我仍然保持着眼前一片黑暗的姿势，不言不动，心里却理所当然地毫不平静。

"我已经在你面前哭过好几次了……"

二十、自古多情伤离别

楚祈君幽幽地道："你不愿示弱于人也好，但也不要郁结在心，记得你还有我。"我心下暖暖，闷闷应了一声"嗯"，还是没有抬头。

"好了，不哭了吧？别闷着自己了，来说说接下来想去哪里吧。"我心里别扭得很，半晌才憋出一句："……眼睛肿了肯定特别丑，我就这样好了。"

我还在自己制造的黑暗里，完全看不到周遭景象，只是模糊地听到某人低低叹了一声，然后大约是从椅子上站了起来，靠近床边……一双手覆到耳边，我在心里无奈地呐喊，但毕竟觉得争执这些未免无聊，便没有反抗，由他捧着缓缓抬眼。当我看到近在咫尺某人放大的容颜之际，脑中一片空白，直到柔软的触感蔓延到唇上，我才悚然一惊，清晰地微微一颤，一瞬间下意识地阖上了眼眸。

起初僵硬的我渐渐被这个轻轻柔柔安慰宠溺般的吻融化，开始懵懂地觉得温暖。深秋凌晨，额上细密的汗滴出卖了我的生涩与幸福。最后他离开我，仍是低低地道："璃儿，你无论何时都是极美的。"

我一把掀开身上被子跳下床，直奔窗前去吹凉风，仿佛这样就能消减脸颊上滚烫的温度。

"你准备去哪里？"我一向不喜欢先表达自己的意思，于是稍稍平静下来之后看着窗外有些魂不守舍地问楚祈君。他走近桌前，一阵纸张窸窣声后开口："璃儿，来看。"我回身看去，竟然是一张昱穹王朝的地图。

"他们要去浅阳，大部分人马不会因我们改变方向。东行应该比较安全，若能绕到东南边境那些信息闭塞的地方隐居，应该不错。西北方向也很安全，风光秀美，水土丰沃，隐居起来应该更加不错。"我看着地图静静听着，心里念头更迭运转："……真的对建立功业再无所求了么？"我觉得自己就像在替他不甘心一样。他却轻轻松松地道："先与世隔绝一阵并无大碍。"说到这里忽然一顿，后面的语气颇凝重了些，"现在天下局势错综复杂，关易知不简单，御彻那边也很麻烦，总之对我来说都很棘手。也许现在藏起来重新理清一切或许还是此时最好的选择。"

我听得几分云里雾里，心境却骤然轻松了不少。这些修习阴阳术数的人，也与常人不同，是否就与我多接近了几分……正胡思乱想，却听他忽然话锋一转："对了，第一次见你时御彻说你是他妹妹，可是你却姓寒……"我一愣，继而摇摇头笑看着他道："我是孤儿。一开始是认识了嫣姐姐……就是曲姑娘，才与他们一道的。"不知是不是我的错觉，楚祈君有些释然地"哦"

了一声，目光移回了地图上。

想到可能有人已经启程追杀我们，我不禁心下惴惴。天下虽大，可我们已然置身宏图大业的开端，涉及整个大地的旋涡中，我怎么敢言哪里绝对安全。手指若有若无地在地图上划过，我几乎是脱口而出："既如此，不如先往西去吧，我比较喜欢那里，四季如春。"他看了看我手指指的那个位置，浅笑道："好。那里灵气充沛，或许能有意想不到的收获。"

大概是深秋季节太过寒凉，也或许是我休息得不够多，总之就是那日过后我的身体并不见好，反而染了风寒。走路或是骑马都行不通了，于是楚祈君去特意弄了一辆破旧马车来，把我装进去一路颠簸。我整日便是靠在一个不知道从哪里弄到的软垫上，随着马车在人迹罕至的道路上颠簸，晚间寻个小客店或者比较友善的农家借宿。我真的很想立刻投入仙山葱郁的怀抱里，不过这种想法之余，有楚祈君一直陪在身边照顾周全，感觉也并不那么难熬。

那张地图颇为详细，我们还算顺利地一路避开热闹繁华的城市而行，甚至有人迹房屋的地方都尽量避开，因为弄的这辆马车虽然算是简陋，但行在此时的村落小镇里还是显得非常突兀。现今赋税徭役很重，那些本就不太富裕的村落小镇更是哀怨萧条。许多食不果腹的孩童衣衫褴褛，站在村头似乎是在遥望这辆马车。我扭过头望向另一边的茫茫荒野，眼前似乎出现了烽火狼烟，似乎有乱世王者从硝烟里站立起来，为这片土地染上了新的绿装。很多时候这样神游，我不止一次幻想那盖世功勋里有属于我的一片碎片。然后自己打碎自己的幻想，却说不上是哪里不切实际。

有时和楚祈君闲聊，我便缠着他问他师父都教了些什么，有什么神奇的术法可以教给我玩。他起初不愿说，后来架不住我一而再再而三地问，只好拣着简单无危害的跟我说了说。听起来确实十分有趣，不过尝试去做之时总是会感到头晕不适。我以为是自己身上带病，不应学习这些所致，后来某晚睡不着思索此事时却忽然豁然开朗。大约百年以前星君似乎给我讲过一些上古往事，关于神魔两界为何水火不容之类。结合楚祈君所言，他的师父所学之术竟与幽冥界（不算是人也不能算是全魔的“人”生活之地）极其相似。念及此处，我不禁遍体生寒。好在我并未在楚祈君身上发现什么异样，他既说他修为比起他师父差得很远，也就几乎与常人无异罢。可是与幽冥相关的人，却是无论如何也不能带到仙山了。我不知道该如何阐述我忽然改了主意的原因，加上身体越来越不舒服，简直懒于思考，这几天竟也就将此事搁下。

之前楚祈君曾问过我病得是否严重，在我毫不退让地表示“过几天就会好”之后才继续走着荒无人烟的路。可是过几天之后我竟然反而额头发烫，饭食也几乎无法下咽。昏昏沉沉之际，我们已经在黄昏时分到了一个久违的小城，在一家比之前体面一些的客店里安顿下来，楚祈君说要去找药铺抓药，我劝了两句无效之后再无力气出声，只好乖乖躺回床上。

不知是不是因为已经有些凛冽的寒风顺着没关紧的窗户漏进来了，我忽然觉得身上除了烫之外多了些莫名的寒意。在一种不太对劲的感觉的驱使下，我索性下了床，推开房门向楼下有几分热闹的食客看去。

果然。我几乎以为我看错了，使劲摇了摇头试图让病中的脑子清醒一些，又揉了揉眼睛再定睛看去。没错，角落的一张桌子两边，正是分别坐着楚祈君和御彻。

我无法言明自己的心情。这里虽然不是寻常小村庄，在附近方圆还算是小有名气的小城，但也理应绝无让御彻前来的理由和可能。若没料错，他仍是为我而来。我百思不得其解。我不过是个不谙世事的女子，身上也没有背负任何属于他们的秘密，武功稀松平常，更没有半点当细作的天赋，何必劳烦他百忙之中数次寻我。

远远看去，许久不见，御彻似乎变得更加棱角分明，气势迫人。不过从楚祈君的样子来看，二人不过像是寻常朋友闲谈一般，甚至还叫了桌酒菜。

我突然有一种很怕被发现的感觉，忙隐了身形，悄声地下了楼梯。我躲到屋内一根宽大的柱子后，差不多勉强能够听清他们谈话的位置，稍微探头偷听。反正不出声音就好了，我不怕被楚祈君发现。

御彻语气淡淡，听起来却无论如何都有一些冷峻："我已知道，小妹一直与阁下等人同行，而日前关前辈起了疑心，此后小妹与阁下便不见踪影。"楚祈君端起杯子喝了一口，抬眼时显然看见了我，目光瞬时掺杂了重重复杂的情感，那一瞬间我还没有来得及读懂，他已神色如常地移开目光，对着御彻不置可否地笑了笑。御彻还是冷冷淡淡地道："看来我所料不错。阁下眼下并无好的去处，多年筹划的功业想必阁下也不愿轻易舍弃。若我可保证小妹的安全，阁下是聪明人，也该知道怎样选择最好。"

我刹那间明白了刚才楚祈君眼神的含义。原来我们都明白御彻的来意，而他早已认同了这两句冷冰冰的话语。我认为自己应该表现出至少是一丝一毫的愤怒。可惜我也明白，眼下确实没有什么更好的选择，没有人会喜欢亡命天涯，即使是与最爱的人一道。我还记得当初下山之时我告诉自己的话，若不是迫不得已性命堪忧，我不会在明晰一切之前回到仙山，因为我想要体会的，是作为人的一生，不惜深堕红尘。

所以，大约多情伤离别，命运里的坎坷，天机算不尽的变迁，都是我想洞悉的一切的一部分吧。

何况，我莫名地从御彻的身上感受到了一种更甚于关易知的威胁、恐怖。脑海里突然蹦出“真龙天子”这个词。仿佛一切早已在冥冥中注定。

楚祈君浅浅地笑，一如初见时宛若谪仙的模样。“她染了风寒，还请阁下尽心照料。”他总是那样，好像什么都无所谓，好像什么都想让别人觉得他不在乎，可是这一次，这一句话的语气却似乎并没有掩饰话音出口的艰涩与牵挂。我心里一酸，看着他怎么也挪不开视线。他仿佛有所感应般不着痕迹地抬眼看我，笑容仍旧浅淡，不过有了温度。我扯不出笑，只是看着他极轻极轻地点头。无声地对他说，我都明白。

我看不见御彻的表情，只看见他好像微微颔首，道：“明天巳时，我会来这家客店门口。告辞。”说罢起身径自而去。

我看着御彻的背影穿过厅堂，穿过大门，渐渐消失，感觉自己身上的力气也一点点被抽空殆尽。直到再也看不见御彻的身影之后，楚祈君走过来，半揽半扶着烧得头晕脑涨的我上楼。直到他又出去抓了药回来，谁也没有再说一句话，沉默里是心照不宣。

我已经无力计较那碗黑黝黝的汤药是否很苦，浑浑噩噩地吞下去之后，我倒在床上只想即刻睡去。似乎是在入睡之前的一刹，我恍惚听见楚祈君黯然的低语。

“……璃儿，这果然是你的选择……”

晚上睡得早，我第二天刚刚辰时就醒了。坐起身，四下环顾……着实被吓了一跳。楚祈君竟然没有回去他给自己要的另一间房，而是伏在我房间里的桌子上……大概是睡着了。

我检查了一下自己……昨天的衣服因为太累一件不落地都还穿着，头发也不算乱……还好，甚至那碗汤药还挺有效果，不舒服的感觉也褪去了一些。于是我蹑手蹑脚地起身，穿鞋，刚刚走到门口，某人幽灵般的声音忽然从身后传来：“璃儿，要去哪里？”我骇得不轻，一下转回身来背抵着门：“你怎么醒了，吓到我了。”“本来没有睡的。”后半句话只化为了一个欲言又止的表情。我知道，那是“不知何时才有相见期”。

“……璃儿，我早已骑虎难下，跟着我恐怕时时都有性命之忧。我……只是不愿你受苦，或是和我一起丢了性命。”

“我知道，如果是我也会如此。”我听着他的心跳。我真的很想任性地说我不在乎，可是我也知道，此事不完，我们注定不会有安宁的日子，不如完全信他，让他去尽快了结一切。我用尽全身的力气阻止泪水肆意奔涌，“相信我，再见之日不会远的。”

他却没有再说什么。

御彻非常守时地出现在客店门口。

“我会和他们一起去浅阳。”

“好，珍重。”

"再见之时，绝不放手。"

我怕再想话来答他就会哭出声来，只是朝着空气点头。

御彻这辆马车比来时那辆好得多了，可我的心只有一片空白，一片混沌。我也料不清这一盘棋局会被两方的统帅引向何方，又怎么会知道那个渺茫的再见之期。一种禁入囚笼的感觉倏忽出现。

从御彻的样子来看，现在他们的势力应该已经强盛了不少，也许甚至是我无法想象的。

熊熊的战火即将在这片支离破碎的大地上燃烧。那座奢华而颓废的宫殿，美丽繁华的云溪，恬雅秀丽的未漪，和那些凋零死气的村落……曾经所见的一切在眼前交织而过，撕扯着内心深处的某处，最后全部化作了记不得何年何月的那时，见到的烧尽御氏庄园的那片火海。

尘沙在道路上飞扬。是否一切早些开始，就会早些结束。我很累了，又似乎还为了未来的某一天而充满活力。

骤风暴雨，想来就来吧。

御彻毫不避讳繁华的城市，直接把我安顿进了云溪上好的客栈里。他送我到房门口，突然伸手探了一下我的额头，还没等我开始惊诧就收手，说道："你歇息吧。"

过了一会儿，他的一个随从小厮叩门进来，捧着碗汤药放在桌上。"小姐请用药。"我淡淡道了声谢，心中不适的感觉愈演愈烈。

这一碗药，是货真价实的苦涩。

我不愿再去想之后自己还会面对什么，却被噬骨的孤独吞噬在近冬时节的黑夜里。我从来没有过这种感觉。像是只要轻触心弦，泪水就会不可抑制地无声滚落。我坐在床沿，看着清冷皎洁的月色，所有想要掩饰的想法抛之于九霄云外，任由泪水滑落，滴在衣衫上。我低头看去，只见衣衫上泛起了点点银光，是同样的清冷与皎洁。忽然想起星君最后说的那句“记住，你的眼泪是与他人不同的。这也是我，能够保护你的唯一标识。”我下意识地抹了抹眼睛，四下环视，空无一物。而点点的银光中，我却终于感到，像是一束温暖的目光投射在背后的感觉。那目光，让我可以浅浅入眠。

二十一、战火星星燎河山

少了后顾之忧的日子可以说是安闲，但我更愿意说是空虚。我越来越不明晰自己想要的究竟是什么。或许是我想要的太多太多，是超出这个尘世慈悲的奢求。

御彻似乎在云溪有很多事要忙，只是让两个小断留在客栈，说是照顾我，我却觉得像是怕我逃离一般。正好，我也不擅与御彻那样冷淡寡言的人说话，无所排遣时间之时就和门口的小厮闲谈。

这次御彻是独自从江寒出来，曲兰嫣随义父在江寒留守。江寒地处中原，离京城不远不近，依山傍水，之前看地图的时候听楚祈君说过，那里风水极佳，隐隐还有天子气的迹象。自京城一别后，他们一行也是南下，不过手段较关易知高明许多，不声不响间早已积蓄起一股不容小觑的力量。朝廷消息灵通，甚至还曾派人剿杀，但等朝廷的人到地方时，却没有查出一丝一毫的可疑。

名叫青墨的小厮很痛快地就和我讲了这些，言语间掩不住自豪，眉飞色舞。我起初有些纳闷，御彻竟然没有让他们不许和我透露这么多消息，后来听得饶有兴味也就把这问题抛到脑后去了。

好吃好住，无所事事的日子果然很适合养病，没过几天我就好得差不多了。空闲二字就像是思念藤蔓的养分，它疯狂地生长着，完全缠绕在我的心上，令我窒息，挥之不去。我很想赶走这些噬人的相思，有天就不顾一切地冲出房门。青墨小心翼翼地追上来挡住了我的去路，一脸为难道："小姐……您病疾初愈，还是别出去了……"我看见他的样子，自然明白是怎么一回事，也就悻悻作罢。转身想要回去，又忽然灵机一动，于是对青墨道："那你去帮我买些纸笔和信函可好？"他一愣，向大门口看了看另外一个小厮，犹豫了一会儿道："好，我这就去给小姐买，小姐请回屋稍候吧。"我点了点头，缓缓踱着步子回屋。

青墨的动作很快，一炷香的工夫便已回来。我欣然拿过纸笔，用桌上本就有的砚台，一切准备就绪，笔尖蘸了墨却迟迟无法下落。

如鲠在喉。实在不知道说什么，猛然想起自己腰间那个念君花的香囊，落笔便画起了当时那盆鲜花的模样。心里仍旧乱如藤蔓，我忽然有一种写不出字是因为一切都是我自己的选择的感觉。不是么？若我抛弃顾虑，偏要一意孤行，谁又能奈我何。忆起楚祈君看向柱后的我的目光，我恍然觉得是我会错了意，那目光里仿佛依稀，分明含着的是了然之后的悲伤。

我已经对自己厌恶到了极点。一盆花画得笔触稚拙，几乎还能看出几分心不在焉。我嫌恶地将其扔到了一边，又取了一张纸重新画过。那日恰好没有阳光，天色灰暗，如泣如诉。我的第二盆花画得是好得多了，可是越是重复它“念君”的名字，心就一寸寸沉得更深更深。前些日子已经传来了有农民起义的消息，兵荒马乱的年代已经正式拉开了它狰狞的帷幕。我不过是懦弱无能的女子，他却从多年前就为了这一刻而来，何所期盼，何所相见。何苦痴缠，何苦贪恋。墨滴堪堪垂在花瓣尖尖，如同露珠，如同泪珠。

“念君安好，思君难寐。江山如画，君为豪杰，当再毋念我，就此诀别。”

写到最后，我已不知自己的所思所想，呆滞木然，仿佛这件事是谁给我的命令一般，不得不做，却痛彻心扉。

盯着那两行字良久良久，我才下定决心般折起纸，放进信函里，又从香囊里拈了一些虽干枯却仍有馥郁芬芳的念君花，一并撒进去，才封上函口。提笔想要写上姓名，忽然又改了主意，只是信手画了一只蝴蝶上去。

做完这一切，我自嘲般摇摇头。眼下举目无亲，又上哪里寻信使？所谓诀别，不过也是写给自己看的游戏罢。纵今生再不相见，都求不得好聚好散。心中凄苦竟愈发没有去处，几缕自己都未曾察觉的恨意轻轻浮上心头。

我正站在窗边吹凉风，想要把自己吹得清醒一些，几声“嗒嗒”的敲门声响了起来。

是青墨。我正欲问他何事，他先喏喏开口道：“……小姐可需送信？”我莫名心中一惊，看着他不语。他见我的样子，只好又小心翼翼道：“那个……是少爷差我来问小姐的，如果小姐需要的话，可以派个人帮小姐去送。”

我真的难以阐述那一刻我是如何鬼使神差地真的把那封信交到了青墨手上的。说来也怪，平素的我总是犹豫再三，胆小谨慎，竟只有在伤害最亲近的人时才会这样决绝。

我听见自己说：“应该是送去浅阳，拿去给你少爷看一眼，让他告诉你送给谁。”既然派人来问我，那么也该早就知道要送给谁了罢。青墨连连应声，转身就跑。

那封信算是强迫我自己不再想楚祈君了，后面的行程中我竟觉得自己轻松了不少，又可以对着车帘外的世间百态神游万里。

不知不觉中，我对军国之事已经不再一窍不通，甚至有意无意都会向青墨问起。现下各地怨声载道的浪潮仍然不减反增，农民起义军都已出现了多股势力。昱穹王朝脆弱的安逸外壳终于分崩离析，朝廷派兵镇压，战火已经燃起。

云溪到江寒的一路都算是比较富庶的地区，还并未被这些事波及，连这座并不出名的叫作萱化的小城也还是一派平安的景象。

从那日与楚祈君一别之后，时间已近一月，可是御彻在我面前说的话简直就是屈指可数。在萱化大概又是有什么事情，故伎重演地把我安置在客栈后就“神龙见首不见尾”了。

我忍无可忍，再次试图离开囚笼般的客栈。青墨很敬业地再次出现在我面前，不过这次没有等他开口，我就抢先道：“停！你要是不放心的话，远远跟着我就好了，天下之大，并无我的容身之处，我不会跑的。”青墨急切的神情定在了那里，之后慢慢敛去，想要说什么却终于没有说，侧身让开了道路。

我如愿以偿地走在了萱化城的街上。

虽是乱世末年，虽是寒冷的冬日，但我此时此刻却丝毫感觉不到来自炮火连天的那个世界的气息。一切都还这样平常，热闹喧嚣的街道人来人往，街边的商铺偶尔也有精美的货品。我穿着御彻前些天给我的浅粉色绲边的厚衣——当然我不相信这是他买的，不过颜色样式我确实很喜欢。而且这衣服很暖和，在街上走了许久也并不觉得寒冷。我几次回头瞥见青墨远远跟来，几欲追上我又心不甘情不愿地缩了回去。我不知道他都在想些什么，索性也不去管，也不再回头看，只是专心找好玩的小商品。

正是由于我太专心了，以至于几乎一阵不同于冬日自然冷风的劲风已经从身后刮来，我的鼻端甚至已经感受到一股属于迷药的刺鼻味道之时，我才发现了危险。幸而武功并没有荒废，我情急之下在千钧一发之际矮身躲过拿着一块沾了迷药的布向我挥舞而来的手，接着足尖一点空翻过眼前的小商铺，在其后落地。

待我定下神来看时，来人已经与不知何时突然赶到的青墨缠斗在一起，而且两人手里都凭空出现了佩剑。我看了几眼，认出来人竟是关易知的人。我立刻心中一寒，关易知派人来此不会有它，定是为了取我性命。且不论他是觉得我有价值还是楚祈君有价值吧。青墨显然武功不弱，但那歹人更加不是善类，我渐渐看出端倪，青墨再坚持一段时间应当不成问题，但久而久之却万万斗不过此人。周围已经聚集了不少围观的人，我莫名觉得事态闹大绝对不行，犹豫间并没有出手，而对方显然也是这样想，下了杀手迫使青墨退开好几步，转身就跑。

我刚想过去看看青墨有没有伤到，他竟然毫不犹豫地也展开轻功去追逃走那人。我暗叫不妙，左右看看人群有散去的趋势，实在无法放任不管，在袖中捏了一枚蝴蝶钉，也随之追去。

果不其然，那人七拐八拐跑进一条无人小巷之后回过头来又朝青墨攻去。这回更为棘手，那人招招直逼要害，青墨没一会便左支右绌。我看着暗暗心惊，这个人的武功初看只是中上，可是一旦改换了狠戾的路数，立刻俨然武林高手。而青墨的武艺，在我见过的人里，也算得中上了，比普通兵士要好上许多。而且这个关易知派来的人一直以巧妙的身法让一旁的我并没有插手的机会，我手心渐渐沁出冷汗，可是我并不会任何近身搏斗术，虽说如果直接跳过去扔蝴蝶钉应该可以成功，但是伤不到要害的话我便很难脱身了。

转眼间青墨左臂上已经中了一剑，伤得不算太重但是已经更加危险。我如煎锅上的蚂蚁般在边上跳脚，却毫无办法。只听青墨一边勉力支撑格挡，一边提声叫道："你是何人！"我瞬间恍然大悟。这一定是御彻教他的，如果有人来杀我一定要查清楚是谁……那个人没有回答，青墨似乎是看见了我，又叫道："小姐！快走！别管我！"

我再也无法安稳地站在一旁了。再这样下去青墨几乎就要为我而死！我无暇再细想自己的退路，冲上前去直接跃起到两人之间，蝴蝶钉从袖中飞向那人面门。那人仓促间显然没有想到这一招，急忙回护面门时已经见血。但终究没有伤得很重，他立即把蝴蝶钉拔出来扔了一边，紧接着就如饿虎扑食般挺剑直刺我胸前，直取性命，不留余地。我完全没有近身打斗的经验，慌乱之下凭练过的轻功急速躲避，胳膊上还是被剑尖擦过了一道，浅色的衣服登时染了片红，钻心的疼痛让我更加乱了阵脚，几乎就要被此人的下一剑夺去性命。青墨这时突然又扑过来，猛力打开那人剑尖，对我喊道："小姐快跑！青墨记得小姐恩德！"我仓皇起身，却不肯走，于是对方一力想要逼开青墨杀我，一时竟也保得青墨无虞。但是终究还是让对方抓到了时机，又直接向我攻来。我仍旧仓皇躲避，结果就是同一只胳膊上又中一剑。我逃开几步后忽然灵光一现，才明白适才是被吓傻了，忙叫道："青墨！快跑！我知道他是谁！别打了！"不过青墨显然勉力支撑，没有听懂我的话。

我又急又疼，眼泪都出来了，胡乱按着伤口，一气冲青墨喊。正在着急，忽然一个人影从我身边晃过。我在模糊的视线里看清是御彻，甚至还看清他眼神复杂地看了我一眼。我一颗心立时放下，看着他冲过去一剑正中对方背心，对方毫无声息地倒下。跟着御彻一起跑来的另一个人，是原本天天待在客栈门口的小厮，见到我的情状立即跑过来，急切利落地撕下片衣襟，抬眼看我又手足无措地道："小姐……"我疼得冷汗直冒，也顾不得许多，便叫他帮我包扎。

御彻面色冷然地走向青墨。青墨反应过来，看了眼我，立刻站直并低下头道："少爷，属下办事不力，致使小姐受伤，请少爷重重责罚。"我心里一沉，抬眼看见御彻的表情瞬间变了一变，旋即恢复冷然，没有理他，转过头来看我。我怕他迁怒青墨，在他转过头来的瞬间放下了捂在伤口处的手，冲口而出道："不要怪他，是我自己过去帮忙……"我在御彻突然变得更加凌厉的目光里收了声。

他没有再为难青墨，而是走向我，拽起我的没受伤的手就走。我隐隐从他刚才的目光里读出了责备和关切之意，不想再惹他生气，就把将要出口的惊呼咽了回去，由他拽着一路回了客栈。

御彻好像并没有打算让我解释，把我送回房间就径自出去了，过了一会儿竟然拿了瓶伤药又回来了。我下意识地躲了躲，道："……我自己来就可以了。"他看了我一眼，冷冷道："过来，坐下。"我欲哭无泪。在一种不敢不听话的怪异气氛的唆使下，我乖乖过去坐在了床沿。

御彻极其自然地替我上药，而且就像完全没有注意到我的窘迫般甚至还开始说话："怎么回事？"我努力让自己看起来正常一些："……那个人是关易知派来的，想要杀我。"

好在他只问了这一句，没有多问。他包扎好伤口之后给我披了一件衣服，淡淡道："你的新衣服很快会送过来。"他说完后起身，看着我半晌，叹了口气道："你要出去的话可以多叫几个人跟着。"我不可置信地抬头，望进他深邃幽黑的眼眸。我隐隐明白了一些，却又似乎完全看不懂那眸光里蕴含的复杂情绪。

果然，御彻离开后没多久，一件比原来更漂亮的衣服就出现在了敲门的青墨手里。我看见青墨的伤口只是简陋地包扎了一下，于是皱眉问道："你怎么样？要不要上点药？"我指指御彻刚刚并没有拿走的没用完的药瓶。青墨放下衣服，连连摇头道："不用不用，青墨受不起小姐的恩。"我闻言一愣，心里一酸，叹气道："少爷可又怪你了？"他听了这话忽然抬头正色道："没有。青墨多谢小姐。少爷是因为小姐为我求情才饶过我，还说我可以继续原来的任务，保护小姐。少爷非常看重小姐，对小姐比对曲小姐都好。”最后一句声音很低，我却听得真切。

寒冬的天气，时常刮风令我难以忍受，缩在马车里都一直捧着手炉。

到得江寒，已经几乎是腊月了。

曲兰嫣出来相迎，看见我时脸上的意外和其他情绪一闪而过，随即是一副温雅的笑颜。笑容比我每一次见过的都要温润，优雅，却少了原先的亲切，俨然多了更多的端庄和威仪。她比之前相见时又清减了些，想是连日操劳所致。

我住下后又是百无聊赖的养伤生活。曲兰嫣时常都来看看，闲谈了几次之后，我才觉得从前刚刚认识时的她又回来了些，她的笑容里重新含了些温度。

直到那一天。

曲兰嫣拎着我的晚饭进来，脸上一反常态地没有什么笑容，面色凝重。我心里咯噔一声，定了定神才小心问道：“嫣姐姐，出什么事了么？”曲兰嫣看了看我，把食盒放在桌上道：“你先吃饭，吃完告诉你。”

我心里七上八下，食不知味地吃完，就听曲兰嫣轻轻地道：“两天前皇帝宣布退位，做了太上皇，由太子南宫漠继位。还有……关易知在浅阳领军起义，已经将叠州及其方圆地区全部占领。”

“当”的一声，我手里正要放回食盒的碗与它下面已经放好的碗撞在一起，发出缭绕不绝的碰撞声响。

二十二、一生一意错流连

之后，清闲二字彻底从我的生活里销声匿迹。显然，关易知起义后,整个局势都发生了重大的变化。关易知虽然急于求成，但毕竟不是那些领几百个人就敢毫无章法攻城的农民，他占据了一片朝廷鞭长莫及的地方，虽然不易快速靠近京城，势力却相对稳固许多。

那天晚上，曲兰嫣临走时对我道："妹妹，我明早辰时会过来找你，以后便教你处理些事务，所以今晚早些睡吧。"我诧异地看着她。她站着没有动，过了一会儿才低声道："伯父已病倒两月有余，郎中都说……"她极低的声音顿住了，之后轻轻摇摇头，转身离去。我更加讶异，却不知心里是什么感觉，颓然坐下，若有所失。

第二日随曲兰嫣一同到正厅时，却见几乎可称是枯瘦憔悴的义父坐在主位，御彻在旁侍立。曲兰嫣见到此景显是也没有料到，但即刻便气定神闲地上前见礼。我有样学样，做得也像模像样。

义父向我们微微一笑，旋即正色道："你们都知道了，现下加上关易知，各地已经有四股势力公然向朝廷宣战。时已乱世，我们的计划也该付诸实施了。最近是最后的准备阶段，小嫣，你带璃潇去打点好军备粮草，腊月十一攻下江寒。"我听得悚然心惊，曲兰嫣只是清清脆脆应了声是。义父颔首道："那你们去忙吧。"

曲兰嫣带着我上了一辆马车，路上事无巨细地跟我讲述了很多事务。甚至还给了我一块牌子，可以调动军备和粮草。我一直耳濡目染，对这些多少有所了解，此刻听来也并不难理解，只有一种恍若隔世的不真实感。

在一个寒冷又枯燥的地方忙碌一天清点工作之后，虽然有种充实、满足甚至是刺激的感觉，但也颇为劳累。特别是那些人总是用很奇怪的眼神看我。是因为我又戴了面纱么？

晚间终于回到宅院，进门时已经不见义父，只是御彻一个人对着一张铺开的大地图在看。见我们回来，他回头看了一眼，淡淡道："小嫣，你们也来看看。"我们依言走近，我注意到这是一张非常详尽的昱穹王朝地图，就差没把所有小村庄的名字都标记在上面了。御彻道："江寒风水奇佳，离霁城的距离也很合适，不过地处中原，当下各派势力虽然一致对抗朝廷，但纵观史册，不等朝廷灭亡，起义军定会互相残杀，我们如果行差踏错则难免腹背受敌。"曲兰嫣闻言轻轻点头，蹙眉望着地图凝思。我却还正在纳闷御彻为何如此信任我，竟然让我在这里给他出主意，而不认为我有可能会倒戈到关易知那边？我心念电转，最后却发现自己果真是不会那样做的。从前我身处仙山，不食人间烟火，如今心中脑中尽是纷飞的战火和凄迷的百姓，自然如很多很多年前的我一样，希望人间大好的山河天下，能够归依在一位明君手下，让所有的人都过上平安喜乐的日子。我也不知为何，尽管御彻沉默寡言，我并不了解他，可是从一路听到的传言和我自己一种莫名的感觉来看，或许他的这个风水宝地家乡，真的能孕育出一位真龙天子。

曲兰嫣的声音打断了我一连串的思绪："……或许可以先向西进发，将云溪一带富庶的地区收归麾下，笼络那里的百姓。如果得到了这些地方的拥护，我们的军备粮饷自然不必发愁，其他势力得不到整片土地中最为富庶的地区，成气候也就难了。只是云溪离江寒并不算近，他人容易捷足先登，我们还应早作打算。"御彻道："不错，云溪富裕繁华，后有天堑，是一必争之地。关易知从浅阳那种边疆之地起兵，也定是想稳固后方，积蓄起西南边疆的全部力量，然后越过天堑，直取云溪。宋州附近也有一支农民起义军，朝廷近日已经在云溪等重镇加驻了兵防。以我们实力，并没有很大的胜算。"

话音落下，御彻的目光转向了我。我已全神贯注盯了一会儿那地图，上面用朱砂标记了各路势力的中心和范围，还有详尽的山川河流标记，饶是我并不对一切局势了如指掌，也竟明白了大半。不说话好像不太合适，于是我斟酌字句道："……其实王朝的中原地带都非常繁荣富庶，并不是非要云溪不可。如果我们直接一路北上，向靠近京城的方向攻取土地，收纳兵员，也许能够出其不意。因为现在朝廷是在云溪一带和东部一带加强了驻兵，而真正的中原既没有其他势力，也没有强劲的阻挡。若是我们能率先攻下京城，不仅其他势力会有所忌惮，可能对民心所向也大有裨益。"我渐渐说得有些入神，直接把手指伸过去指在江寒和霁城之间的一片小城之中。那里确实没有像云溪一样连接八方，摩肩接踵的大城市，但普遍都比较富足，种粮食的不少，买卖东西的也不少，我认为还是很适合作为后方补给地区的。

我收回手，御彻看着那片地方没有说话，若有所思。我有些忐忑地看向曲兰嫣，却见她依然神色淡淡，但总觉得有了些微的变化。后来我才想明白，那是她身上的端庄骄矜的光芒微微地黯淡了下去。只是我到一切的最后都没有明白，我究竟何德何能，几乎参与了江山易主的大事，又几乎搅动了在这权力峰巅上人们的爱恨。或许曲兰嫣一直是恨我的，可是我只能说，直到最后一刻，于她，我都是问心无愧的。

战事在即，实际该准备的几乎都已完成。只是……

腊八的那天晚上，我睡到半夜，恍恍惚惚中忽然醒了过来。四下一看，窗外依稀是正厅的方向一如之前的每天一样，亮着摇曳而并不明晰的灯光。曲兰嫣曾经无意地向我提起，御彻每晚都在那里修改战略，研习兵法，几乎彻夜不眠。我起初并未放在心上，只是有时因为思念辗转反侧时发现竟是真的如此。

不知是何缘故，我望了那点灯光良久，转而披衣起身，推门而出。

刚一出门，剩余的睡意就被寒冬的夜风吹得消失殆尽。冰冷刺骨的风让院落里孑然一身的我显得愈发苍凉。其时恰巧，天空飘洒着若有若无的雪花，地上积了薄薄的一层，踩上有些湿滑，又有些柔软。那一点灯光闪烁处，我看见晶莹的雪花随着风悠然飘飞，转瞬又没入无边夜色。

我并不知道自己深夜出门是想要做些什么，只是单纯地想要出来，或是感到了雪花精灵的召唤。我抬起头，看见清冷明亮的星光，一点点洒在无边无垠的夜空里，远远静默相望，竟被我读出了丝丝缕缕的寂寞。站着仰望有些累了，我随意后退了几步，感觉脚跟撞在了石阶上，索性弯身坐了下来，触感冰冷，而心却并不想离开。

满目银妆，白日里被强压下的思念哪里还能按捺，尽数在遮掩一切的夜晚肆虐而出。我痴迷般仰着头看，恍若回到了之前的一个秋夜，有人指点着漫天分不清形状的星点，告诉我它们的名字，告诉我它们的故事。

“这些星星都长得一个样子，你们是如何分清的？”我是真的很好奇。“我们知道它们，正如它们也都知道自己的方向。”某个人很耐心地回答。我并没有完全明白，认真而询问地转头看他。“无论前路多么曲折，星星都不会迷失它们的方向，所以孤身旅行的游子都会依靠它们来辨认自己前进的方向。”某个人语气很郑重，手却伸过来轻轻捏了一下我的脸。

在那些日子里，这样的话听起来总会有一种别样的凄凉。我不再问，只是轻轻靠过去，把自己安放在让我无怨无悔的怀抱里。

是不是此刻的寒凉，也能被那样一个简简单单的怀抱化为让我贪恋的温暖？我浅浅淡淡地想着这一切，浑然不觉身后的门已经打开。

直到一个身影从身后绕到身前，挡住了我的视线，我才蓦然惊觉，一下子站起身来，回头看时才发现自己是坐在了正厅的阶前，被屋里的人以为有人偷潜入府了。

御彻淡淡看着我，淡淡道：“你在这里做什么？”我以为他怀疑我通敌之类的，百口莫辩，最后只也淡淡地道：“睡不着，出来吹吹风。”他看着我不语。我渐渐回过神来，有点尴尬地转移话题道：“你每天这么晚不会累么？还有几天就要出征了。”他还是没有说话，极其自然地伸手过来抚落我发丝上的雪花，继而绕过我又进屋去："你若还不想睡，也进来吧，外面太冷。"

御彻给了我一个手炉捧着，周身的寒凉渐渐散去，心上的痴缠却愈演愈烈。他不理我，我便胡搅蛮缠地找了些话来，想要赶走心上的寒凉："……现下已经万事俱备，再这样一直看不会容易犹豫么？"御彻闻言转过来看了我一眼，又转回去没有理我。

于是……我索性站起身凑了过去，看见御彻用笔细细勾出的一条线，赫然正是沿着那日我所言的思路画得一条进击京城的行军路线。我一惊之下冲口而出："……用我的方法真的不怕打败仗么……"他又抬头看了我一眼，接着又看回地图道："你很聪慧。"我莫名地紧张起来，一边远离那张地图一边道："……如果是这条线的话，你还是多考虑一下吧……"

最后的结果就是，我坐在边上宽大的座椅上，感觉越来越暖和……

于是再醒来已是清晨，我非常惊讶地发现已经在自己房间里的床上。如果不是那件很厚的衣服还在身上，我几乎要以为昨夜的一切不过是场有些奇怪的梦。

细细回想——难道，我是被御彻抱回房的？依稀记得半梦半醒间，我……

那个浅浅的梦，关于重逢。我自己如我所料般失去了所有的所谓"理智"，在那个怀抱里低声呢喃："我又何尝想与你长绝，倾我一生一世意，为君流连为君死……"

腊月九日晚上，义父叫我们聚在一起吃饭。这是最后一个平安的晚餐，因为第二天御彻他们要去兵营做最后的动员，再过一天江寒城大概就要易主了。

席间并不热闹，压抑的气氛让我们很难说出些什么。曲兰嫣一直端庄地微笑着，我却轻而易举地从她看我的眼神里看见了不知是没有刻意掩饰还是掩饰不住的疏离和淡淡的恨意。这些天我已看出她一直都是强打精神，虽不能完全明晰，但也知道她一定不是夜夜安眠。我也的确不擅解释什么，只坦然微笑着与她举杯对酌。

我酒量极差，酒气一上头心绪便乱了，上次给了青墨的信到现在都是杳无音讯，我简直要怀疑御彻直接把它拆开看了一遍然后又扣住不发了。心绪一乱反而更加想喝，是以当义父开口时我竟已是微醺："璃潇。"义父叫了第二遍，曲兰嫣已经扭头微微蹙着眉看我的时候我才反应过来："是，义父。"义父和蔼地摇摇头，续道："璃潇，我们既已选择直取京城的战略，便还需要有心腹在京城内做内应。这次不会再行刺了，我希望，你可以以你的真实容貌，再次入宫。"我心里乱得很，不愿再细想义父这话里深层的含义，怀着一种破罐子破摔的心理应道："好……"义父捋须颔首，唇边难得地出现了一抹笑意。我心里胡乱盘算着，我肯定是不会再去嫁给什么旁的人了，先走一步看一步，如若被逼至绝境，我便不客气也没有关系……

那是我第一次，却并不是最后一次喝醉。醉后的记忆散乱摇晃，只仿佛又是御彻打横抱着我回了房间。幸而我喝酒后并不会胡乱说些什么，也不会手舞足蹈，只是头晕得厉害，沉重得只想睡去。御彻把我放在床上，掖好被子，却在起身之前轻轻在我额上落了一个浅吻。我知道这一切，却使不出半分力气抗拒。他似乎站起身后又在我床边静静地站了一会儿，至少，站到了我沉沉睡去的那一刻。

最后一个貌似和平的夜晚，空荡的宅院里只剩下了我，和在屋中养病的义父。多数下人都被遣散了，只留了懂得武功的心腹。

我正心情复杂地在屋中坐立不安，门被轻轻叩响。我开门，见青墨手里赫然是一封信函，眼睛一下亮了起来，充满期待地等着青墨开口。青墨看见我的表情，愣了一愣，将那信函递了过来道："这是给小姐的。还有，老爷让小姐过去一下。"我几乎全然没有听见后一句话，全神贯注地一把夺过信函，看清的一瞬却比适才更加五味杂陈。信函上，分明仍是我当时画的那只小蝴蝶。竟是原封不动又还了给我么……

我黯然紧攥着信函，垂首不语。

站了好一会儿，青墨小心翼翼的声音传入耳中："小姐？老爷那边还等着呢。""……？哦！"我强自镇定，把信函放到了桌上，转身随青墨出了门。

"璃潇，来。"义父的声音日渐苍老憔悴，我听得不禁黯然。我依言走到他面前。义父打量着我，目光里是从未见过的柔和。"孩子，让你再去宫里是委屈你了。"我愕然，抬眼直视进义父褪去强势怀着真诚的目光。"我第一次见你，就觉得很有眼缘。唉……只是，彻儿对你过于上心啊……可是彻儿与小嫣已经成亲，陪伴彻儿走到最后的，只能是小嫣。我知道，你并不钟情彻儿，所以只能如此做，来让小嫣安心。你可能原谅义父？"我彻底愣在原地。其实见到曲兰嫣时我已发现她的发式与原来并不相同，只是我不曾注意过以前看过的妇女发式，也不知道那便代表成亲……而现在竟从义父这里娓娓道来。义父是那样棱角分明，强势霸气的人，实则却也如此细心，还对我这个不着边际的义女如此关怀……我手足无措地点了点头。义父微微笑了笑，又道："我这身子自己清楚，恐怕见不到最后的那天了，所以这些话此时不说，也不知还有无机会。璃潇，我知道，你不是寻常人，到时只要不伤及彻儿和小嫣他们的大业，你要如何选择，都是你的自由。若是你真愿相助，以你的容貌，做内应或是细作都应易如反掌。"我听得动容，含泪道："义父放心，璃潇会尽力相助，璃潇……也希望嫣姐姐幸福。""好孩子。你入宫前便留下照料我吧。""好。"我在泪水里挤出一个笑容。

回到房里，思忖再三，我还是颤抖着手拆开了那个信函。

里面有两张纸。

一张自然是我送过去的那一张，原封不动。

还有一张，我闭着眼睛打开，又缓缓张开眼睛。

"倾我一生一世意，为卿流连为卿死。"

是他，是他那隽秀的字迹。

二十三、天子阵法撬江山

江寒城破，昱穹王朝土地的中心地带终于也生出了战争的根芽，所有的安宁与虚华的表象全部土崩瓦解，在万民的哀号和起义军的号角声中，江山风雨飘摇，所有人如同浮萍，居无定所，前途未卜。

江寒城防本就羸弱，官吏素不管事，百姓反都交口称赞御家仗义疏财。是以御彻并不困难地就使官吏放弃了抵挡，进驻他的故乡，江寒城。

那一天当晚，御彻和曲兰嫣便回到了宅子里。义父终于舒展了眉头，深邃的眼眸里闪出一丝笑意。曲兰嫣明显对我释然了不少,笑容里回复了几分真诚。我见她的眉眼间虽然难掩疲惫，却显然洋溢着兴奋满足，不禁也对她展颜一笑。望向她身边仍然一脸波澜不惊的御彻，我心中再一次淡淡地飘过不解。嫣姐姐容貌美丽,智慧也远不是一般女子能及,端庄淑雅又文武双全，不仅能在大业之中为他分担还如此一心一意对他，为什么他爱她便不如她爱他的那般。我心里淡淡地有点不舒服起来，灌了一口酒下去。

义父身子仍不见好，自是需要早些休息。眼见天已全黑，寒风隐隐漏进屋中。御彻淡淡道：“小嫣，你扶爹回去休息罢。”曲兰嫣闻言看向御彻，后微微点头道：“好。”遂起身扶了义父回房。

他们一走，只剩我和御彻两人的场面令我不禁有些局促。御彻看着我道：“璃潇。”我心里本就莫名发虚，此刻更是不安，下意识伸手抹了抹嘴角，状似无意般也看向他，却不知道如何接话。好在他大概没打算让我说话，自顾自地又道：“你说真话，依你之见，当今天下大乱，这江山究竟该归谁家？”我完全没有料到这个问题，心里脑里一团乱之下顺口问出了我其实一直想问的问题：“……你为什么总是问我，我什么也不懂，就算说出来给你难道会有什么用么？”御彻微微皱了皱眉，道：“我并不这样想。”我无奈，干脆起身拿了地图，到一旁的茶几上铺开研究起来。既然这么看得起我，我也当不敷衍。

这些天其实学了很多，包括当今所有起义领袖的事迹为人，各派势力的活动范围及位置等等许多。因此再看地图便毫不生涩，甚至可以顺利地思考：起义军中能成气候的当真不多。许多都是一时激愤，凑齐的人数并不多就开始摇旗呐喊，攻城略地。领袖也有好几个是普通农民，并无优秀谋略，甚至治军不当。只是昱穹王朝已经强弩之末，占领一隅之地仅是摧枯拉朽。而势力一多，必然会互相残杀，此时的胜利便只准备给有智慧而有实力的一方了。

我回头看了一眼御彻。他行事刚柔并济，且从不拖泥带水，将起义谋划得井井有条，而且还有很多深沉之处，是我不能得知。江寒百姓对于城池易主之事非常支持，可谓首战告捷。若之后能够募到更多有才华的将领，再加上如曲兰嫣般细心能干的人处理军备等事务……

当御彻也走过来看向地图的时候，我的手指已经放在了江寒城的位置上。

“当真？”他淡淡开口问。我看着地图道：“是，这也是我的希望。……最大的对手是关易知。”我心里闪过楚祈君的身影。他应该不会再去帮关易知了吧……关易知的性情多少有些乖僻多疑，并不一定是开创盛世的好人选。

“好。”御彻的声音将我拉回现实，“今后我和小嫣将率军远征，所以这座江寒城，最合适的驻守者应当是你。”我简直怀疑我听错了，立刻扭头看着他道：“……我一介女流，连寻常士兵会的武功都不会，如何做江寒守将？”御彻依旧平平淡淡地道：“在爹安排你再进皇宫之前，应不会有人来犯，你只需处理城中事务。青墨会留下来，他多习吏事，小事交给他便可。记得要尽力保住江寒百姓生活平安，自给自足。”我越听越是心惊，阵阵压迫感直令我喘不上气。显然他早已思虑过此事，并且似乎全然没的商量。但是我还是做了最后的挣扎：“……交给我的话，真的不怕我让你们自乱阵脚么……”“不会。”他看着我。

算了。我从怀里拿出两个银锭，看着他道：“这是当初你在那个小镇替我出的钱。”之前在宫里时，南宫漠给了我不少的赏钱或者首饰，关易知他们也曾给过我一些，不知不觉，我便已经不再是不谙世事，身无分文的孤身少女，而是身染红尘，甚至身陷旋涡而难以自拔的人了。御彻与我对视一会儿，什么也没有说，接过了银两。

那一晚最后的最后，我在御彻临走之前对他道：“嫣姐姐是要陪你一生的人，一定要对她好些。”我浅浅地笑着说这句话，十分不掺假的真诚。御彻离去的脚步微不可察地一滞，而后渐行渐远。

之后的日子里，御彻他们势如破竹，地盘迅速扩大。

我的日子却是没有御彻说的那么好过。周围一些势力听说是我，一个女子在镇守江寒时，曾动过主意想要攻破御彻的大本营。不过他们还算识相地没有贸然发起攻势，但竟然在城下叫嚣所谓的劝降言论。

青墨在城中安抚百姓，我又不能派仅存的一点兵力出去与他们硬碰硬，只好躲在城楼下施了一个法术，召来了一场时间短促但是威力足够的暴风雪。还好关于这一类的法术，我以前很喜欢学，所以位置不偏不倚，恰好就在江寒的城墙之外。青墨极善言辞，当下就在我的授意下登上城楼一番天花乱坠，直说得他们以为自己遭了天谴，攻城不祥，继而退去。

当然，我不可避免地卧床休养了好几天。百姓大多都是一样，不明真相，真的以为神灵保佑，将我奉为他们的守护神女一样，与之前将信将疑的态度简直天壤之别。青墨虽然脸上都写着怀疑，但却是个伶俐的人，从未向我问起。

之后，青墨甚至用他可以化腐朽为神奇的三寸不烂之舌说服了当日纠集在一起来犯的其中一位首领，将其领地和兵员全部收为己有。我听了他的复述之后笑得直打跌，义父听闻了之后也是少有地笑了。

别人的故事，都是在青墨送来的文书和转述中渐渐清晰。我常常打开那卷御彻并没有带走的地图，听着青墨的叙述，便仿佛在这地图上看见了他们风云骤变的厮杀，看见了一天天变幻的局势。

最初举起义旗的那路起义军已经被昱穹王朝的军队剿灭。

关易知的军队越来越接近云溪。

“听说关易知军中一位天赋异禀，神乎其神的术士正在谋布一个天子阵。”一日，青墨忽然提及这样一件事，语气少有地有些奇怪。我心猛地一颤，又在一刹那意识到青墨大概知道关于我的一些事情，而又对御彻极为忠心，当下便装作无事般淡淡问：“嗯？什么是天子阵？”青墨探察般看了看我，道：“听说是在整片大地之上寻取九个阵眼，以他们术士的方法布阵，能够助他们想要帮助的人取得江山。”我不禁挑眉。还有这么厉害的方法，果然幽冥之术不可小觑。可是青墨略带敌意的语气分明是提醒我，这个天子阵是布给关易知的。

真的么？纵使我几乎可以确定这是一个障眼法，但我也发现，我并不能看透那个我最爱的人的全部想法，也不能妄自给自己任何确定的答案。

当时因为好奇而问到的点点滴滴渐渐涌入我的脑海，我闭目细思半晌，郑重看着青墨道："江寒聚有天子之气，必是其中一个阵眼。"

仅仅是第二天，我在城楼上望远方。忽而，一只信鸽横冲直撞地飞来，径直落在我的面前的墙头，颇有灵性地直盯着我。我以为是御彻他们联络的新方式，于是朝它挥了挥手，示意它可以过来。

信鸽刚离开，青墨便拿着一件厚袄小跑过来："小姐，天气冷，您要是不想回屋就多穿一件吧。"我顺手接过衣服，望望四下，只有远处阶梯上有站岗的士兵，城楼上寒风瑟瑟，空无一人。

"我告诉你，免得你猜忌我，徒生隔阂，办事不力。你也自然明白，不要告诉别人，任何人。"

"那个天子阵，并非布予关易知用，而是赠我们的一份大礼。"

青墨大抵也是知道我不会与他开这么大的玩笑，即使震惊，也终究是消了隔阂。

临近年节，百姓们终于不再挂心战争的硝烟，而是在相对还能称得上平安富裕的江寒城里热热闹闹地准备起年货来。青墨似乎是别有所感，对这事情格外上心，甚至问我可不可以散些钱物给百姓。

可是眼看年关将近，义父的身子却仍不见好。每次郎中出来与我说话时眉眼里的叹息我都看在眼里，心照不宣的同时却是抹不去的伤感。义父一直待我极好，与我的感情全然不似仅仅相处差不多月余，我却并不知道个中缘由。原本有些心存疑虑，但是此刻见到义父一天天变得瘦削，精神也远不如从前好，这一切古怪想法早就被扔到九霄云外。

年二十九那天，我伺候义父早早睡下。天已完全黑了，冰冷的空气里并不能闻到喜庆的味道。我连日来一直心心念念着那只信鸽带来的消息，于是待义父睡着后立刻找到青墨：“青墨，今晚上你帮我照看义父，天子阵今晚在江寒城郊布阵，我要去确认一趟。”青墨正色应是，后又看着我道：“……如若之前消息有假，小姐当如何做？”我一滞，随即垂下眼帘道：“当尽力阻止。”顿了一顿，心下的空落和慌乱像是突然被青墨这句问话勾起，“如果我明早仍没有回来，这座城就该交给你了。”青墨的眼里闪过许多种情绪，欲言又止后只摇了摇头：“小姐定能平安回来。”我不置可否，转身去取了外衣离开。

我一人骑在马上踽踽独行城中，看着家家的灯火渐渐一盏盏熄灭，看着城门前手持长矛的兵士越来越近。

城郊的风更加凛冽，我只感觉脸上先是生疼，而后竟似冻得失了知觉。

直到，月光下的一片枯木林中，我见到一个人站在那里，一动不动地看着我。

那一瞬我忽然惊觉，不到两月的时间，自己已经改变了太多。原先只是任人宰割，旁观一切的小姑娘，如今却深陷在军国大事之中，一如多年以来无人嘘寒问暖地生活，知道了自己其实也可以主宰许多，改变许多，也知道了自己是多么孤独。

或许并不是我在这两月里改变，而是此刻眼前这人，在之前的岁月里改变了我冰冷封闭的心。

于是，一切在下一瞬间重新逆转，所有那些不知是否属于我的强势和孤高不知所向，我在冲动的驱使下跳下了马。

楚祈君的身影在并不明晰的光晕中向我走来，接着他衣服上毛茸茸的舒服触感包围了我。我把脸埋在那件很舒服的衣服里面，整个人都渐渐有了温度。是的，虽然高居城上受人景仰或许是我心底曾梦寐以求的场景，可是若没有这样一个怀抱可以抛却一切重担，又有何值得贪恋。

“……璃儿？”

“……没事，就是有点冷。”我抬起头冲他一笑。

他宠溺地笑着摇摇头，继而敛了神色道：“我跟师父学了多年，那些看星象什么的确实只学了皮毛中的皮毛，大部分时间全部花在了这个天子阵上。师父曾说，天子阵是我这一生唯一必须要做的事。”

“阵法一共有九个阵眼，其中五个单凭术法就可完成，而另外四个需要神器的帮助。”

我只觉得神乎其神，神器什么的这些东西我都只是有所耳闻，觉得离自己无比遥远。

楚祈君却忽然转了话锋，低低叹了一声道：“天子阵如果全部完成，将不仅能助人夺取江山，还能保其王朝千年不倒。我其实一直觉得有违自然之道,并不愿为之。……然而师父说得对，这大概确是我一生必须要做的事。”

我知道其中必有隐情，但既然他不愿说，我不听也罢。于是我转而问道：“那这个天子阵是如何确定所助之人的？”

“要在此人家乡，也就是其中一个阵眼里埋下一件此人的贴身之物，最好从小不离身的那种。”

“难道是这里？”

“正是。”

“难道你手里有此人的贴身之物？”

“……没有。他们都不信任我。关易知给了我一个不太合适的东西，御彻那边我都不知道如何找他要，恐怕他会觉得我有能力利用他的物品加害于他，会先想办法和关易知一起把我杀了。”

“……别看我，我也弄不到。”

楚祈君忽然向我身后望去：“我觉得那边那位应该有办法。”

我立刻扭头去看，见青墨缓缓从一个看不见的角落里转了出来。

我心里一股火冒上来，上前几步刚要开口，楚祈君追上来轻轻拉住我，云淡风轻对青墨道：“这位小哥适才全听到了，不知可否帮忙？”

青墨一脸戒备：“阁下应是关易知请的术士，不知为何倒戈相助？”

楚祈君浅浅地笑：“关易知生性多疑残忍，险些将我所爱之人送上黄泉，又不知是不是在想办法杀我，如何与他共事？”

青墨的表情在暗光里变了几变，看不清楚，只看见他缓缓转过头来看向我。

我被看得心里发怵，抬眼去看楚祈君。

楚祈君的脸上飘过淡淡的无奈：“江山应予谁手，你既明白，我又何故会蒙在鼓里。”

我垂下眼帘，在心里默默对他说了一句对不起之后，坚定地看向青墨：“我信他。”

青墨在原地站了半晌，终于咬牙道：“好。”转身欲走，被楚祈君叫住：“既然信了，便听我一句，别去告诉别人。”语气森然，令我在寒风中打了一个冷战。

青墨应了一声，继而迅速消失在远处的黑暗里。

楚祈君轻轻从背后环抱着我，声音在风里飘忽不定：“璃儿，我说过再见之时绝不放手的。”

“……嗯，如果在这乱世为了同一个目的风雨同舟，纵然不能日夜相伴，也不能算得放手。……我决定配合整个计划，过些天就进宫。”

“记得保护好自己。”

“嗯，你也是。京城一定是最后一个阵眼吧，那时再见，绝不分离。”

“你真是……唉，得你如此，夫复何求。”

其实我从头到尾都没能知道天子阵究竟是怎么布的，因为布阵之时周围不能站人。

寒风依旧肆虐，凛冽。身后的青墨不发一言，我仍像踽踽独行一般，却不再有任何迷惘。

江山如画皆在心中，良人天涯咫尺相伴。

第3卷

咫尺天涯烽烟燃

二十四、复入宫闱舞芳华

新年伊始，我已将马不停蹄地赶往京城。

义父一天比一天憔悴得明显，如今已经形同枯槁，令人黯然。

临行前，义父郑重看着我道："璃潇，义父的日子没几天了，你在京城，照顾好自己，多助彻儿一臂之力。这城日后交给青墨，理应不会有差池。唉……"他忽而轻轻叹了一声，不复清澈的眼眸里流露出无尽的苍凉与不甘。而我也向来不擅自欺欺人，无法安慰义父什么，也无法安慰自己什么。他曾经坚毅慑人的模样从我的脑海之中划过，他或许是配得上坐拥江山的，现下却连恼恨命运都显得无力可笑。我如鲠在喉，只能浅浅地应了，接着在眷恋与压抑并存的席卷下逃离了那屋子。

青墨站在停在院外的一辆马车前，面对着我。我披着雪白的裘袄，一步步走过去，正月里的寒风来回摩擦着我没有戴着面纱的脸和我无法收敛回去的脆弱。走到近前，我挤出了一个笑容："青墨，把这里交给你，一定会比我管得好。"青墨却几乎没有笑，也没有如往常般伶俐地说些什么，一双清秀的眼眸只是直勾勾地盯着我，眼神里空空洞洞仿佛一无所有，又仿佛是我并不能读懂。

面对这样的青墨，我竟感到无言以对，只好默默立着。最后青墨才轻轻开口道："小姐，外面冷，快上车吧。……青墨定不会辜负所望，请小姐一定珍重，来日京城庆功。”我微微笑着说了一声“好”，继而踏上马车。

宅院渐渐在视线里远去，我只觉得心里好像装载了太多太多，却又好像空无一物。

由于直通京城的路上战火纷飞，我只能绕道而行。

行了五日，近傍晚时途径一处不知名郊外时，天上忽然飘起了鹅毛大雪，劲风阵阵，凛冽恐怖。雪深顷刻便过了膝盖，车是彻底无法行进了。

随我出行的是当年陪我进宫的侍女莲儿，大约是有人告诉了她关于我的事情，她一见到我时就咋咋呼呼地叫道：“小姐！莲儿以前都不知道，小姐……小姐长得这么好看。”我冲她笑笑，不置可否。

马车的车夫却是个沉默寡言的人，一路几乎不见他有半句话出口，我要做什么他也毫无异议，只是默默遵从或者不闻不问。

所以当我说服了莲儿留在车里，自己跳下马车的时候，车夫只是转过头来看了一眼，接着便如什么也没看到般转回了头。

我从未见过如此大的雪，寒冷着急之余终究还是有些兴奋。四下一望，白皑皑一片有些迷茫，却很美丽。我来回看了半晌，忽然看见极远处视线的尽头那里好像有个黑点。

于是我深一脚浅一脚地向前行了一段，渐渐从飘扬细密的雪花里辨认出那个黑点好像是个人影。我莫名觉得那人影有些熟悉，于是继续前行。而身后的马车里，莲儿已经探出头来，大喊着：“小姐！你去哪里？”喊了一会儿，大约是见我没有理她，毫不出意料地，她也跳下马车来，一晃一晃地跑着追过来。我听着她模糊的脚步声，有些心烦意乱。等她近了，我回头冷冷淡淡地道："我说过了，不用跟来，我一会儿自会回来。"莲儿被风吹得红扑扑的脸颊上生动的神采变得滞涩，讪讪应了一声是，转身往回走去。

渐渐，马车已被我甩在身后，那个人影离我越来越近。

那人显然是察觉了我拙劣的脚步声，转过了身来。

那一袭玄色的大氅随着寒风猎猎作响，张扬飘起，搭配着他谪仙般的面容，焕发出一种并不同于真正邪魅的邪魅之气。

"难不成……这里也是一处阵眼？"我环顾了一番四周的荒野，接着笑笑地看向他。"没想到你真的是今天路过此处。"他也笑看着我，"不错，此处正是阵眼之一。"我产生了一种被人算计了的感觉："难道你连今天会下大雪，我会停在此处，还会过来找你这些事情都算到了？"他笑摇摇头："没有。这里布阵要趁白天，我刚刚弄好，准备离开。"顿了顿又道，"这几日要回一趟浅阳。"我道："关易知怀疑你？""不错，他疑我已久，估计眼下已经后悔让我去布天子阵，让我回去是要斩草除根罢。"

楚祈君这话说得云淡风轻，我却听得悚然心惊："明知如此，为何还要依他所说回去？""总该有个了断。况且若是闹得动静大些，或许还能让御彻转而信任我。"我皱眉："怎么说这样也是以身犯险，你可能保证平安？"他走过几步来轻轻揽了我："不会有事的。我已很熟悉关易知行事风格，自有分寸。我与你仍有京城之约，无论如何不会爽约。"他的怀抱从来都似乎有一种魔力，轻易便化去我所有坚硬的外壳。我鼻尖一酸，含着丝哭音软软糯糯道："我可是将你说的话全部当了真，你若失约，难保我不会亦赴黄泉找你，就算不去，我也定永远忘不掉你了。"

楚祈君的声音从我头顶和着风声柔柔飘下："璃儿……现在

我真不想放你离去。”我在他衣上蹭去了溢出来的两滴泪水，竭力平静下来道：“说好的，京城。”

他陪着我一步步往马车的方向走过去。

他给了我一些他随身带着的干粮：“雪若不停，你们也好多有些吃的。”我很听话地将吃的揣入怀中。

莲儿站在车前的雪地里，一边跺脚，一边搓手。见楚祈君牵着我的手走来，神色诧异，但看了我几眼之后终于没有说什么，只叫了一声“小姐”。

我们在马车前面站定。我习惯性地转头看向他，他却忽然趁我不备在我颊上轻轻吻了一下。“乖璃儿，凡事千万以护着自己为先。”我脸上烧红，瞥了一眼转过身去作无事状的莲儿和木讷注视前方的车夫，然后低低地嗯了一声。

南宫漠真是厉害，父亲刚去世不久，国家又被起义军闹得乱成一团，他却还有心思过节玩乐。我到了京城才知道，自己即将进入皇宫的方式，是元宵节送进宫的舞女。我们的马车堪堪到了京城郊外，在另一排马车前停了下来。

我和莲儿上了这一排马车其中的一辆。里面坐着的都是些年轻姑娘，大约都是歌姬舞女。马车一路毫不避讳（其实她们可能都是寻常女子，只是我一直辗转在起义势力当中，躲着朝廷惯了）地开往了涟亲王府。

府邸很大，进门就有管家模样的人来安顿了我们。我看着那些姑娘们一个个走向了自己的住处，看着那位老管家吩咐莲儿拿了我的东西去安置，接着面露犹疑之色地走向仅剩在原地的我，道：“姑娘请随我来。”

他一路领着我进了一间暖阁，清秀不减，却更加沉静俊逸的涟亲王正站在屋中。看见我们，涟亲王微微对老管家笑道："好。你先下去吧。"老管家带上了门。

我渐渐瞧出了眉目，猛地回想起当日我对南宫漠行刺的时候涟亲王看似无意间撞我的那一下，心情不觉复杂起来。看来他是御彻的盟友了。可是生在帝王家，看着自己父兄将国家一日日衰败下去，又看着自己所期盼的真龙天子一步步摧垮自己家族的基业江山，甚至看着自己的盟友派了细作过来刺杀自己的亲人……那日的他大约是在谋求一场赌局吧。一场无人能够预见结局的赌局，一种听天由命的无奈。

涟亲王的声音拉回了我乱七八糟的思绪："寒姑娘？"我回过神来，看见他的眼眸里一片温润，毫无戾气和怨恨。我的情绪霎时淡了许多。

涟亲王与我讲了一些如今宫中的规矩和布防情况，之后似是欲言又止地停了下来。我道："王爷可还有什么事？"他犹疑了半晌才道："在下有一事与姑娘商量，望姑娘能够相助。"我道："王爷请说。""到时若姑娘再接到刺杀指令时，可否告知在下。"我皱眉未答，他又道，"家兄并无意非要江山不可，若可令他此生再不问军政之事，留得一条性命也并不碍大业。只是我无法和御公子说此事，只盼姑娘能够理解，在下可以保证绝不令此事妨碍任何。"我听他说得恳切，脑中又浮现出南宫漠的神色话语，莫名地脱口而出："好。我答应你。""多谢姑娘。"他轻声道。

离元宵节不过只有五六天了，我才知道那些姑娘早已学会了当日要表演的舞蹈，我却完全不知。南宫涟是个颇亲和的人，我也比较喜欢性格温雅的人，相处了几天也就熟稔起来。于是我颇不爽地跑去问他："王爷，你们的玩笑开得有些大了吧？只这么几天就让我进宫表演，岂不有些儿戏？”南宫涟无所谓般微微笑着回我：“御公子说了，姑娘天资过人，只消三天便够。”我气结，御彻总是这样难道很有意思么！

但是无奈的我只能开始疯狂地学练那个舞蹈。好在确实不算什么太难的事，真的只三天过去就有模有样了。

元宵节的晚上，南宫漠在宫里尽其所能地大摆了一场皇家宴席，宠妃女眷悉数到场，场面恢宏令人咋舌。我一路行至殿外，只暗叹如此君王不亡国才是奇怪。走在身边的南宫涟也是一路微微锁着眉头。

我们等在殿外，南宫涟自己走了进去。

正站得腿脚酸痛之际，远远见一队宫女端着酒壶迤逦而来，近了看，却发现为首一人正是晴落。她仍是活泼微笑的脸庞瞬时勾起了我的泪意，几乎冲口而出的呼唤被我残存的一丝理智生生咽回肚里。晴落看见了我们，看见了我，脸色微微变了一变，多盯了我一眼。我却知道，自己容颜已改，当初时不再来。

晴落她们从半开的殿门中进入，里面的话声也隐隐飘了出来。

南宫涟的声音道：“皇上，今日元宵佳节，我们干是吃喝未免不够尽兴。臣弟特意携了一队歌姬舞女来，欲为大家助兴一番，您看可好？”

南宫漠道：“好，有何不好？难得涟王爷如此上心，朕很高兴。来，把她们叫进来吧！”

不得不说，南宫涟准备的舞裙还是很漂亮的，抛去这殿堂之外的一切，能够在这样的金碧辉煌之下献舞一曲也不失为一件欣悦之事。舞步旋转，我脸上装出来的笑容似乎渐渐变得有些真切。

我戴了一个比平素戴的透明一些、飘逸一些的面纱，起初我觉得这东西十分矫揉造作，结果南宫涟和我说了一通“欲盖弥彰”“犹抱琵琶半遮面”之类的，我才极不情愿地戴上。忆起当年南宫漠所作所为，我心里兀自惊魂又起。那一句句叮嘱我“保护好自己”的言语绕上耳畔，我愈发忐忑起来。

一曲舞罢，我弯腰谢幕，下一刻竟萌生出立即逃离此处的想法。微一环顾，先映入眼帘便是一袭华服的郁瑾，已是皇后的她眉梢眼角更多了几分凌厉之气。其实我很奇怪，就算南宫漠只知流连温柔乡（虽然我其实并不这样认为，因为他除却喜欢逢年过节奢靡一番之外，这几月间也颇做了些努力，只是事已至此，回天乏术），堂堂皇宫也万万不该任由一名细作当了皇后呀。郁瑾目光含着恨意和讽刺直直盯着我，显然也已认出了我。

完全不出所料，南宫漠似乎很开心的样子，允诺了我们很重的奖赏。我看着他的表情，又看看他身旁的郁瑾，不禁莞尔。看来是南宫漠时常不免拈花惹草，郁瑾却是个泼辣性子，因而虽然碍着母仪天下的名号无法绝了后宫佳丽，却至少能令他收敛些得意罢。

果然，之后我便被留在了皇宫，还几乎即刻就被赐予了一个低品级后妃的名分。

当我入迁新居所时，踏入殿门，令人惊诧的并非美丽的装潢，而是正在忙碌其中的女子——“晴落！”我不禁低呼出声。晴落却听到了，笑盈盈回头道：“奴婢见过寒美人，美人有什么吩咐？”

我顿时语塞，看着一屋子忙碌的宫女，黯然摇了摇头。晴落仍旧笑盈盈地："皇上叫我这段时间专门来伺候美人，美人有什么事找我都可以的。"我喜出望外，忙笑应了一声好。

晚间，屋中只剩下了我和晴落两人。

我不知如何面对她，只好装作收拾东西的样子坐在桌前。晴落却忽然走过来叫了一声："美人。"我只好转头。她深深盯着我，仿佛下了很大决心般道："小忆，是你吗？"我讶异地看着她，一时更加不知所措。她陡然提高了音量："真的是你？"接着一把抱住了我。我也回抱她，喃喃道："晴落姐姐……"

"……我当时看到那个领舞的颇有几分像你，容貌却大不相同，没想到……真的是你。你那日……唉不说了，只是如今怎么又进宫来？"

"……姐姐既已知道我的身份，自也应该能猜得到。"

"难道还要……"

"不。"我几分苦涩地摇了摇头。

晴落的表情忽然认真起来："小忆，我知道你们在做什么。我虽不懂国家大事，但也知道自己家乡的乡亲们这些年过得并不好。也许……你们是对的。"她欲言又止地停了一停，接着压低声音道，"而且……而且我曾经偷听到过，他……和你们是朋友。这一次也是他送你进宫的。"

"涟亲王？"

"……嗯。"晴落低下了头，脸微微红了。

我微微笑着摇摇头，继而敛了神色低声问道："那姐姐可能答应不要声张我的身份？"

晴落猛地抬起头道："那是自然，小忆，无论你做什么，我都不希望你受到伤害。……今天与你说了这许多，我真是舒服多了。在宫里的生活并不快乐，有时候想想，只有你我是真正的好朋友、好姐妹了。”

在晴落面前，我不愿再去怀疑揣度什么，我莫名地愿意相信她的真诚。

二十五、人事无常险象藏

“小忆，今晚皇上要来了。”屋中只有我和晴落二人，她一边拿了我的饭食进来一边眼神有些复杂地看着我道。

“嗯。”我垂着眼帘随意应了一声，反正他早晚都要来的，不是么？

“小忆……”晴落把饭摆好在桌上，有些小心翼翼地又叫了一声。

“怎么了？”我抬眼看她。

“你不会真的……要……”晴落蹙着眉头，面上有微微的不解和焦急。

我终于明白了她的意思，忙道：“当然不。”当日我尚且不愿赢了郁瑾，此时心有所属，怎么可能再将自己献予他人，为了什么也不行。

“我就说嘛……那你要怎么办？”晴落先是松了一口气，而后又皱起了眉。

这个问题我已问过自己多遍，心里并不完全有底气，但也只得佯作淡然地道："他的脾性我还了解一些，自然有办法的。"

"要不要我帮忙？"

"不用劳烦姐姐了，到时候只帮我叫所有宫女都出去吧。"我可不想被人把"矫揉造作""装清高"甚至"狐狸精"的名号到处传扬出去。

晴落却颇为讶异地看了看我，最后还是没问什么，只是答应了下来。

南宫漠来的时候，我已换上了那日有些轻薄的舞裙，也戴上了面纱。我规规矩矩对他行礼，他一边叫我起来，一边意味不明地笑了一声。

"都住进了朕的宫里，面纱还不拿下来给朕瞧瞧你的真颜？"一如既往调笑的语气。

我清清浅浅应了声是，缓缓取下那个欲盖弥彰的面纱。我抬眼时，却见南宫漠脸上本来玩味的笑容淡了不少，眼神甚至也淡了许多。

我觉得现在这样有些愣住了的南宫漠较平常顺眼得多，于是不由态度也好了一点，微微对他笑道："皇上可需要用点茶水，或者夜宵？"他只看着我不答，过了一会儿才移开目光，恢复轻松的语气道："好啊。"

于是我借着准备夜宵的名头"逃离"了屋中，准备拖延一些时间。晴落围着我转来转去，问道："这样真的没问题吗？不会惹到他吗？"我微微笑道："放心，就算惹到我也可以解决。"最后我还是心中惴惴地端着夜宵回去，不过确实也没见南宫漠有什么意见的样子。

其实我很想和他说些国家大事什么的，也好探探虚实，看他是真的无心于此，还是另有图谋。可是这个讨厌的后妃身份实在太束缚，我也就只好扯一些琴棋书画，有的没的。不过这些方面南宫漠好像还懂得不少，说得多了竟也有些有趣起来。

本来看着夜色愈深，我心下愈发警惕，脑中飞转想着如何找个借口来把他送走。各种荒谬的想法一一在心中一晃而过，直到——

“夜深了，天气很冷，你早些歇息吧，朕回去了。”南宫漠竟然很守礼节地站起身来，对我淡淡地说了一句，转身要走。我几乎愣在原地，他都快出了门才想起行礼：“恭送皇上。”

等他走远，晴落一颠一颠地跑进屋，一脸笑容地关上了门，急冲冲问我道：“小忆，你好厉害，是怎么做到的？”我莫名其妙地道：“我也不知道，他自己要走的。”晴落再次皱起了眉：“难道他不喜欢你？……不可能啊，没人会不喜欢你这么漂亮的姑娘的。”我笑着捶了她一下：“姐姐真会说笑。好了，不管了，这样挺好，我们睡觉吧。”晴落兀自嘟嘟囔囔地不知说了些什么，又突然站远了几步，上上下下看了我一番，道：“我知道了。”我挑眉笑道：“姐姐知道了什么？”晴落作意味深长状道：“一定是你这样子令人感到神圣而不可侵犯……”话说到此已经被我的笑声打断。

之后，南宫漠也可称得上是经常光临。起初他比较寡言少语，有时只是酌几杯小酒轻抿，却能坐着良久。后来我的戒备渐渐放松，也就渐渐缓和了些态度，毕竟不想弄出什么不愉快的事情来。我们便如萍水相逢的朋友般。

不过我一直没敢开口问他，为什么只叫我寒姑娘，为什么会待我如同朋友。直到有一天，他多喝了一些酒，有些微醺了，突然对我说道："寒姑娘，朕其实一直想遇见一个如你一样的女子。""如我一样？"我有些意外，不由自主地重复了一遍。"是。世间女子风情万种，朕自诩见得不少，但不是庸脂俗粉就是妩媚妖娆，要么就是小家碧玉。却没有一个让朕真正不忍玷污之人。醉笑三千，终不如与超凡脱俗、倾国之貌、风雅多识的女子对酌一杯。"他轻轻转着手里的小酒杯，言语里没有惯常的轻浮。我哑然，摇头笑笑道："皇上怕是过誉了，我不过是元宵节进宫献舞的一个舞女罢了。"他微笑着摇摇头，话锋却转了："朕不知姑娘何故甘愿沦为舞姬，居在此小小宫殿之内。不过朕只保证，不会做姑娘不愿之事。"我隐隐听得这话不大对劲，不过挺高兴的也便没有追究。

那一晚他又喝了许多酒，我莫名地读到他醉眼里的一丝清醒，莫名地没有去劝。最后就听他声若游丝般道："朝中腐朽，国库虚空，兵力懈怠……国之将亡，朕无力回天，眼下似是唯有不孝祖宗基业方是对百姓的最好选择啊……"我心下大震，忽然就明白了适才他话里似乎有些奇怪的语气。现下看来，眼前这人分明是知道我的目的！

我蓦然有些感佩。南宫漠天性风流应该固然不假，现在看来他却也是很久以前便知道其祖其父腐败成风，无心国政，必将导致今日局面。可他虽生在天家，却无力改变。身负储君之位，势必继承祖业，他又万万不能割舍。诸多缘由，才造就了那个花天酒地的浪荡太子和如今的荒唐皇帝么。作为不甘的挣扎，他曾暗中努力，但却清楚回天乏术……酸涩和无力渐渐涌上我的心头。我不知这些胡乱的猜测是否就是真相，但听他话中意思，应八九不离十了。

而丝毫不出我所料的，一波刚平一波又起，郁瑾果然找上了门来。

“给皇后娘娘请安。”我很讨厌吵架，所以总是下意识选择可能避免吵架的方式。

可惜郁瑾完全不买我的账，先是挥退了包括晴落在内的所有宫人，然后关上门就气势汹汹，兴师问罪：“寒璃潇，皇上这些天总是用过晚膳后就来你这里，又不在这里过夜，你在搞什么鬼？”我淡淡道：“皇上只是有时来用些夜宵，用过便走，我不曾做过什么。”郁瑾怒道：“谁知道你是不是用了些什么欲擒故纵的狐媚手段！”我心头一阵火起，虽然清楚不好发作，但是一些未经思虑的话还是冲口而出：“你既然见过我，也该知道我心上人不是皇上，何须如此大动肝火。”她一愣：“你……哼，别以为我不敢告发你是细作。”我早已猜到，郁瑾已经为了南宫漠背叛了关易知他们，如今她这句话出口算是敲定了这一想法，我冷笑道：“你不是也一样。”这显然是她的痛处所在，她的声音即刻便抬高了音调：“你看他们是信你还是信我！……况且，我已全心向着皇上，许久没有再联系过宫外的人。”我忆起南宫漠说过的种种，心不禁渐渐软下来。似郁瑾般女子，敢爱敢恨，虽是泼辣了些，但却难得爱得浓烈，只叹南宫漠注定不懂珍惜。

见我不语，郁瑾也没有再得寸进尺，只是恨恨地道：“就算你无心于皇上，我也一定会除掉你。”我挑眉而笑：“好啊，那我自也可以告诉外面，你背叛了他们。”郁瑾脸色立变，嘴唇几度翕张却没说出什么。我道：“你我相安无事，我自也没有闲心害你。”最后，这场不愉快的会面以郁瑾冷哼着拂袖而去收尾。

但是，她已背叛关易知他们的事情我却是一定要传出宫外的。

晚间，晴落照例独自拿着我和她的饭食进来。

再一次地，我从菜品里发现了小纸筒的踪迹。每次当着晴落的面取出这种东西，我心里总是有些异样的感觉，当下便把它揣了起来，准备晚上自己一个人的时候再看。晴落见状看了看我，没说什么继续低下头吃饭了。

但是那天注定不够寻常。我竟然在另一道菜里发现了另一个和刚才那个并不相同的小筒。显然不是同一人所放置的。我正拿着第二个小筒发愣，晴落突然问道："小忆，怎么回事？"我几分尴尬几分忐忑地回了一句"不知道"，接着小心翼翼从那个看起来非常精致可爱的白色小玉筒里取出了纸条。

展开一看，竟是熟悉到深入骨髓的隽秀字迹：还余三月上下。安好勿念。如果回信，放在此玉筒中随剩饭一同送回便可。边上还有一只小小的笔法细腻的蝴蝶。我立时兴奋起来，拜郁瑾所赐的坏心情一扫而空，不由自主地勾起了嘴角。晴落几乎凑了过来问道："是什么是什么？有什么好事？"我一把把纸条抓在手里按在胸口："没什么，别看。"晴落一脸若有所悟般坏坏的笑容，继而又忽然变作疑惑的神情，又笑着求道："小忆，就给我看一眼嘛。""真的没什么的。"晴落笑道："小忆，如果你承认这是你心上人写来的，我就不看了。"我嗔道："宫里戒备森严，哪里有人那么大本事，能随随便便写了些东西就送进来给我。"晴落却笑得仿佛更加开心了："这便算是承认你有心上人了。我不管，反正我是相信，与你相识的人总该有些过人的本领。"我被她说得面红耳赤，只好转过了头去道："好啦好啦，你说是就是了。"

于是那个晚上就完全被我用来思索如何回这个信，那个莹润白皙的小玉筒被我焐在手里变得温热，夜幕渐深，我却辗转反侧。

每次都是这样，面对他的时候，我只觉得说什么写什么都不够，说什么写什么都多余。我觉得我都想说，又觉得他全都懂。

所以第二天，我把久未动过的香囊打了开来，挑了几朵芳香四溢的念君花，一点一点塞进那个小玉筒里，交给了晴落。

晴落的背影渐渐远离了我的视线，我的心温暖而安稳。我知道那花儿，只代表一句话："倾我一生一世意，为君流连为君死。"

直到晴落回来有意无意地问起，我才猛然想起御彻他们给我的那张纸早已被我遗忘。我慌忙找出来看时，只见到一片密密麻麻的小字：

今关易知已经拥兵自重，划地称王，定国号为凌曌，不容小觑。其已占领整个国土西南部，兼并三股起义势力，为我方最大劲敌。且近期关易知有率大批军队远征之意，似将从西包抄入京。

我等目前仍距京城近千里之遥，以形势顺利估计仍需三月以上方可进京，而关易知所遇阻碍极少，可能抢占先机。

日前已知关易知在宫中最大细作郁瑾已经叛离，望你可以取得他们的联络方法，向其递送消息：朝廷已向我方前进方向埋有大量伏兵，请即刻改道中原。

保重，勿念。

我将纸条放在灯焰上烧了，心头却颇为讶异。这条消息一看便知是假，而且还是开这么大的玩笑，哪里像是关易知会相信的。算了，大约御彻也不是打算让关易知相信，恐怕别有他用。

至于他们的联络方式……楚祈君好像说过，记不太清了，不过从那日城墙上飞来的信鸽看，八成就是它了。

“晴落姐姐，一会所有人都睡下之后，我要出去一趟，还请姐姐帮忙掩饰一二。”其实我知道晴落并不会对我所作所为有什么反对的想法，可是一种仿佛拉了她蹚这趟浑水的罪恶感总是挥之不去。

“好的小忆，你自己注意安全。”晴落的笑容依旧那样无瑕。

说来也巧，南宫漠那天晚上恰好没有来找我。

虽然我很不喜欢夜行衣，但为了不被发现还是勉为其难换上了它。

避过巡逻守卫还算是比较轻松的一项任务，我一路展开轻功到了皇后寝宫附近。

她会把信鸽养在哪里呢？直到围着寝宫转了好些圈，甚至跳到墙头上都看过了之后，我才恍然想起，一是她已许久不当细作，信鸽等物可能已经毁灭；二是为保险起见，她应万万不会养这种东西为自己招致嫌疑。

颓然回到自己住处，我对晴落叹道：“姐姐明日帮我打听一下，宫中是否有哪位妃嫔养有鸽子、小鸟一类的宠物吧。”

也不算出乎所料，郁瑾是真心跟随南宫漠，连关于自己细作身份的一丝一毫痕迹都抹杀殆尽。宫中完全没有关于信鸽的消息。我不禁有些怀疑自己的判断，他们是不是还有其他的联络方法？通过同伙？那要我如何传信？

我几度思来想去，晴落也帮助我查了好几天与郁瑾来往密切的嫔妃宫人，都并无进展。与关易知同行的那些日子里，关曦玥曾与我讲了不少事情，其中也包括他们安插在宫中乃至京城的细作数量都极为有限。所以最后，我决定孤注一掷，就去弄一只信鸽来传信。

“姐姐，明日你可以出宫采购，可否帮我悄悄带一只信鸽进来？”我犹豫着向晴落开口。不等她答话，我又低着头道：“我知道姐姐并非我道中人，如此很对不起姐姐，但是……”晴落干脆利落地打断了我的话：“这是说的哪里话！我既选择帮助小忆，就甘愿与你生死与共，何必再说这些。”

第二天，我便去了藏经阁，对着郁瑾抄的佛经的字迹看了整整几个时辰，犹觉得不够胸有成竹，“依依不舍”地离开。

晴落不负所望，真的带了一只非常可爱的信鸽回来。有时候我常常后悔，为什么没有多对她说几句谢谢。她是这人间少有的真正给予了我温暖的人，和她在一起可以放松，可以信任，可以将一切抛却个一时半刻，可以不计较得失利弊。

我真的怕自己忘记了郁瑾的笔迹，当下便趁热打铁地写下了那条假消息。关易知在哪里是个不需要操心的问题，宫中人人都关心，消息传出来自然也快。

我在夜晚，站在后院，望着头顶的方寸天空，放飞了这只信鸽。当时我只想到这可能是一次不成功的联络，自己有可能因而招来危险，却没有想到，这不仅是一次成功的联络，而且成功背后的缘由大大出乎了我的意料，甚至还在不久之后在我身边掀起了轩然大波。

人事无常，红尘险恶，问世间情为何物，教人甘堕其中。

我默默立在寒风里，只觉得那一年的冬天格外寒冷。

二十六、岁月暗淌假安稳

那个冬天像一次颓废的狂欢，一切奢靡都如梦似幻，仿佛随着最后一场大雪纷纷散去，落了一片虚无。整片土地上战火丝毫没有停歇，而我所处的宫殿已然变成了空中楼阁，以随时都会垮塌的枯朽姿态俯瞰起义军们的相互厮杀和竞相称王。

我又收到过一张纸条，上面波澜不惊地写着义父过世的噩耗。义父一开始那冷峻的面庞，锋利的眼神和踌躇满志的王者气概，与后来慢慢枯瘦和善的老者面容渐渐在模糊的火焰和纸张的灰烬之中重叠，忽而清晰，忽而迷蒙。一切的相逢和相交都像是做了一场梦一般。义父的话言犹在耳，倏忽人已不在。我的眼睛渐渐被刺眼的火光灼出了两行泪水，眼前的景象愈发模糊不清，愈发不真实。那个夜晚我辗转难眠，眼泪不受抑制地滴滴顺颊流下，我胡乱地擦拭了几下，继而再不管它，任由其宣泄难以言说的悲伤。

没过多久，御彻也在荆义称王，定国号为龙鼎。龙鼎。我看着小纸条上丝毫不受空间所限，遒劲有力的两个漂亮的字，不由自主地颔首微笑。好名字，真龙天子，问鼎天下，遥祝功成。那些不成气候的小势力中，识相的已经纷纷投奔他人，或是龙鼎，或是凌曌；不识相的多半也慢慢都被武力收服。如今的帝国版图上，分明是渐渐清晰的三分天下局势。其实书上有说，三足鼎立是最为稳定的局势，多半会呈拉锯态势，多年博弈。可就如今而言，似乎与历代三足鼎立的情形都并不相同。昱穹王朝穷途末路，帝王心思难测，也许只是在做装饰性的反抗；凌塈君主关易知则更像一位枭雄，敏锐多疑的同时总是隐隐透出几分急于求成的味道，难保不会做出什么违反常理的举动；龙鼎一直明里暗里扩张着自己的势力，御彻虽然称王但仍旧低调，扩展疆土的同时却是往往避免着与另外两方的正面冲突。更令大局显得扑朔迷离的是，那个关易知身边名震一时的术士，数月前突然失去踪影，紧接着又在江湖朝野，茶余饭后，人人口中出现了的，那个不知真假的天子阵。以前从未听他们提过，我也是后来与晴落等闲聊才发现，楚祈君几年前就已很有名堂，不仅曾是官场上的少年才俊，也好像曾经与关易知做过一些神秘的合约，预言天下局面，或是转换运势，护人周全一类的。听到这些我只暗暗觉得好笑，果然我一堂堂蝶仙，是不会轻易喜欢寻常人的，遇上的这一位恰恰有着仿佛比我还要厉害得多的本事。

在这皇宫里过得久了，许多事情都渐渐变得清楚可见。晴落向我讲述了很多她的故事。我第一次离开皇宫后，她曾受到过一些牵连，但好在她为人善良纯净，并未受人坑害，反而安然无恙地度过。而之后，她却遭受了家人在灾荒和徭役赋税中几乎全部惨死的打击，大病过一场，险些一蹶不振。但是她是晴落，总不会有什么世间的苦难能够磨灭她的笑容。那之后的事情她起初不愿讲，在我的几次三番，几次三番的软磨硬泡之下，她才有些吞吐着，甚至罕见地有些含羞地开了口。

后来一次偶然，她在拐角处偷听到了南宫涟和一个小厮的对话，当然是谈及龙鼎的。但显然她并不适合做细作的工作，偷听还不够，还失手掉落了手里的东西，于是被南宫涟当场发现。她再三表示绝不泄露之后，再一次奇迹般地保住了性命和月银，甚至与涟亲王的关系也无形中拉近了一层。他们渐渐有意无意地能够多搭上两句话，或者在擦肩而过时，在觥筹交错时偶然目光相接，能够轻轻微笑。晴落开口之后就不再吝啬言语，虽然脸色潮红却反倒细细碎碎地说个不停。我听出她话里甜甜的满足，静静陪她微微笑着，仿佛在那话语里逃离了世间的滔天巨浪，而悄悄躲进了一隅岁月静好、现世安稳的角落里，旁观一场不掺分毫杂质的纯美相思。

晴落还说，再后来有的时候，涟亲王会旁敲侧击地问问她，比如家里的情况，比如对生活满不满意。晴落每每被他多问几句都会开心很久，以至于迟迟没有反应过来南宫涟的真正用意。我听到这里，不是很想戳破，只是笑着。南宫涟也真是的，像晴落这样的姑娘，怎么可以被卷入这样黑暗的狼火烽烟里呢。听晴落所言，南宫涟问了几次也就明白了，后来再找她说话时就改换了话题。我听到这笑得越发开心。晴落忽然就有些认真地道：“我曾经有一次对他说，如果他真的需要，我愿意为他做任何事情。”她眨了眨眼睛，又绽开一个笑容道，“小忆，你也是。我也愿意为你做任何事。”我自诩是不会这样想的，就算现在让我对楚祈君说出这样一句话也许都并不能轻松出口。是以感动和略略地受宠若惊之下，我脱口就问道：“我何德何能，能令姐姐如此？”晴落不轻不重地拍了我一下：“又在说傻话了。怎么说呢，我愿为王爷做任何事的心情，和愿为小忆做任何事的心情有些一样，也有些不一样。总之只是希望你们一切都好。你并不像宫里许多别人一样只知道钩心斗角，没意思，还总是害别人。我从小并不受爹娘喜爱，在这里也是个可有可无的角色，只有你能让我感到自己是个有用的人，是个能让别人开心的人。”她又是一通絮絮叨叨，我却越听越是惊异。原来很久以前发生过的很多小事，都这样被她牢牢刻在心里。于我，不过是把南宫漠给我的东西给了她许多，缠着她教我做了很多菜肴，或者是更多记不清的时候顺手帮了些小忙，还有就是现在麻烦她做这个做那个……我一边疑惑着，一边好像明白了什么。

“小忆……”最后，晴落目光闪烁不定地看着我，欲言又止。我笑盈盈道：“嗯？姐姐还有何事？”她最后叹了口气，几分故意地做出“幽幽”的口气道：“奴婢来到美人宫中以后，就很难见到王爷了……”她话音一落便笑起来，我却听得有些不是滋味。“姐姐，是我不对了。”“不不不，我没有那个意思。而且本不是你令事情如此，是皇上派我来的。”她笑容里的明媚让寒冬的阳光生生变得染上了温暖，“好啦，弄得你不高兴就不好了，我本是随意玩笑的。跟你天天在一起也很好啊。”

那段时间，我还得到了更加难以置信的消息。关易知居然真的改道中原进军了一段距离。我简直百思不得其解。依我三脚猫的眼光看去，这一切都显得如此诡异。就算关易知像我一样天真浅陋，也应该可以察觉那是一只从未见过的陌生信鸽，何况郁瑾许久没有与他们联络，每件事情都透着不对劲。再者，只是一句非常笼统的“朝廷已向我方进军方向埋下大量伏兵”，几乎都能推断得出发信人连他们进军的方向，或者说是下一步的目的地都不甚了解。还有，目前已经几乎山穷水尽的朝廷，兵力被多方势力拖拽得七零八落，惨不忍睹，哪里还有什么大量伏兵能够远出西方少人之地截堵他们。

但是就算我再无法理解，关易知已经确确实实做出了这样不符合他形象的事情。这样一支庞大的远征军，竟然就这样从云溪和宋州之间斜插进了中原虎狼之地。中原各方势力本就错综复杂，就算小心翼翼选择路线，也难免产生不必要的冲突对峙。从之后陆续听到的点点滴滴消息可以想见，关易知很快就明白过来自己的重大失误，一直在奋力试图弥补。可惜队伍已经一头扎进了中原，再想施展拳脚已然大大不易，他们的前途已可说是着实堪忧了。

我听来听去，终于听出了一点眉目。看来，关易知定是遇到了什么超乎我想象的大事，还肯定是一件令他大伤元气、大乱阵脚的事。我一直所见的关易知，除去真心疼爱关曦玥之外，着实没有什么温暖的感情。对人虽说不上是完全的冷淡刻薄，但对绝大多数人的死活毫不在意却是真的。而且只要有人显出背叛的蛛丝马迹，过往所建立的一切功勋和一切交情都会在关易知那里一笔勾销，之后的下手便绝不容情。到底是什么事情，能让一个这样的人方寸大乱呢……我隐隐约约觉察到几丝不妙的气息，之后被自己强迫不再去想。何必自扰呢，关易知身陷中原于我们不是一件好事么？既然是好事，又何必穷根究底，换得片刻快乐不比这好许多。

我也知道，郁瑾是个勇敢干脆的女子，断断不可能因为我随便的几句恐吓就放弃为难我的想法。略微让我觉得有些奇怪的是，她似乎从来不在南宫漠面前表现什么。于是南宫漠还是时常会来我这里，天南地北地说些在别的地方不知道如何开口的事情。每次我都安静地坐在一旁听，心上慢慢笼上一层淡淡的感伤。任何人，坐在他如今的这个位置上，都会受不住这样噬骨的疲累罢。我时常想，或许如果，传到他手中的是一个盛世江山，他会不会成为一位明君？大抵是不会的，我又否定了这个想法。世事无常，冥冥之中偏偏有如注定。

郁瑾不在南宫漠面前说三道四，不代表她没有些旁的手段。

有一天，晴落神色郁郁又愤怒地进屋。我见状，朝她微微一笑道："姐姐何必去听他们说，横竖我们也阻止不了，不如由他们去罢，我们在这屋里，开开心心的就好。"晴落抬眼看着我道："小忆你都知道了？"我轻轻笑了一声，没有说话。我会不知道么？还不是郁瑾派她的宫女们四处散播了些关于我如何蛊惑皇上，如何待其他嫔妃冷淡，甚至还有些更离谱的，诸如我进宫之前与涟王爷又怎样怎样了等等。诚然，任何人听了都不可能泰然处之。我生性凉薄了些，平素确不擅与人相交，但是遭此侮辱却真的是头一遭。起初第一次听见有人在墙角处嘀咕这些不堪入耳的话，我气得当场揪了她们出来，可是面对郁瑾布下的天罗地网，这点小小的幼稚的愤怒是不会有丝毫效用的。此后这样的话更是出现得越来越频繁，也越来越荒谬难听。于是我便竭尽所能地淡然无视，反正南宫漠八成不会听到什么，更不会找我麻烦，把我杀了什么的。

晴落大约是听出了我那声笑里压制不住的讽刺、苦涩和无奈，愈发急切道："小忆，真的只能任由他们这样凌辱？"我无奈道："不任由他们，又能如何。人家一国之母看我不顺眼，少许令人言语上说上一说，已经算不错了。"晴落听着黯然点点头，却仍是一脸不甘。我苦笑着续道："况且皇上没有胡乱做些类似提高我的品级之类的恐怖事情，也是很幸运了。不过她这样却是让宫中众嫔妃的仇恨尽数集中到了我们这里，恐怕是在打算选个好时机集结众人之力给我安一个决不可赦的罪名，一举将我除掉。这样的话，我要正常地保住性命都难了。”晴落急道：“那你还这样无所谓的样子？”我道：“就算我有所谓，也没有用。……我只能保住性命，但姐姐一定也知道，又是些逃离了便再不回来的招数。这次若发生这等事情，我一定不会坐以待毙，只是真面目已然示人，再也无法回来看姐姐了。”晴落低下了头，许久才道：“没关系，你的性命要紧。”我看着她的神情，知道她还有一句重复的话想问。我也想问。难道真的不能反戈一击，在宫中为自己赢得一席安身之地么？

其实并非完全束手无策，只是我并不愿意多惹风波。把郁瑾整垮也没什么好处，没准关易知知道了之后还会派遣新的细作进来，那时候恐怕还会有诸多不利。品级低自然有品级低的好处，那些昔日宠妃不会想要自降身价地跑到我这穷乡僻壤的地方来找茬，有什么赏雪聚会一类的事我也大可堂而皇之地不去，因为那都是穿金戴银的地位高的嫔妃才做的事。我很长时间不在她们面前露面，也对她们的挑衅言语毫无反应，渐渐郁瑾大抵也是心存一点点忌惮，加之自己也觉得没意思了，风言风语的浪潮自然而然小下去了不少。晴落也早就学会了置之不理，此番也真正松了口气般，笑容愈发明艳。

于是，虽然我是个细作，其间也往来了不少消息，但生活却还是平平常常，琐琐碎碎，终日不过是一方小小的天地。一切看起来都是诡异的平静。当然，并不包括外面从未间断的战事。今日看来还算坚固的宫墙隔绝了我的思念，起初如蔓草般疯长的相思渐渐都淡化成了偶尔念及的浅浅回忆。有时候我会自己跑到御膳房去，那里的师傅待人友善，会爽快地答应让我自己做点东西吃。把自己蒸熏在热腾腾的气息之中，我依稀会想起一个自己贪恋了许久，几乎已经忘记贪恋滋味的怀抱。

总还会相见的，不是么？虽然梦里失约，但我还在默默等待。

有时，我也裹了厚厚的衣裳，坐在院里廊边，静静看着枯瘦的树枝，或是被雪压得微微弯腰，或是呆滞地伸向天空。可能有些冷罢，然这样的情景，总可令我想起最爱的那一句话：岁月静好，现世安稳。就像眼前的一切一切，似乎不会有生离死别的变数。

当然，最快乐的自然是和晴落一起的时光。我们俨然是彼此人生中最亲密的朋友，或者不能再用朋友形容，而是融入血脉的姐妹。应该是缘分使然罢。我们分享快乐与忧愁，分享难以对他人启齿的秘密，甚至诉说无处可去的思念。最开始我承受不住想念的时候，就把苦水统统倒给了晴落。她轻轻柔柔地，用她特有的永远快乐的想法抚慰我，轻而易举让希望代替了失落。

我想，人间的生活的真谛，大概就是这样了罢。

我也知道，这样的日子虽不完满，却也是很快便不能奢求到的了。终有一日，恍若隔世的风云诡变的那一切会重新席卷我的生活，而我唯一的希望，便是这一切一切都结束之后，整片土地都能重归平静，我可以与最爱的人重新相逢，不清楚该做些什么，但总是在一起便好。那就是真正的，岁月静好，现世安稳。

二十七、焰觞血莲含血开

严冬竟就这样，在一片忐忑的宁静之中快要过去了。春意随着新绿悄悄吐露出一两丝希冀，天气却仍是冷。

其实我在宫里的这几个月确实没有什么事情，真正的重头戏只是在御彻他们准备进京的时日。昱穹王朝的军队已然节节败退，亡国之势已成定局。听说有些老臣还在朝上竭力试图挽回局面，但我可以从南宫漠的神情中读到天命二字的意义。不过我从来不多说什么，只是旁观着这一切，等待着这一切，等待有一天我的惴惴不安可以被抚平。

龙鼎的军队已径攻下了荆义，如若没有对手的话，雰城已可说是囊中之物。但是关易知竟也从中原的一团乱局之中杀出了一条血路，气势难挡地冲向雰城。虽然关易知为了杀出这条血路花费的代价着实不小，若是说得绝对一点，那就是他肯定比不过龙鼎了，但却也不能小觑。如果双方起了冲突，也要消耗龙鼎不少精力。可是从现在的局势看，大概不等任何一方打入雰城，双方就肯定要先决一死战了。

我知道我担心的不是这些。而天子阵的传言一直没有断过，也一直没有确凿过。

更何况，郁瑾一直在致力于找我的麻烦。她甚至有一次真的没忍住，去跟南宫漠说我是细作。好在是和南宫漠说，没有声张到别人处。我知道这事之后确实惶恐了一阵，因为无论我揣测了些什么，南宫漠一定是恨我们的。不管这恨意，是否一定要淋漓尽致地表现出来。

但南宫漠恨的毕竟不是我。于是这件事平静无波地过去了。我隐隐地预感到，这些对于郁瑾来说的“失败”，不过是一场轩然大波的诡异铺陈。

我正因为想到郁瑾而头疼时，晴落忽然面色不善地跑进屋来：“小忆，皇后和丽妃一起向这里来了。”我心里莫名地像是炸响了一声惊雷，颇为讶异地抬头看她：“怎么会？”晴落蹙眉道：“我也不知道，但看她们的方向，确是来这里不假。而且，我总觉得今天的皇后有些不对劲。”我心里不安的感觉越发浓重，但眼下却说不清，只得起身准备迎客。

“臣妾给皇后娘娘、丽妃娘娘请安。”我半低着头俯身行礼。郁瑾语气平平地叫我起来。我着意地看向她们。郁瑾确实看起来不太对劲，平素的神采似乎敛去了不少，紧抿的薄唇透出些许诡异；一旁的丽妃神情竟然显得有些茫然。难道她也不知道郁瑾为什么来我这里？

正疑惑间，郁瑾忽然道：“本宫有些口渴，晴落，去倒些茶水罢。”我只觉得她说话的语气里有什么古怪，却怎么也辨别不出。直到晴落去端了茶水回来，我也只能怀着满腹疑云几分尴尬地与丽妃寒暄了几句。

晴落为我们上茶，还未等她将茶杯放在桌上，郁瑾竟直接伸手从晴落手中抢过茶杯，也不顾是否很烫就抿了一口。丽妃轻笑道：“娘娘慢些，小心烫了。”我没来由地一阵紧张，目不转睛地盯着郁瑾。她没有理丽妃，又喝了一口才放下茶杯。

我按捺住自己的声音，让它显得稍微自然一些："皇后娘娘和丽妃娘娘今日特意来臣妾这简陋的小地方，可是有什么事情？"郁瑾微微一笑道："没有什么要事。一是过来瞧瞧妹妹，不至于彼此之间生分，二是与妹妹说一件事。妹妹一定知道，现下朝廷与叛军战事不断，身为后宫也该为军饷作些贡献。本宫和一些姐妹已经将积蓄的金银和首饰兑换的钱财都捐了，妹妹常受恩宠，当也可做些什么吧？"丽妃赔笑道："娘娘说得极是。妹妹还说这里简陋，可姐妹们都知道妹妹这里最金贵不过了呢。"我稍稍安心，也顺着她们笑道："两位姐姐说笑了。我虽不能上阵为国分忧，但钱物一事是定要做的，今日晚些时候便收拾出来给皇后娘娘送去可好？"郁瑾点头道："很好，有劳了。"说完便起身要走。丽妃也跟着起身，回头对我笑道："我们便告辞了。"我还没有来得及觉得奇怪，只见正往外走的郁瑾毫无征兆地倒在了地上。

丽妃尖声叫道："皇后娘娘！"我脑中霎时一片空白，也跟着跑到近前查看。郁瑾躺倒在地，一边咳嗽一边吐着鲜血。我推了一把不知所措的丽妃，叫道："快去传太医！"紧接着握起郁瑾的右腕。郁瑾似乎是勾起唇角笑了一下，气若游丝地道："把脉也没用的，我死定了。"我看着那抹带血的笑容，瞬间明白了一切，身体像是被抽空了般，瘫坐在了地上。我眼神空洞地看着惊慌失措、拿着绢帕不停擦拭郁瑾唇边之血的晴落，低声道："你不会为了区区一个我而使自己如此。为什么？"郁瑾哼了一声，却引发了一阵狂咳和一大口鲜血。"我早知道会有今天了，从我背叛了细作的使命，一心一意跟了皇上的那天起就知道。"我空洞的脑海里划过一只信鸽的身影。我低头看向郁瑾，她勉力地在冲我笑，只是和着血光分外狰狞。“是你告诉他们的吧。也好，至少中毒之后被我发现了，有丽妃为证，你有一百张嘴也说不清楚了。”她抑制不住地笑，越笑咳嗽得越厉害，吐出的血也越多。我的眼睛被鲜血的颜色刺痛，心也突然疯狂起来。我不明白，我真的不明白，为什么她可以在自己必死之际还首先想到如何害死我。但是我不想问了。或许其实我是明白的。

“皇上大概从不真心爱我。我却连任性都不可以。……其实我很想知道，如果他知道了是你杀死了我，他会怎么想呢……”我愈发难再听下去，声音陡然拔高了道：“你错了！他也并不爱我！——晴落！快帮我扶着她！”如果她这一计得逞，我大概真的有可能会死。我催动法术按在她胸口，也许还有救呢？

吐出的血果然少了很多。郁瑾笑道：“没想到你还真的会些邪术。没用的。这毒叫焰觞血莲，是百年前江湖上的一种奇毒，已经消失了二十年，不知道他们怎么弄到的。没有解药，没有解法，中者会一直吐血，必死无疑。”我加大了劲道，怒道：“闭嘴！别以为你这样就能害死我！”但是残存的理智告诉我，郁瑾说得不错，我的仙术进入她体内之后只能暂时压制毒药的药劲，那股诡异的药劲却丝毫没有被消磨的迹象。换言之，只要我撤出力道，郁瑾仍必死无疑。可是我不想在她面前颓然放弃，索性自暴自弃般用上了全力。晴落看着我惊慌道：“美人！你……”我摇摇头，继续着我徒劳的施救。郁瑾似笑非笑地道：“你这是何必，救不活我又不是一定会死，你现在这个样子反而像要死了一样。”我在恍惚与疯狂之中听见了这句话，脑中莫名闪过无数念头，手中无意识般停止了动作。

最后我听见自己的声音轻声说道：“郁瑾，其实，皇上是爱你的……”

我终于也晕了过去。

不出所料，我醒来的时候发现自己似乎身处天牢之中。虽然浑身极度虚弱难受，更加上躺在冰冷坚硬的地面上浑身瑟缩，但脑中却是清醒了不少。我苦涩地笑笑,大约我是不想郁瑾死的。我们并没有什么深仇大恨，只是立场不同而已。甚至我希望她活着，希望她和南宫漠成为彼此在这世上的最后一抹温暖。世事已然如此残忍……天地不仁，以万物为刍狗。我蓦然想起这样一句话，愈发感觉疲累。

阴暗的走道里传来了阵阵的脚步声，轻轻回荡在狭小的空间里，压抑而有些令人不安。我不想被人看见自己倒在地上的样子，勉力撑着坐了起来，又拢了拢头发。

来者是两个人，其中一个走到牢门边便侧身停了下来，另一人又向前走了几步，停在了我面前。我借着昏暗的光线抬眼，看见南宫漠复杂的神情。

他挥了挥手让随行那人下去，接着便是沉重的死寂。我道：“不是我。”声音之沙哑却连自己都吓得不轻。他沉默了很久，忽然低叹道：“寒姑娘，你从前说得没错。”我一愣，随即想起，从前的某一日，我不知因何契机曾同他说起郁瑾，说郁瑾才是最爱他，最值得珍惜的人。我微微勾起唇角：“她一定能听到这句话的。”似郁瑾般艳烈的女子，我从来是敬仰的。敢以血色与天命相争，爱恨淋漓浇灌的一朵乱世红花。

“为什么？”南宫漠突兀的问话打断了我黏稠的哀思。我悚然一惊。郁瑾确实是低估了她自己，南宫漠此时竟然是真信了是我杀的郁瑾。我颓然道：“我说不是我，皇上信么？”他的眸色在暗光里仿佛变了又变，终于却只是含着锐利的锋芒看向我。

我知道，再说什么也都是徒然。

“我既要留在宫里，谋害皇后无异于自乱阵脚。再者……我知道，皇后无异于漆黑世界里的一盏灯火，我既无意加害皇上，又岂会有意伤害皇后。”我的声音朦胧地环绕在阴暗之中，与悲伤和希冀共存。

第二日，南宫涟也来了一趟。他显是有些焦急，挥退了下人立刻便低声急道：“怎么回事？你何必杀郁瑾？”我听得头疼，没好气道：“不是我。”接着便以实情相告。

南宫涟听后沉吟了一会儿，道：“抱歉，适才是我失态。”我摇摇头表示谅解，他继续道：“那姑娘是否将实情告知皇兄？”我无奈道：“他不信我。”南宫涟沉吟一会儿，轻叹道：“既如此……是否需要将姑娘救离天牢？”我只觉得不甘心，蹙了眉道：“我进宫的目的便是等待御彻进京，此刻出去岂不是前功尽弃。”

“现下只能委屈姑娘在此等候，我会想办法去抓住真凶。”南宫涟最后留下了这样一句话，匆匆而去。

对方既然设计杀害郁瑾，没准连谋害我的计划也一并算在其中，细作趁乱逃出皇宫也并非完全不可能。难道我真的要将事情搞砸了么？

我冷得瑟瑟发抖，感觉周遭的一切都被扭曲得面目全非。本该是细作的人，为了所爱之人香消玉殒；本该尽力挽救将亡之朝的人，却为了心中大义暗中相助起义军……人世复杂，复杂到种种悲欢离合都交织成凌乱的藤蔓，严严实实地遮挡住我原本澄澈的视线，让我的眼前只有一片黑暗。

我隐隐感到害怕，为所有我在乎的而害怕。

我在天牢中大约又挨过了两三天，直到又一阵微显凌乱的脚步声传入耳中。

来者直截了当地拿了钥匙打开了我的牢门，将一个人推搡进来。我失声呼道:“晴落！”我第一次见到晴落眼中含泪的样子，虽然她仍是笑着。我心下一紧，还未及想明白什么，就被那两个押晴落进来的狱卒推出了牢房。我挣脱他们，问道：“怎么回事？”一个狱卒道：“她承认自己是谋害皇后娘娘的真凶，美人您的冤屈已被洗清，可以出去了。”我脑中“嗡”的一声，只觉天旋地转。我猛然扑向牢门，失态道：“姐姐！你这是何苦，明明不是你！”晴落走过来，手指穿过冰冷的栏杆触上我的脸颊：“是我。对不起,辜负了美人的信任。我原本想让美人替我顶罪的，没想到竟被查了出来。”她尽力笑得邪魅，我却看得分明，那笑容里有着恐惧……和满足。

狱卒在我身后道：“美人，此处阴冷，还请速速离开吧。”我呆呆地看着晴落，仿佛没有听见一样。晴落微笑道：“美人，如今外面美好的生活又属于你了，快出去吧。”

我已记不清自己是如何收敛了悲伤惊怒，没有回头地走出那里的。

为什么？

为什么！？

我虽然知道找一个人顶罪是眼下几乎唯一的方法，可是怎么可以，又怎么可以是晴落！

我满怀痛苦，在出了牢狱的一刹被耀眼的阳光刺得浑身痛楚。两个狱卒转身淹没在黑暗里,我的面前是神色复杂的南宫涟。

晴落含羞带笑的言语形貌涌入脑海，我用最后一丝理智看了一眼周围，确信没有人之后对南宫涟怒道："你明知不是她！你明知她……"我说不下去，一滴滚烫的泪顺颊流下。

"对不起。"南宫涟看着我黯然道。

我胸中愤懑悲伤难以平复，却一时被他这么一句满含黯然的道歉堵得无言以对。最终我只是幽幽轻声地道："什么是对不起？有用么？"

"真凶已经潜逃出宫，皇兄又不肯松口。晴落是在周遭无人之时突然来找我认罪。我自然知道不是她所为，不出一会儿就揭穿了她。"南宫涟看着我，似是积攒勇气继续说下去，"可是她执意要顶这个罪，还说……如果我不去说她是真凶，她便死在我面前。我只是不答应，她却说，她早已为自己留了许多罪证，就是为了以防有一天你或我的身份暴露……"

听到此处，我已抑制不住，蹲在地上把头埋在膝上尽情抽泣。

"她还和我……说了她的心意。"南宫涟的声音几不可闻。

我哭道："那你为什么不拦住她！"

他的声音像是可以溢出痛苦："如果是我'查出'她是真凶，多少在处置她的事上有些言语权。可如若她真的用那些留下的罪证……"他没有说下去，只是蹲下身来递给我一张纸，"这是她留给你的。"

当我终于勉强恢复心情，可以站起来的时候，南宫涟早已不知去向。

遗留在脸上的泪水在春寒料峭之中带来刺痛，我浑然不以为意。鼓足了全身的勇气拿起那张轻飘飘的纸，只见上面是几行笔力拙劣的字：

小忆，我说过，愿意为你做任何事。不要怪我，不能一直陪你。我的命不值钱，没有关系，我相信你们在做对的事。别伤心，别自责，别记着我。我不遗憾。

晴落。

她的笑容仿佛从这纸张的背后浮现出来，渐渐清晰，渐渐模糊。

为什么，要在这深宫里，留我一人，孑然一身。

我感到前所未有的孤寒，冷如冰窖，仿若永远不能重生。一切曾有的温暖变得如天涯海角般遥远不可及，我的世界里只有空洞，和我自己。

我开始慢慢理解，什么是遍体鳞伤，什么是甘之如饴。

是啊，这样绚烂的温暖，即使以不可接受的悲剧收场，我也不愿一笔勾销。我深深爱着回忆，爱着晴落曾给予我的一切回忆。

我知道，我应该有勇气面对面前的寒冷，我应该带着她的微笑走向我的幸福。我应该，仍旧相信，雨过天晴，柳暗花明的那一天终会到来。

不会遗憾。

二十八、晴落碧泉许后约

也许我该放弃。但我不想，也不能放弃。

南宫涟试探着问我打算怎么办。我不假思索道："我要救晴落。你帮我想想办法。”他神色复杂地沉吟一会儿，开口时却是：“寒姑娘，你此时贸然行动很容易赔上自己性命，还望姑娘慎重考虑。”我简直不可置信：“……难道你不想救她？！”南宫涟微微垂首，静默一会儿后，声音已有些低沉：“自然想救。”我懂得他的弦外之音，转念想起这是一个可以为心中大义与生身亲眷兵刃相向的人，纵然现于人前的尽是温润风雅，内里断然不会如此简单。我相信他总还是有情的，只是太善于权衡。

可是我却心软得多。

“你不帮我就不帮我，不过我要做什么，还望王爷不要横加阻挠便好。”我只得这样对他说。南宫涟抿了抿唇，似是有话在嘴边绕了几圈，终于还是说了出来：“……姑娘若做出危及自身生命之事，我还是会干涉。”我感觉再难与他对话，含着胸中闷气愤然离去。

孤身行往寝殿，偶尔地稍稍侧头想要开口，却在眼角视野所及只有枯木荒草的一瞬惊醒般倏忽战栗。什么事都不需隐瞒，都可以商量的那个人……此时正在阴冷的囚牢里待我解救。加身的寒意徒增了几许，我蓦然觉得自己是如此渺小无能，一时间脑中竟一片空白。

眼下左右也不会有人帮我了，所以能用的大概也只有笨办法了。

瞒过我自己殿内的宫人没有什么难度，毕竟除了晴落之外其他人都很少靠近我，也不会想到我会半夜无声无息地离开寝殿。隐身在暗处，看一队巡逻的宫人整齐地走过，灯影绰绰，他们的脸色尽皆苍白，竟似与游魂无异。我心中交溢起哀伤和彷徨。天下之大，为何我偏选这一隅最不得安宁的地方落脚，还赔进了半生痴缠。就算今夜成功救得晴落，我该如何安置日后的她？不论怎样，都是必须出宫的罢。为她引一条路，嘱托她速速离去，寻一方山水闲住，从此再不回首？这是我能想到的，最可能的结果。可是，晴落会心甘情愿地一去不返么？一念及此，我只觉身上气力流逝，颓然若失。

我甚至可以想象得出，我和晴落并肩站在宫院的高墙之下，必不可少的一场以黏稠的悲伤凝结得并不凌厉的争执。我在宫里的执念是她，她的执念却并不只我。虽然她总是快乐似无牵挂，可我知道这不过是事无攸关；真正的她，遇到此等事关执念的抉择关头，不会犹豫，却也不会褪去脸上永远无瑕的笑意。

我心中突然蹦出一个令我恐惧又仿佛一针见血的想法。或许，此刻定格的一切都是天意在残酷中最温暖的安排。或许，这样的结局就是晴落想要的，也是对她最好的。

这个想法随即被我逐出脑海。怎么可以？我不想要这样的结局。

我没来由地一阵急切，以此生所能达到的最大速度东躲西藏地翻出宫墙，冲向天牢。

眼见着目的地越来越近，我早已忘记了隐去身形，踏着寒夜里几不可闻的步履声声，像是注定要疯狂一次。冷月凄风，照得凉薄，刮得凛冽。就在堪堪要被门口守卫发现异样的那个位置，我猛然感到一股大力袭来，接着便不受控制地被拉到了一旁的街角。

我根本来不及思考来人是谁，下意识回手击去，试图挣脱其束缚。而显然来者不善，对方的武功修为，至少是近身战和力量方面，要胜出我许多，毫不费力般化解了我的攻势，牢牢钳住了我的手腕。心中的那股急切愈演愈烈，如火焚身的我使上了全身所有的力气挣扎。纵然那时的我已经不会再去想什么叫作绝望，但也终须嗟叹一声命数由天不由我。对方大约是不耐烦我如此挣扎，钳在我手上的力骤然又大了几分，我疼得闷哼了一声，还欲再挣，却听对方低喝道："别动！"声音低沉威严，又依稀很熟悉。我莫名地更加火大，更用力地挣了一下，他却松了力道，反令我趔趄几步险些摔倒。

我懒于去想本该在千里之外攻城的御彻为什么会突然出现在这里，那电光石火的一瞬间只想着一定要救出晴落。虽然我也知道——若是他要拦我，我多半也是做不成事了。

但是至少，从平素来看，他的身法速度应该比不上我。不过此刻的我已经有些脱力，所以竟然在未进门前再次被他追上。这次他没有来拽我，只是面色冷肃地挡在我面前。我怒目而视道："干什么拦着我！我又不会坏了大计。"孤月冷光照出他脸上冷峻的轮廓，和同样冰锥般的语气："似你今日般莽撞行事，难保不会。"我强迫自己摆出一副同样冷酷的样子冷声道："若今日不让我做此事，才更会坏事。"

夜色里，御彻脸上的表情在我眼里并不明晰，只朦胧地看见他挑了挑眉，冷淡道："我刚到京城便听闻此事，料想你便会如此，是以早做了准备。"我心下"咯噔"一声，寒意从脚心漫上全身，生生打了个寒战，目光有些颤抖地往他身后望去，果然见天牢门口本该矗立的守卫已毫无影踪。

即使我不愿想，眼下也大抵明白了自己所处的境况。一种咬牙切齿的恨意吞没了我，我直接绕开了御彻闪身便进了天牢。他没有再追上来。是啊，已经成功地拖住了我这许多时辰，又何必再追。我只是恨自己，为什么没有早点想清楚此间因果。

还未踏入牢内，腐朽肮脏的气味已扑面而来，掺在其中的是一声尖如冰刀的刺耳惊呼，和随后而来难以形容的一声闷哼……和一阵杂乱的闷响。这些声音，回荡在午夜阴鸷的天牢狭小空间，与四壁数次碰撞又返还入耳，刺穿心扉，令人永生难忘。我连捂住耳朵的勇气都失去了，只记得自己如失魂落魄的离弦之箭一样，倏忽间就靠近了声音的来处，随着身形的跃起飞出两枚蝴蝶钉，将牢门口站着的两人击倒。

我重重靠在牢门上，冰冷的铁柱传来生硬的触感，让我更进一步地失去了转身的勇气。可是……同时我也感到了铁柱之间隐隐藏着的，正在下滑的，带着微微暖意的，发丝的触感。

下一刹那，我已转过身，蹲下身，笨拙地伸出手轻拥住她。“姐姐……”我失神道。晴落正在沿柱下滑的身子猛然一滞，接着似乎是做了一个费力要转身的动作，被我不停摇着头轻轻按住。我捏了一个手势出来，将一些灵力缓缓渡入晴落体内。“姐姐不要回头，这样就好，我……我马上救活你……”话音里，我渐渐随着灵力流感知到了她身体的情况。她颈间犹挂着的染血布条触目惊心——那大概是很大一块布拧成的，竟生生绞断了她的脊柱。晴落已气若游丝，常人医术再高也已回天乏术，可我唯一会用的救命之术，却是换命。我行将崩溃，输送灵力的手开始颤抖，泪水无助地肆意流淌下来。那是我第一次，品尝到彻底心碎的滋味。“姐姐……对不起……”区区五字后我已哽咽无声，头茫然地抵在酷冷铁柱上，任淡淡的血腥漫入鼻端，指尖的灵力渐渐流逝。

晴落得了灵力，该是舒服了许多，此时缓缓移过来一只萎顿在地的手，极缓极缓地抚摸着我的衣裙："小……忆，你怎么来了……最后一眼……能见到你真好，可是……你会难过的。"我从哭腔里挤出一个不字，催动法术猛加了一股灵力给她。晴落吐出一口鲜血，继而几乎染了笑意地道："小忆……你真厉害，你一定……是天上的仙女吧。可是……这样应该会伤害到你的，你也知道，我这样……救不活了。我给你留了字条，有没有看到？忘了这一切吧，很快就都会结束，你会永远都开开心心的……快走吧……我也不想，让你看见我……"我哭着打断了她："不！姐姐别说了！你会好的！"只是我也知道我在说一些自己都不相信的鬼话。大约我只是想多撑一会儿，再多撑一会儿，最好等到灵力消耗过多我晕去的那一刻。

不知道是不是我这种卑鄙的祈祷真的有了效果，我渐渐感到自己的精神在慢慢变得涣散。我没有停止输送灵力，耳畔依稀晴落还在说话："小忆，你真是我认识的，最好的人……你要记得，再去找到很多很多好朋友，找到一个对你最好最好的人在一起，过最快乐最……咳……幸福的……生……活……"

我落入了无边的黑暗，一切归于静寂。

忽有一阵暖流涌入身体，力量渐渐回归，眼睛感受到了昏黄的灯光——我醒了，而且凭感觉来讲窗外应仍是月色，身处之地竟似是个客栈。

时间竟是没过一会儿么……我正疑惑，刚睁的眼朦胧的视线里，却赫然是星君半透明半浮于空中的身影。我在开口之前抬一下眼，恰看见负手立于窗前的御彻，于是暗暗吞回了语声，接着听到星君开口："璃儿，不过短短的一年半载，你可能让我省省心？"我看着他，淡淡的如画眉眼只有浅浅一丝愠色，此外倒是无奈的神色占了大半。但就是这淡淡的无奈的声音，温润地包围我，继而让一滴泪水顺着我侧卧的面颊静静浸入枕上。我茫然而痛苦地闭上眼睛，默默念了一句对不起。

再睁眼时，星君已飘近了些，语气中的无奈又深一层："别哭，我不是怪你。……唉，我只是望你不要伤得太深。人世间的许多事情，都不是人愿所能左右的。就算再执着，再努力，世事也难终遂人愿。飞蛾扑火之人，往往便是看不清其中道理，抑或是不愿看清，不愿放手。"我看着他，心情仿佛真的慢慢被抚慰，翻江倒海的痛恨也淡了些许。星君似是看了一会儿我的变化，又道："璃儿，今日之局面，错不在你，不要过分自苦才好。"我看得出星君苦心，不愿令他失望，略为沉重地忍回泪水，点了点头，又向他比了一个道谢的手势。星君微微一笑，也对我点点头，继而消失在一个泛着白光的法阵之中。

御彻也恰在此时回头，发现了苏醒的我。"你醒了？"语气少有地没有那么像能掉下冰碴子的样子。但是这丝毫无法消解此时我对他的怨恨。

我立即从床上爬起来，低声怒道："你们该也知道不是姐姐所为，她……她是天下至为纯真善良之人，根本不该卷入这些事情，更不该为此失去性命。"说到最后，已近咬牙切齿。御彻波澜不惊地道："她是何等样人，于我们并不重要。眼下最需保全者是你，给她落一个畏罪自尽的口实，自会更安全些。"

——跟这些人，我果然无话可说。

他说得云淡风轻，我从气势上已经矮了好几截，根本无从争辩。我颓然坐倒在床沿，指甲深深掐进手心，喃喃念着："怎么可以……"很想很想忍住的泪水，终于还是落了下来。我低着头，用袖子去拭泪，却怎么也拭不干净，反而越来越多。我却不想哭出声来，只能很辛苦地不停抽泣，几乎上气不接下气。

头顶忽而传来低沉的一声："璃潇。"我往远离他的方向挪了挪，低着头没有理他。静谧得只余抽泣声的空气里，夹杂了他一声低低的叹息。

那天晚上，我大概哭了很久很久，久到我都感觉从此再也不会为了这件事流泪一般。就在我差不多要把自己再哭晕过去的时候，好像是御彻的声音很轻很轻地说了一句："璃潇，抱歉。"

我那强弩之末的哭声戛然而止。——因为我真的突然想确定，我是不是听错了。

"什么？"我记得自己大约是含着鼻音这样下意识地问了一声。

由于我也下意识地抬起了头，于是看见御彻深吸了一口气，满脸写着"你是不是在伺机报复"。

忽然间我感到了一丝释然。

我站起身："算了，我不是怪你，我知道一切本该这样。……只是我也不会后悔我投入的感情，姐姐大约是宫里唯一值得我如此的人。"御彻听了这些，蹙眉神色复杂地看我，终是轻轻叹道："……你能这样想也好。"

我心口仍是一阵一阵地抽痛，却当真不愿再在泪水里徒劳耽搁，只得速速撂下一句"我走了"，推开门将自己置身于永夜未晗的寒风当中，让刺骨的冰寒还我一点继续下去的勇气。

从此以后，皇宫里留我一人面对茫茫孤寒。

那之后的第二天，南宫漠来过一次，却是终于松了口，问了我一次郁瑾之死到底是怎么回事。我脱口便想说实情，但念起郁瑾，终还是欲言又止，打算酝酿一下再说。南宫漠却抢先道：“朕知道她曾是细作，也知道她在朕登基之时已然不是。”我讶异地看了他一眼，而后略略放心地如实相告：“是他们知道她背叛了他们，给她下了毒。而皇后……她误以为皇上钟情于我，因而……”我收了声，因为觉得再说下去反而有些矫饰。

南宫漠初时还是一副不信神情，深深盯着我看了半晌，才道：“……好了，朕信了，寒姑娘确不像杀人之辈。”

还有一件事，就是从那以后，我基本上再也没有给过南宫涟好脸色看。倒也不是多么恼恨，只是无论如何也不能释怀，一个人怎么能对倾心自己多年的姑娘见死不救还一直若无其事。我明白他们那种人可以做到，但就是心存芥蒂。

因为我心中的那个人，定然是不会这样的。

一定不会。

我如同神圣仪式般缓缓打开手中的小纸条，一遍又一遍读着寥寥几行的隽秀小字：“璃儿，万事均已近妥当，至多不过一月光阴。等我。”最末处，他画了一枝小小的念君花，和着装填纸条的小玉筒里仍遗留的淡淡花香，直沁入我心脾深处，胜似为冬日的暖炉添上了几根柴火。

我还是不愿与他写些什么，总感觉什么也说不够，说出来的什么都词不达意，不如放点念君花给他。只要让他知道我在想他就好了。

纵然心里是连日阴霾，在放念君花的时候嘴边还是噙上了淡淡的笑意。

至多一月……至多一月光阴，就到了那个传说中的……再不放手的那一天了。

之后的日子在不断听闻新的战报，无聊地分析分析形势，和更无聊到百无聊赖中度过。

只是我每天都会以掐算日子为乐。

璃儿有把自己照顾好，有几乎全无差错地完成计划，也有在很期待很期待地……等着你呢。

二十九、上穷碧落下黄泉

后来我又收到了楚祈君送来的纸条，说是已向京郊出发。我尤为不舍地把纸条若有若无地放在灯焰上方一晃一晃地不忍烧掉，一边在心里默默算着，这大约是好几天前写下的字迹了吧，现在的他，应该已经离我不过咫尺之遥了吧……待到天子阵之事完结，大军破城，改朝换代之后，我就可以和他一起，远离这权力烽烟，逍遥人间如画了吧。思绪驰骋了千山万水之后回神，我方才发觉自己早已于不知不觉中了解了这茫茫大地上最晦涩肃杀的一隅，同时不知不觉中也已对它再无留恋。

可惜……终究是我涉世太浅，万万没有料到先等到的消息并非天子阵封阵，或者天象忽然有变，王朝命数衰竭之类的，反而是掷地有声的杀声震天。我身处的荒凉偏宫里完全没有异样，仿佛连空气都没有被激起一丝波澜，孤单的宫女默然打扫地面，孤单的我望着门口，心底却早已乱如藤蔓。就算我不像我自己一样喜欢乱想些最糟的场面，我也不得不认为事情定然是出了纰漏。因为……这并非小事儿戏，而是江山易主的关键步骤。如若正常，当是先在无人知晓的情况下奠定天子阵，再由此间天地的新主领兵而入才对。此番我没有得到天子阵那边的消息，则一定是阵法尚未完成，而御彻又不可能不知此事……难道？

我骤感寒气遍体。纵然我只想停下，但脑中想法已然不受控制地滋长：如我所料不错，那么楚祈君和御彻之前必然还有我所不知道的前尘恩怨，此刻只怕早已危机四伏。

一念及此，我生生打了个寒战，再也无法安稳坐着，匆匆甩门而出。

殿门前的甬道不仅没有战火，连一丝初春的气息也无，依旧如同严冬时节一般冰冷静寂。我的脚步声格外清冷，随着隐隐传来的回响甚至透出几分令人恐惧的摄魂力量。我脑中一片空白，只装着一个要不顾一切跑出去找楚祈君的愿望，一路飞奔。

然而渐渐，我便听见了远远的朦胧的骇人的人声和兵刃相接之声，一刹那才恍然如梦方醒，原来皇宫都已经真正被攻破，初蒙春意的大地上真正要一切都卷土重来。我像是忽然清醒了些许，些微的慌乱之下择了一条似乎少人发觉的甬道继续跑去。

不想，又跑了一段有些气喘慢下来时，竟迎面遇见了行色匆匆的南宫漠和南宫涟。手持长剑的南宫涟见到我，眉间微微一皱，一旁的南宫漠却抢先开口道："寒姑娘，宫内激战正酣，只怕再往那边去有诸多危险。如果姑娘此间之事已了，不如随我们一道离开。"我闻言停下脚步，却觉察不出他语气里的情绪，略略恍惚地回头看去，见他脸上是一派复杂难言的淡然神色。我忽然不知该说什么，下意识抬眼看了一眼南宫涟。南宫涟也淡淡的没有什么表情，随即像是知道我什么意思一般地道："大局已定，他本不该死，而且他自己愿意寻处山水闲住，如此也好。"我闻言，忽觉一种五味杂陈的心情蔓延上来，不由定在原地深深看了南宫漠好久。我一直不明白他，虽然可能了解他的想法，却不明白。

直到南宫漠忽然换上轻松的声调道："寒姑娘，再不走可要来不及了。"我才突然回神，有些窘迫地别开眼神道："好，我跟你们一起走。"

看来我误闯入的这条小道本就是为逃生而修建的密道，今日想是有人得了指令才挪开障碍允人进入，看守之人恐怕又是被卷入了混战之中。

眼看着就要到了一处小门，头上猛然听闻衣袂带风之声，我脱口一句"小心！"抬眼看时却是几名训练有素的黑衣人正自墙头跃下，手中带钩的绳索飞出，竟条条都是直指向我。

我大惊之下难以思考这是为何，只能立刻就地仓皇避过。黑衣人紧追不舍，落地后仍是目标明确地向我聚拢。反应过来的南宫涟将南宫漠一把推远，回身挥剑便攻向一黑衣人的后心。我一边腾空躲过又一轮绳索的追击，一边看着那个黑衣人手法神奇地一抡绳子立时钩伤了南宫涟的右臂。我心念一乱，回过神时只见一枚泛着寒光的铁钩几乎朝着我面门就高速飞来，避无可避。我尚未领悟该以何种面目来面对如此惨烈的死亡方式之时，只见那枚本来毫无疑问可以命中的铁钩诡异地转了个弯又转了回去。

此时我的反应速度达到了有生以来的极致。我以自己学过的轻功的最高水准反身翻上墙头，同时对已经尝试了三四次并受伤了三四次的南宫涟喊道：“他们只欲抓我活口，你们别管我了，快走！”南宫涟显然受伤不轻，而且显然听了我说的话还在犹豫。我一边在墙上继续躲那些神出鬼没的绳索，一边却又无暇再说什么。眼见那与他缠斗的黑衣人要下杀手，我百忙之中又大喊了一声：“走啊！”南宫涟堪堪避过一击，抬头望了一眼，才一边转身跑一边喊道：“寒姑娘千万小心，我事了后立刻回来！”我心里暗叹一声，随即从另一边跃下墙头，准备用我特意练得最好的轻功强撑着继续原本的计划。

那群黑衣人当真无比执着，分毫没有懈怠地继续追击。我的轻功虽好，体力却跟不上，哪里可能一直跑到京郊那个所谓的阵眼处。万般无奈之下，我只好猛然停住，从袖间取出一枚蝴蝶钉对着自己脖颈处，气喘吁吁地道：“你们若再追我，我便当场自尽，总也不能让你们得了好处。”

话音刚落，只见眼前冷光一闪，我的手一阵剧痛，蝴蝶钉瞬时脱手,那绳索已然缠在了我的身上。出手的黑衣人冷哼一声，动作极快地将我捆了结实，扛起便走。我勉力挣扎，只是无用。

——只怪我当真不愿，在没有看见他平安之前就枉然死去。这等不坚意志，怎会叫他人还看不穿？我闭眼自嘲，心中只余无限苦涩。

如果我这次仍然没有料想错的话，这些黑衣人要么是关易知的人，要么是御彻的人，一定要留我活口，就是一定要楚祈君的命。

我的心里，第一次产生了如此清晰的恨意。恨他们，却始终明白最恨的是自己。我为什么如此不堪，从未给人带去快乐，只教最暖我心之人为我赴死，此生最爱之人因我而身陷死局。

我希望他不会那么在意我而关心则乱，我突然希望我曾告诉过他我的一切真实，告诉他我可能不会这么容易就死，甚至有一瞬希望从来与他不曾谋面，不曾心动。

我并不意外地再次见到了关易知。只是他却的确变了良多，眼中的锋利又进几分，人却枯瘦得有些可怕。他见到我，意味不明地无声冷笑，继而眯起眼睛微微颔首道："如果可以的话，真想在楚祈君面前把你杀了。"语声里已经是无法掩饰的寒气森森。我周身一凛，隐隐约约明白了什么，冰冷一寸一寸地侵入骨中。

"你们未免也太没本事，想杀人还要靠这种卑劣的手段。"我听见自己的声音出言讽刺。关易知哼了一声，阴恻恻道："这还不劳姑娘费心。我自已安排好，捉了你来不过是招后手。"我强压下心里愈演愈烈的恐惧，挑眉冷笑道："反正现在你是刀俎，我为鱼肉，不妨和我说说他们现在何处。"关易知冷冷道："御彻那个多事的小子，现下自然是……哼！我带你去了你便知道。"

听他亲口将这话说出，我到底还是心里一阵钝痛。我在这茫茫人间遇到的第一个对我施予温暖之人，终于将出鞘的利刃对准了我最爱的那个人。一切初到人间的短暂宁静如同梦幻泡影在眼前一一碎裂，我却还是不可避免地一再犹豫，一再颤抖。

我被塞进了一辆颠簸的马车里，春寒料峭，风有意无意地灌入车窗，迫使我勉力将痛苦和迷乱驱去少许，能在进行如同挣扎一般的思考。看眼下情形，一定是关易知和御彻在杀楚祈君的这件事情上达成了一定程度的共识，但同时也各怀心思。可是我很难理解，明明天子阵是布给他们御家的，御彻何必赶尽杀绝。脑海中忽又划过看过的书籍里鸟尽弓藏的句子，甚至还有数月前一夜风雪的画面，心下不免又翻上无尽的苦涩，头痛欲裂，泪水却不知所踪。

我此刻在这里的事，从关易知诡异的表现来看，御彻很可能是并不知道的。那么——关易知想利用我来阻止那个天子阵的完成？这个想法看起来非常合情合理。

我无法再进行什么思考，只盘算着到时候找个时机使一个瞬移的法术，能移多远就移多远，保住性命就好，逃到仙山去也无所谓……

树木刚刚吐出新芽，绿意未浓，林中尚是一片荒凉。马车戛然而止，我下意识探头一望，枯木林的深处，赫然是御彻和他的大队人马……还有，我日夜思念的那个人。他一个人，立在他们对面，衣衫的后摆顺风飘起，俨然睥睨风华。

有一瞬间，我忘记了自己此刻为什么身在此处，就好像是我自己成功地从宫里一路奔跑过来一样，跳下马车就急不可耐般向那个方向奔去。好在没有跑出去多远，我立刻幡然醒悟自己在做什么，脚步一滞，接着就被关易知的手下追上。

关易知走在前面,那几个黑衣人押着我跟上。又走近了一段，御彻和楚祈君同时发现异样微微转头看过来，面色几乎是同样地一变。不同之处，只是御彻立刻将神色恢复正常，楚祈君却一直蹙眉看着我，眼里有浓重到令我无法呼吸的情绪。

我听见御彻对关易知淡淡发问："关先生怎么亲自前来了，是怕御某不会履行承诺么？"关易知沙哑着嗓音哼了一声道："你该不会以为我不知道，这天子阵早就成了你们御家的棋子吧。如今到了最后一个阵眼，我怎能不抢着先把女儿的仇报了呢？"我悚然一惊，下意识用眼神询问默然不语的楚祈君。他敛眉轻轻点了点头。关曦玥明艳的笑容猛然从眼前闪过，我却大约已经麻木，感受不到那种应该有的悲伤。

御彻神色一冷，下一瞬间就抬手对身后众兵士打了一个手势；与此同时，关易知也迅速反应过来，对跟来的众多黑衣人挥了挥手。

御彻的兵士们动作迅捷而整齐，大约十余人顷刻之间已将楚祈君包围在中间，剩余的则已经与攻上来的黑衣人短兵相接。

一时间双方实力相当，看架势一时半会这场战斗是不会结束了。我在黑衣人形成的包围圈里，远远听见楚祈君对御彻道："为何你们终是不愿相信。第一，这个天子阵有八个阵眼已成，助你赢得江山绰绰有余。这个阵法太过庞大霸道，几近逆天而行，如若完成，未必于世间苍生有益。第二，这八个阵眼于我而言，不过是兑现一个承诺。我毕生所求，只是得见天下长安。如果我一辈子不碰上乱世，于愿足矣，可惜恰逢这样的年代，只好出手一搏。现下大事将了，况且我已选择了你，又怎么会还有闲心再谋反。"御彻默然半晌没有说话，最后只是波澜不惊地道："你执意不完成天子阵，谁也没有办法。但是早在你决定插手天下大事的第一天，你就该明白你自己的命终会保不住的道理。这般震撼寰宇的术法，当真令我此生再不想见第二次。"

我心中忽然澄亮。原来……他竟是这样想。

眼看混战的众人已经死伤过半，局势愈发剑拔弩张，我难以再去想以后的长远计划，几乎不假思索地突然跃起，踩着一个黑衣人的肩膀翻出了包围圈，顺手朝他们撒了一把蝴蝶钉。

我听见楚祈君惊惶地喊了一声我的名字，心里的怕觉忽然就消散殆尽。转瞬之间，就像过了永远那么远，我终于，站在了他的身边。楚祈君趁着他周围的士兵还没来得及动作，如法炮制地跃出圈子，一手揽着我滑出一丈有余，另一手随着回身也是一把暗器飞出。我再也没有其他的任何想法，当即结了手印，用我能使出的最大力气催动了瞬移法术。

恍然如梦，精疲力竭的我发现自己醒来在一片青葱的草坪上，一棵萌发着春意的树下，头枕在楚祈君身上。我浑身软软的丝毫没有力气，只能微微睁着眼睛，看着他很温柔地对我笑，轻轻用一种莫名哀伤的柔软声音唤我“璃儿”。

我艰难地发出声音来问他：“这是哪里？”他侧过头远远地向右侧望去，低低地轻柔地道：“刚才那片树林，就在那边。”我强忍着头晕目眩沉重得快要睡着的感觉，扭头看过去，在视线的尽头，依稀确乎是一片树林。天空湛蓝清冽，鼻端芳草清香。我微微地笑道：“这回，真的比上次远得多了。可是还不够远，他们一会儿就能追来，我们快走吧。”我真的不想说，在他们追上来之前，我大概是连站都站不起来的。

楚祈君只是缓缓地抚弄着我的长发，什么也没有说。我终于没有忍住，咽下鼻尖的酸意道：“把我先留在这里，你快走吧。我不会死的，一定会找到办法离开，去找你。”他还是没有理我。我终是有些急了，用仅有的一点力气摇了摇他的手：“快告诉我，你去哪里等我，然后就快走吧！”我努力地从他身上坐了起来，自己靠在了那棵树上。

楚祈君重新把我揽回他的肩上，开口说道：“璃儿，对不起。”我听到这话音里的低哑，心里陡然一颤，不禁急道：“你说什么？”他道：“我现下才知道，天下之大，却并没有帝王将相做不到的事情。他们若觉得我留不得，便不会停止追杀，纵使天涯海角，我也注定一生不得安宁。一人之力，虽然可以躲得过去，却不可能平安幸福。”我隐约地听明白了一些什么，更急促地道：“没关系啊，我能找到你的，我能陪你一起躲啊！”他没有接我的话头，只是自己说着：“璃儿，我与旁人说了很多假话。我并非一直住在家中，也不是所谓幼时体弱。娘亲很早便走了，爹将我托付给了师父，那时我也不过三岁。之后我便一直跟着师父，学习他的独门法术。这次回到人间，也是为了师父托付给我的唯一一件事情，天子阵。可师父是幽冥界的人，我却不是。他所谋太过，我终究不愿助他到底……还有，璃儿，从那日你召唤灵蝶时起，我已看出你不是常人。可那时我也不便告诉你太多，也没有资格去了解你。现在我都告诉你了，璃儿，可不可以告诉我，你是什么？”我骤然想起了我的愿望，立刻毫不犹豫地坐起来，认认真真打起精神道：“我……我是蝶仙，活了很久很久的蝶仙。我原来在山里，每一天，不会感到高兴或不高兴，只是游山玩水，还有修行。直到后来遇到一个自寻短见的姐姐，我救了她，听她说她是为了不能和相爱的人在一起而觉得了无生趣。所以……我想知道那是一种什么感觉，就遇见你了……所以你不能丢下我啊，我现下明白了，失去了你，我也会了无生趣的……”楚祈君安慰似的轻轻吻了我的额头，然后轻笑道：“我就知道，璃儿是天上的仙女。”接着却敛了笑意，肃容道，“我一介凡人，一点寿数在你眼里不过白驹过隙。我不愿意拖累你这许多年亡命天涯，更不愿颠沛一生之后终究还是要你送我。”“不！我愿意！我愿意的！”我方寸大乱，无处诉求的泪水终于决堤般滚落。楚祈君伸手过来抹去我的眼泪，一边柔声续道：“虽然如此，我却不后悔遇到你。璃儿，我很高兴，最后只有你一个人和我一起。答应我，回到你的故乡去，无忧无虑地再活很长很长，好不好？”我拼命地摇头：“不好，这怎么会是一样的？能多过一年、一个月、一天也会更好的。走啊！”我竟然成功地站了起来，并试图把他也拉起来要走。

最后，我颓然跌在地上，看着一行刺目鲜红的血迹从楚祈君的唇角缓缓流下。

我听见自己几乎愤恨地吼道：“你怎么可以——！！”

他轻轻地抚着我的后背，轻轻地道：“璃儿，别哭。是我，从一开始就错得彻底……对不起。我的性命系着天子阵，我早该知道自己寿数短暂，不该放不下你。忘了我吧，我不是你值得伤心的人。”

我知道自己彻底疯了。“没有这回事！”我怒吼道。继而几乎不知道自己在做什么，结好了换命之术的起手式。

然后，应该就是在我刚要发出灵力的时候，一股霸道而又温柔的灵力反袭过来，轻而易举地化解了我的招式，并将源源不断的灵力输入我的体内。几乎立刻恢复眼前清明的我就看见了星君的身形。

我继续吼：“别拦着我！！”可是星君的修为简直深不可测，看起来根本毫不费力地就制止了我的任何动作。

他说：“璃儿。我早说过爱恨令人自伤。我没有阻拦你下界一览，却不可能坐视你这般枉送性命。”

我无力地抹干净脸上的泪水，无视仍然飘在那里苦口婆心的星君的幻影，重新靠近楚祈君的身边。

我看着他还在微微笑着的眼睛，低声呢喃：“你等我好不好，等我再去找你……”

“乖，你听话我就等你……”他的声音，最终飘散在了初春的风里，再也追不回来。

三十、倾我一生一世意

我终究再度醒来，并发现自己竟然置身一处华美宫殿当中。不适之感已然尽去，我稍一动念便明白，大抵是当日御彻将我带走，且我昏睡了数日，此刻江山已定。我在心里暗暗叹了口气：若非星君不能随意离开仙山，只能遣个幻影出来说说话送送灵力，不能把我带走，我此时此刻当真不愿再在此处流连纠缠，不如早早回山自己好好静上几日。

我下床活动了一下昏睡已久的身体，渐渐恢复了正常。只是心里，那种挥之不去的深深疲累愈发沉重，令我无端烦躁，什么也不愿做，什么也不愿想。过往种种，皆如烟云幻象，迷离忧伤。我在这里，仿佛与第一次懵懵懂懂来选太子妃的时候没有什么不同，又好像与和晴落一起偏安一隅的时候也没有什么区别。彼时我还对人间充满希冀，那时我心心念念的人还会时常寄来他的消息……

泪意又涌上来，我却记起这没有用，不过徒增懦弱，强行忍了回去。恰在此时，一个小宫女端着脸盆进来，见我站在房中，吃了一惊般怯生生道：“姑娘……你醒了。”我淡淡点了点头，她又行了个礼道：“请姑娘洗漱，皇上请姑娘醒后去主殿一见。”

我又点点头。

主殿空旷辉煌，御彻独坐在宝座之上，隔着数层台阶居高临下。我从精致的地毯上步步走过，目光一寸寸扫过其上精致的花纹，行至阶前，微微躬身一礼，但终究不愿问安。

御彻似乎不以为意，语气平平地开口 ：“璃潇，身上可还有何不适。”他那一声唤得几近冷冽，后面的语气却微不可察地软下来。我无心多说，只回了一句“无碍”，便开始盘算如何离开此地。

“往事不必重提，朕欲封你为懿仙公主，你意下如何。”御彻再次开口，虽是询问却全然是不可抗拒的语气。我在心底冷笑，但总归不知从何提起那个恨字，当下只能斩钉截铁地道 :“往事固然不必重提，我与这宫闱的缘分却也尽了。还望皇上成全。”我抬起头直直看进御彻幽黑深邃如千丈潭水一样的眼睛里。

他盯了我半晌，神情微微一变，喜怒不明地道 ：“也好。”我知道他这主意难保不会生变，立刻行礼谢恩，扭身便出了大殿。

此生大约是，再不相见了。

我刚出门，迎面就见华服浓妆的曲兰嫣款款行来。

我不愿多生事端，微微欠身称她一句皇后娘娘。曲兰嫣依旧是端庄地微笑，虚扶起我，用柔和与威严恰到好处的声音道 ：“公主不必多礼。”我退开一步，冷冷淡淡道 :“皇后娘娘误会了，我并非公主，此刻正是来辞行。”曲兰嫣惊讶挑眉，张了张口却什么也没有说出来。我轻轻叹了口气，续道 ：“过去种种，纵然你们能忘，我却断然不能，不如互相忘了，再不相见，再无烦恼。”曲兰嫣闻言，闭上眼轻轻摇了摇头 ：“算了，这样也好。”

我走出几步，蓦然还是觉得故人诀别该说些什么，于是回头道："嫣姐姐，我知你对皇上情深义重，望你们白头偕老，永不相负。"曲兰嫣回头看了我一眼，终是一言不发，转身又仪态万方地去了。

江山易主，宫闱里却还是相同景色。我一步步行在偌大的屋宇之间，寂寞得犹如独行在天地之间。总会不经意间看见曾经熟悉的地方，然后回忆乍现，像年夜点起的爆竹烟火，复又霎时不见。我陷在辨不清方向的深沼之中，仿佛周遭忽明忽暗——直到身后忽然有人急切地在叫着什么。

我下意识地回头看去，却见远远跑过来一个几分眼熟的身影。

青墨。

他竟跑出了一头汗，在我面前一边擦一边道："青墨幸不辱命，不负小姐所托。"我看着他模样，感受到那话里的真诚，不禁微微一笑。

"……小姐要出宫了吗？"青墨抬眼瞄着我，小心翼翼问道。

"是，永不回来。"

青墨的神色显而易见地一黯。而后我见他欲言又止地纠结了半天，无奈一笑，开口问他："怎么了？有什么话要说？"

"小姐……小姐路上需不需要帮忙？我想……我想和小姐一起走。"

我万万没有料到他会这么说，不禁失笑道："怎可如此胡来。皇上大约很器重你，你这样平白地要走，他第一个不会同意。"

"小姐不喜欢吗？"

我彻底语塞。

青墨挠了挠头，见我不语又挤出几句话来："小姐，我不会说话，其实只是……只是很仰慕小姐，看小姐你一个人出宫，不太放心，总该有个人来保护小姐。额……小姐是我见过的最……嗯……最像仙女的人，还教我很多东西，对我很好……”

“好了好了，别说了。”我实在无法继续听下去，只好道，“不是我不喜欢，只是如果你去和皇上说这事，他恐怕连我都不肯放走了。”

青墨疑惑地看着我。我不好解释，只得道：“这样吧，你去和皇后娘娘说一声，我在宫门外等你。”

他就乐呵呵地去了。

好在一切顺利，最后就是青墨一路陪着我到了仙山脚下。漫漫旅途当中，有个人帮忙办事，时常解闷，其实真的很好。

在山脚下，我问青墨，他将来打算去做什么，见他没有什么打算就又开玩笑地问他想不想去修仙。

结果就是，他在很多年后成为了某个修仙门派的著名的青墨真人……

星君在我回山之后观察了我很久，过了很久才问我，究竟有没有释怀。

“没有。”我不假思索，“但是我一定要确保没有人再能完成那个天子阵。”

“你知道御彻为什么对你欣赏有加么？”

“不知道……”

“据我所知，大约是仙界中与幽冥界勾结的人因为天子阵一事托梦于他。”星君说到这里，忽然笑笑，“当然，还要加之你美貌聪明，惹人喜爱……”

我：“别说了……”

“所以，楚祈君应该是知道此事，并且不愿给幽冥界可乘之机，所以坚决不肯完成天子阵的布阵。要想阻止有人继续以此事做文章，恐怕要与幽冥界有一场不可避免的交手。”

……

五十年后。

天子阵事了，星君神色复杂地看着我。

我早已在心里演练了千遍万遍这一天要说的话：“星君，我要下界，投胎为人。”

星君痛心疾首般地摇头：“那人已去多年，你仍是如此，执迷不悟？”

“我已与他有约。”

星君那一声长叹，实在令人难以忘怀。

“罢了，去吧，下一世再让你们相遇便是。”

幽幽冥火，无数魂魄归故里。

原来黄泉路上，是茫茫不见五指的漆黑。偶然有几点或远或近的明光，是有人提灯，欲照出故人的模样。我踽踽独行，看着身边这些逝者的灵魂。有的行色匆匆，有的望眼欲穿，有的眼神怨毒，有的安详释然。

遥遥有空灵的水声，三途忘川，隐隐可见奈何桥上不息的“人”潮。我忽然记起，不愿忘却前世记忆的人会被投入忘川水中煎熬千年。心里猛然开始害怕他会不会做了这等傻事，我不禁奔跑起来。

彼岸花静静摇曳在忘川河畔，仿佛眼神轻蔑地望着河中苦不堪言的灵魂们。有的受着苦楚甘之如饴，有的却会后悔罢。

我急切地沿河看了许久，并未看见熟悉的面孔，心下多少平静了下来。

面前一块大石挡了去路，我停了脚步，心中忽然响起了某种呼唤，声音愈来愈大，迫使我心情忐忑地抬头。

大石侧畔，正立着我那魂牵梦萦的人。他正向着忘川河，衣袂飘起，在幽暗的光晕里仍如谪仙，纤尘不染，绝世无双。

我绕到了他的面前，踮起脚尖在他唇上啄了一下，然后笑笑地看他。

结果是我被他一把搂入怀里，抱得紧紧。

“你一定没听我的话。”

我心有不甘地在他的怀里蹭蹭：“五十年还不够吗……再说，你还不是在等我了。”

他宠溺地捏了捏我的鼻子：“好啊，当我不知道仙的寿命很长吗？看来你就是故意的，算准了我不舍得不等。”

我只是笑。

笑够了之后，我才发现那块大石头就是传说中的——三生石。

于是我无比认真地把上面密密麻麻刻着的名字都看了一遍，很开心地看见了星君告诉我的我和他下一世的那两个名字，安安静静地并排在一起，中间有一个让我看起来很安心的连接符号。

于是我颇为骄傲地告诉楚祈君，我们下一世是肯定有一段缘分的。

可是除了昏暗之外，鬼界的一切让我觉得真是再好也没有了，我简直不舍得离开。我暂且没有勇气去喝那碗孟婆汤，也不渴望轮回井里发出的耀眼光芒。

楚祈君和我想的一样。

所以我们在鬼界逍遥快活了很多年……到底是多少年我已不记得了，只记得鬼界奈何桥之前的每个角落都被我踏遍，而且鬼界也并非我之前想象的那么无聊。就像有的志怪故事里讲的一样，有卖东西的，有好多不愿轮回的鬼，凭借年份排资历之类的……我还听了好多别的鬼的故事，又是大大长了一番见识……

最后的最后，该来的总是躲不开。楚祈君对我说："璃儿，你已说过了下一世的缘分，还在怕什么呢。"我却说不清楚："我……我怕下一世的我……"楚祈君像是下了决心一般，牵着我便向奈何桥去。

我用力拽住了他，恋恋不舍地把自己埋进他的怀里。

"倾我一生一世意，为卿流连为卿死。"

"倾我一生一世意，为君流连为君死。"

番外篇

天地此夜雪婆娑

【番外一·离恨】

春意盎然的大地上反常地飘了一场大雪。雪花纷纷扬扬自无尽天阑而来，覆上已是绿了一片的花草枝丫，冷冽肃穆。

暮色渐沉，关西辰从屋中走了出来，静默地看着几个熟悉的身影抬着一具棺材踏入院落。前面带路的也是跟随了关家多年的亲信，此刻看见关西辰，脚步微顿，张了张嘴却终究觉得多余，默默带着人向后院去了。

是啊，有什么可说呢。数月以来，多方起义，小妹身死，王朝覆灭，天子阵风波，晟安大战，关易知中矢而亡，御彻登基为皇，改国号为龙鼎……太多太多，哪一件不是震彻九州的大事，关西辰岂会不知。他从来反对父亲做这些事，对于如此结局称不上太过意外，却是五味陈杂。

他是家中独子，当年争执不下四十天后，关易知也便妥协，只命亲信带他迁了地方，小心隐居。可是关易知却带走了关曦玥。

母亲早逝，关易知虽疼爱儿女，却终是满心江山。于是关曦玥自小便与关西辰颇为亲厚。分别那时，关曦玥还只是豆蔻少女。刚刚称得上懂事，正该在家里无忧无虑。关西辰知道他们要走，当日早早去厨房，亲手制了一盘关曦玥——平日最爱的点心。然而等他忙完，端着盘子向前院去时，关易知已是赫然带着关曦玥正要踏出门槛了。关西辰心下着急，不由得便快步跑起来，口中也慌忙叫道："小玥！"恰好关曦玥也正想着要和关西辰告别，听到他的叫声便立刻停步回身；而关西辰也恰在此时被地上一块石子一绊，人一个踉跄到底没有摔倒，手上的点心却一个不留地尽数飞离盘子，落在地上，裹了满身尘灰。关西辰极难过地呆望着散落在地的点心，仿佛心里也有什么被打翻了一样，涌上一股不知名的恐惧。关曦玥已是几步奔了过来，脆生生开口问道："哥哥，这本是要给我吃的吗？"关西辰被她唤回神来，看了看她，又看看地上狼藉，突然急急道："小玥，你和爹说等等再走，我再去给你做些！"他说罢转身就要跑，关曦玥却拦住了他："哥哥不用了，爹方才已说不能耽搁了。"见关西辰几近失魂落魄的神情，关曦玥有些奇怪，于是出言安抚，"没关系的哥哥，等我回来了还有许多机会可以吃哥哥做的点心呢！你答应我，我回来的第一天做给我吃，好不好？"关西辰心里很乱，还欲坚持，却远远听得关易知叫了一声："玥儿！"关曦玥忽然弯身拾起了地上几块点心的碎片，拿了手帕包好，脸上的神情也不似刚才的故作轻松，终于现出了别离的感伤。"哥哥保重，我们一定会早些回来。"等关西辰想起要回应些什么时，关曦玥却早已跑远了。

一去永诀。关西辰神情木然地把点心摆在关曦玥的牌位之前，心下茫茫，显然还在逃避接受人已不在的事实。怎么会呢，连江山易主为何物都还未必清楚的小妹，最爱身着一袭红衣笑容明艳的小妹，脾气率真总是要自己哄着的小妹，怎么会再也见不到了。

哥哥做了很多点心在等你啊。

关西辰虽然不愿参与大事，但事关至亲，他却无法不闻不问。父亲和小妹去后不久，父亲麾下就收进了一名楚姓术士，精通阴阳术数，暗藏乾坤神技。此人又风姿绝佳，年轻俊秀，小妹似乎也钟情于他。后来天子阵有变，父亲似乎设局想要除去这名术士。而关西辰打探到这条消息后不久，关曦玥的噩耗便紧接着传来。关西辰最先想到的，就是这姓楚的必然脱不了干系。可时间走得比他的悲伤还快，短短数月，无论是这位神秘的阴阳术士，还是一切的始作俑者关易知，皆已命归黄泉。关西辰孤身看着繁华落尽，心中一片空白，竟不知满腔之恨该向何处宣泄。

十五年前的雪夜，母亲阖上眼眸，抛弃了人世间曾放不下的诸般牵挂。关西辰怀抱不谙世事的小妹，呆呆立在床前，连如何哭泣也已忘记。小小的关曦玥在他怀里挣了挣，他怔忪间不曾察觉，竟被她轻易挣脱。关曦玥犹不知发生了什么，几步跌撞到床前喊着："娘亲，娘亲！小玥还没有睡，娘亲怎么不给小玥讲故事了？"她用手去摇晃母亲的手臂，却自然得不到任何回音。关西辰被她的叫声惊醒，却看不下去此情此景，立即上前抱起关曦玥："小玥，听哥哥说，以后哥哥给你讲故事……"

十年前的雪夜，关西辰披着一身雪衣，横抱着包裹严实的关曦玥冲入家门。"去！快去找郎中！快去！"门口的家丁被立刻差走。白日里关曦玥说要出去玩，傍晚刚想回家却因为路滑从马上摔了下来。两三个女伴吓得不知所措，竟只陪着在原地等待。关西辰找到时，只看见小妹躺在地上不省人事，唇色也是冻得吓人。他只差真的急疯。

七年前的雪夜，正值新春佳节，关曦玥在晚上的家宴上硬撑着喝了好几杯酒，饭未吃完已是有几分醉了。饭后孩子们嬉闹起来，本就活泼的关曦玥更是愈加兴奋，明明连走路都走不稳了却一直咯咯地笑，异常开心。关西辰正放着鞭炮，眼瞧着关曦玥摇摇晃晃地朝这边来，喊着什么都淹没在了炮声中。他怕她有什么危险，忙把她拽了过来，一手举着鞭炮，另一手替她捂着耳朵。他只记得，辉光映照下，小妹酡红的脸颊上挂着最明艳的笑容。

四年前的雪夜，便只剩下了陌生的庭院和寂寞的一个人。

关西辰转过身，望向已归黑沉的天空，和越发稠密的雪花。

如今，也正是一个雪夜。

“跟我去父亲的庄园那里看一看吧。”

“少爷？”

“怎么，有什么问题吗？”关西辰的声音和眼眸中都仿佛空无一物。那管家也不再敢多说什么，应了一声就去备车了。

关西辰知道那座庄园，自然也知道那场将庄园焚为灰烬的大火。此去之所以起意，还是因为昨夜的一夜苦思。他是能看透些许世事的人，几乎一早便知关易知不可能得到江山。可他无力劝阻。可他选择了独善己身。

那夜子时雪也未停，关西辰像是突然想到了什么一般，步出了屋檐的庇护，立在了院中，任由鹅毛大雪落了满头满肩。他想，如果自己不是在这里偏安一隅，是不是至少也可以代小妹一死；如果自己再争上些许，是不是父亲也可能最终回心转意。他却知道没有如果。正是由于自己太过于相信天命，才会只能眼睁睁地看着至亲之人一个个惨烈逝去，回得家来也再不能和他说话。

他的恨意像是找到了归处，他不再觉得冷，也不再是从前的他。

即使逝者如斯不可追，他也不愿再苟且偷生。

他如同虔诚的朝圣者，认真踏过庄园废墟的每分每寸。管家站得远远看着，看着他寂寥的身影，看着他好像是从废墟中捡起了一些东西。

他觉得那都是他的罪，哪怕今生只能耽于回忆，也不过是应有的救赎。

他一改往日恬淡无争，纠集了仍对父亲忠诚的部下，秘密开赴浅阳。

也许根本没有什么事是不可能的“父亲生前未竟，未必说明关家世代没有此缘。既然天子阵未成，我关西辰索性也就不信天命，非要与他御彻争上一争。我的亲人，总之不可白死。”关西辰道。部下中不少人正是这般想法，此刻都是附和欢呼起来。只有随行以来一直寡言少语的管家往关西辰身后匿了匿身形，悄悄垂首叹息。少爷，你可知这一举又是赔上了关家世代的子弟。他们或许会生在和平的年代，又有谁可以这样强硬地逼迫他们为一个已经远去的仇恨而活。但是管家最终没有说出任何一句话，只是默默帮关西辰打点行装，默默帮关西辰张罗建造新的住所。

关西辰选了一处很偏僻的所在，造起屋舍。他自己闭门不出，却是用了各种不知名的材料，最终打造出了一把椅子。此椅色泽黑得暗哑，扶手和靠背上远看是虬枝盘结，近看却是毒蛇吐信，奢华之中透着阴鸷诡异。关西辰毫不解释，只是将它直接搬到了主厅正中。

住处终于竣工，关西辰清晨出门，此刻却要赶回去监督正门上挂牌匾的步骤。其日恰逢小雨，绵绵密密，将尘埃都裹了去，边塞的沙气竟像是去了个干净，宛似记忆里的故乡。

街上人迹寥寥，所以正撑着纸伞款款迎面而行的女子显得这样醒目。关西辰偶然瞥见了一眼，转回视线时却忽然觉得有几分熟悉，于是又看过去。女子轻轻抬起伞檐，眼波流转地也看过来。

擦肩只是一瞬，女子一言未发已是袅袅婷婷而去。关西辰愣怔当场，终于也是继续前行。

路遇故乡人，恍然如梦。这女子正是关西辰幼时的邻居，二人青梅竹马，更有半是玩笑的嫁娶之言。

等关西辰赶到住所门口，那块巨大的牌匾已经摇摇晃晃地挂了上去。

离恨门。

“离恨英雄，我主江山！”

那门里传来震耳欲聋的呼声，牌匾仿佛又是晃了两晃。

【番外二·异梦】

数不清有多少个瞬间，曲兰嫣怀疑过自己，为什么要带她入局。那时她也年少，半腔聪慧半腔热血，看着寒璃潇倾国风姿，或许可用，便毫不犹豫地将她带入庄园。谁知那么快，便成了不可收拾的死局。

深夜里天地岑寂，雪愈发大了。

曲兰嫣睁开眼睛，看了看身侧与自己共榻而眠的君王。他似乎正呼吸平稳地熟睡。曲兰嫣却当真装得辛苦，索性轻手轻脚地离开了床榻，披上暖和且舒适的名贵大衣，轻轻拉开了门。风雪霎时间灌入，她不禁一个寒战，却匆匆跨出门，回身关上了门。

那夜的雪也有这么大罢。是多少年前的事了？曲兰嫣下意识地回溯，蓦然发现那风波早已过去近十年之久。可当日情景在她心中从来是宛若历历在目——仍是放不下啊。她微微弯起一边的嘴角，半垂着首自嘲地笑笑。

她出身平凡，家里虽钱财颇丰，却是商贾之人，算不得高贵。她从小极有主见，十五岁那年遇到御彻便毅然决定相随，家里竟也未曾倾力反对。那时他极欣赏她的聪慧能干，任何事都会拿来与她商量。她也极认真，只盼着给他多一点帮助，再多一点。有空闲的时间也是在一点一点回味着他的每一句话，沿着他描绘的康庄大道憧憬未来的波澜壮阔。渐渐地，她也不再惧怕战争和杀戮，甚至还可以参与进去，出谋划策。她想，那是他的必经之路，她便一定要陪他同行。

可是她虽聪慧，却到底不懂得帝王之心，也不懂得以帝王为目标的究竟会是何等样人。

她做的这一件事，一如往常，都是为了给他再多一点帮助。她领着那个神秘又不谙世事的少女，即使知道可能是将对方投入万劫不复，也不再有多少愧疚。

御彻待寒璃潇很好，她骗自己，那是他为了得到新加入成员的信任；御彻看着寒璃潇的时候笑容多了，她骗自己，只是因为这个姑娘单纯天真使人如沐春风。可是当寒璃潇要如他们的愿入宫之时，曲兰嫣终于发现，她无法再欺骗自己了。

因为就算她再不愿意承认，她也必须承认，御彻从来都是冷静深沉。而就是这样冷静深沉的帝王之材，竟会为了不让寒璃潇进宫而在父亲面前失态。曲兰嫣不比寻常善妒女子，她知道眼前这一切确与寒璃潇无关，可当下也再不愿看寒璃潇哪怕一眼，心头无名火起，竟是直接提步上前，推开了门。

屋内的争吵戛然而止，父子二人齐转过目光。二人都从未见过曲兰嫣此刻脸上冷肃决绝的表情，是以竟一时间都未反应。曲兰嫣抿了抿唇，将心内翻涌的种种酸楚稍稍按压。她一字一顿地道："大哥，大局为重，莫忘初心。"

她看着御彻脸上的惊怒之色一点一点褪去，眼眸里翻滚的情绪终于又归为一潭深不见底的湖水。他平静地看着她，继而一言未发，如同什么事也没有发生一般，与她擦身而过，离开了正厅。

她也若无其事，与御罄见过礼后，也是转身离开。却没有去追他。

她很了解御彻。她知道御彻永远会把所求的江山放在至高无上的位置上。她知道寒璃潇进宫一事一定是板上钉钉。她其实也知道，她已经永远输给了寒璃潇。

可她不愿意承认。

因为她知道，只有她可以被他明媒正娶，与他共结连理。

一切都是那样顺理成章，她自然地绾上了新妇的发髻，一如既往尽心竭力地打点着一切。

但就在忙碌数日，新婚小别之后，她抬眼看见的却是他与寒璃潇并肩而来。那是她此生，最为疲累的一瞬间。

可她还是知道，知道寒璃潇心有他人，知道御彻离不开自己。

她于是依旧没有说什么，保持着惯常的优雅，照顾寒璃潇的吃穿用度，照顾着属于御彻的一切。

所以那个雪夜，她顾念着御彻多日未眠，亲自去调理了羹汤，冒雪送来。从正厅侧面的阴影中走出的一瞬，她抬眼正看见御彻推门而出。

石阶上并不引人注目的那个蜷缩的影子站了起来，柔顺的大衣，柔顺的长发。寒璃潇永远是那样，像是可以与天地婆娑都融为一体。

曲兰嫣不知该如何反应，只是站在原地。她心里仿佛已经伸出手去阻止接下来事情的发生，眼睛却只能徒然地看着御彻的手可以说是轻柔地抚过寒璃潇染雪的发丝，看着二人先后进了屋中。曲兰嫣下意识地追了一步，话声隐隐约约地透过风雪传来，寒璃潇的声音还是芳华正好，隐隐有那么一丝笑意，御彻的语气还是那么冷淡，却莫名地可以听出一点包容的温柔。

曲兰嫣清楚地知道，她容不下寒璃潇。

可她不会做当面争执这样的事，也不会摆出任劳任怨的姿态。她转身离去。手中的羹汤落了雪，已经凉了；她的脚印倏忽之间便被新的冷雪覆盖。

从恍惚中回过神来，曲兰嫣发觉自己的手已经冻僵了。她用力摇摇头，抹掉眼角让她觉得刺痛的泪滴。旁边石阶上仿佛出现的残影渐渐消散——她已经离去，再也不会回来，整整九年多了啊。

难道只是因为这几日有关天子阵的密报，就足以令自己如此心神大乱？

她可没有忘记，自己已是母仪天下的皇后。

按下心绪，正打算回身，背后却已被人轻轻拥住，冻僵的手被那人余温尚热的大手包裹在内，缠绵缱绻。曲兰嫣身上回暖，却是轻轻颤抖起来。身后御彻慢慢用力，紧紧拥着她，竟似反要向她取暖一般。两人却是不约而同地缄默无言。

御彻没有问曲兰嫣为何夜深雪大还在外面，曲兰嫣没有问御彻为何室有暖香还睡不安稳。

御彻只是横抱起曲兰嫣，回到他们的床榻上。曲兰嫣没有动作，明澈的双眼却是始终直视着他的眼眸，像是一定要看到他的心里去。他替她盖好被子，轻轻在她唇上印下一吻。曲兰嫣没有闭上眼睛。近在咫尺的对望之中，她看见御彻的眼神透过了她，似乎是追向了记忆里无尽的远方。

是的，在这个快要十年后的雪夜里，如日中天的帝王也彻夜难眠。迷醉的梦里，那个注定永远也得不到的姑娘，青丝染雪，浅淡地仰头一笑，如同日月失辉。

【番外三·无分】

晴落奉命出宫采办物事，该买的东西都买好了，难得趁此机会好好看看外面属于京城百姓的热闹的街市。有女人在卖小首饰的铺子前与老板娘闲聊，有小孩跑跳着抢过糖人架上的糖人，有贵族子弟骑着马享受着全街人让路的待遇……嗯？街角处闪过的一个身影让晴落心中猛然一惊。

晴落做事从不多想，想到了什么便做什么，当下便拎着包裹沿街追了过去。

晴落趴在刚刚那人消失的墙角，探头看去。果然那人还未走远，身旁还跟着一个随从。从背影看去，他身着京城居民很普通的便装，可是晴落坚信自己不会认错，这人不是涟王爷是谁？晴落刚刚一阵疾跑本就面色潮红，此刻心更是怦怦乱跳，直像要跳出胸腔。她抱紧了手中的包裹，缩回头来整个人紧贴在墙壁上。

第一次偷听他与别人说话就被发现了呢。晴落想着，那次听到了似乎很机密的内容，却是侥幸逃脱；今日涟王爷便装独往，想必是更重要的事情，再被发现是否会性命不保？她本想当作没看见便算了，可是心里的声音愈发清晰：反正是有缘无分的事，见他的机会见一次少一次，她怎么能够做到不去贪恋？她望了望天上的日头，还有许多时间呢。

于是她远远地，小心翼翼地，抱着包裹跟了上去。

这一跟不知过了多久，涟王爷在前面走街串巷，竟是渐渐便到了人迹罕有之地。晴落跟得越发远，越发小心翼翼。她才不会去想自己脚下每一步的意义，只知道眼中所见不会让自己后悔半分。

晴落又追到一个巷角探头看时，只见前面的涟王爷已经停了下来，其对面赫然迎上来一位年轻女子。晴落不敢再靠近，只好瞪大了眼睛去看那女子的形貌。个子高挑，仪态优雅，面容……被涟王爷的身影挡了大半，不过依稀是温婉端庄。晴落的心猛然一沉。

此处是很多很多年前的废城，住户大多都搬空了，小巷早已常年死寂，甚至早已积出一些阴冷。涟王爷几人并未太远离这个巷角，是以即使说话压着声音，也会在空寂的巷子里回荡，也刚刚好够晴落听见。

"……曲小姐？"南宫涟的声音三分意外，五分惊喜，还有两分迷惑与担忧。

曲兰嫣也是一身再普通不过的便装，神色却是凝重。她像是完全预料到南宫涟的反应一般，只是微微点了点头。见南宫涟的神情闪过一丝急切，曲兰嫣又忽然想到了什么，抢在他之前开口道："涟王爷不必声张，我此番来京城，他……确是不知道。"

南宫涟几乎是下意识地便道："此处局势复杂，正是剑拔弩张、蓄势待发之时，御公子来此本已身冒大险，曲小姐又是何必。小姐有何事尽管交付于我，我立刻送小姐安全出城可好。"

曲兰嫣轻轻却坚决地摇了摇头："不瞒王爷，我来这里，无非是为了看他安好。那边的事我都托付给了可靠的人，我不会轻易离开。"

南宫涟才回过神来，微垂了眼帘沉默下来。

晴落从他的背影中，读到了和自己相印的落寞。

不过只是一瞬，南宫涟已恢复如常："既然是秘密来此，小姐又为何要告知于我，并约我在此会面？"

曲兰嫣道："放眼当下京城，也只有你值得托付。我是要你助我，暗中护他周全。我来这里无法教太多人知晓，自然也无法带足够的人手。我将此事拜托于你，你可愿助我？”

南宫涟仍是微微垂首的沉默。曲兰嫣也并不着急一般，静静等着。

“……好，小王自会派人手去办此事。小姐未曾练过武功，还望小姐信任小王，莫要自己前去涉险。”南宫涟往日温润的声音里掺杂了丝丝的干涩。

晴落也不知道，自己为什么从涟王爷的语气里听到了这么多细微而不太寻常的东西。就像是……眼前的这个涟王爷，不像她记忆中的那个。她莫名地不想再听下去，于是扭过头看了看四周。不看还好，这一看之下，晴落几乎大惊失色。仓促一瞥间，似乎是有皇宫暗卫服色的人正向此处追来。

晴落毫不犹豫，转身就冲出了巷角，装作不经意般撞在了南宫涟身上，任由手中的包裹散开来，里面的东西散了一地。

听到晴落的惊呼声，南宫涟转过身来，脸上是骤然聚起的警惕肃杀神情。晴落与他眼神相撞，吓了一跳，立刻避开，急忙开口解释时声音里却染了半分委屈：“这位公子对不起，是我走路太不小心了……”此时南宫涟已看清来人，虽眉头更蹙几分但脸色终究是缓和不少，一边说着没关系一边便弯身帮晴落拾起地上的东西。曲兰嫣见状，也便过来施以援手。晴落见她过来，立时抓住机会小声道：“小姐快走！我是王爷亲信，刚刚看到有宫里的人朝这边来了。快走！”曲兰嫣一愣，蹙眉看向南宫涟。南宫涟神色不明地看了一眼晴落，终于是朝曲兰嫣点了点头。

须臾之间，曲兰嫣已由身边人护送着不见踪影。不一会儿，南宫涟的亲信也回来禀报称，确实看到了皇宫暗卫，不过已经不是向这边追了。

晴落捡起地上最后一件物事，如梦方醒，脸上红得像要燃烧一般。“王爷……奴婢……”她才想起自己是一路尾随而来，此刻更是不知所措。南宫涟却恍若未闻，目光越过局促不安的晴落，看向她的身后，曲兰嫣离开的方向。晴落等了好一会儿不见对方反应，偷偷抬眼看时，只见南宫涟眼神里空寂若失，神情像爱恨交织般复杂。晴落承认，她从来没有在涟王爷的脸上见到过这样的神情。单纯豁达如她，也明白了刚才那位小姐是王爷心中很重要的存在。

晴落心里不太舒服，未经大脑地就又叫了一声：“王爷……”南宫涟被这小小的一声叫却像是蓦然回过了神，低头看向晴落。晴落也才反应过来自己刚才的行为，不禁把头低得更低。南宫涟走近了一步，轻轻抬起了晴落的下巴，毫不避讳地盯着她。晴落不敢反抗，心跳得几乎要晕过去。南宫涟只是无动于衷地看了她半晌，才松开手道：“无妨，多谢你了。”晴落刚准备低头掩藏一下自己的情绪，听到这话猛地又抬起头来，一个笑容还未完全绽开，又听南宫涟道：“快回去吧，以防他人生疑。”晴落心下狠狠一酸，低下了头应了一声：“是，奴婢多谢王爷。”而后重新抱起包裹，几乎落荒而逃。她一边跑，一边终于没有忍住，一滴泪从鼻尖滴落在手中的布包裹上。

“王爷，这位姑娘是……”南宫涟身旁的亲信见晴落跑远，忍不住开口询问。南宫涟淡淡道：“是个宫女。”话音未落，他也已向王府的方向举步前进。见王爷似乎很放心的样子，亲信也就不再多问。只是他看不到，南宫涟走在前面蹙眉深思的表情。

这个宫女总是似乎在刻意接近自己，而适才羞赧娇憨的神情又确实不似造作而成……罢了，还是多提防些好。

【番外四 · 擦肩】

郁瑾站在窗前，从容不迫地把写好的纸条绑在信鸽腿上，双手轻轻一送。那鸽儿展开双翼，在繁星点缀的夜空中如流星般划过，转眼便不见了。郁瑾方才缓缓转身，似是毫不意外般地看向踏入殿门的南宫漠，好像连他今日来不会有人通报都在她的预料之中。

南宫漠喜欢占有，这郁瑾很清楚。所以他的热情与冷漠，她都习以为常。不过今日南宫漠的脸上却挂着几分少见的严肃。

郁瑾俯身行礼请安，微微笑着，仪态无懈可击。只是南宫漠未等她完全起身，便冷冷地开口问："皇后没有什么需要对朕解释的？"郁瑾脸上的微笑却连变都没有变："皇上有此一问，自是早就知道，何需臣妾解释。"

南宫漠冷哼一声："皇后倒真是处变不惊。你可知道你这是何罪？身居后宫高位，私通反贼，欺君叛国！"郁瑾的笑意却更深了些许。"身为细作，臣妾自是早已立下死志。臣妾略微修习过武功，但总不可能逃出这重重宫阙。皇上若要治罪，便杀了臣妾罢。"话音琳琅，余音还未散去，已被一声寒意森然的利剑出鞘之响打断。南宫漠的佩剑转瞬间已架在郁瑾的颈间。郁瑾还在笑着，只是已不好看，一双媚艳的眸里，有将滴的泪，和宛若流星的不明伤悲。可她一动未动，显是真的不加防备。南宫漠蹙眉，直直看着她，眼中的情绪从冲动愤怒，渐渐变成微微的讶异，渐渐又变得平静无波。

他的剑尖开始颤抖，他的剑尖离开了郁瑾，他的剑尖碰在地上，清脆地一响。

郁瑾眼中的泪默默滑了下来。她从窗前走向南宫漠，像是肩上披着茫茫的夜色。她径直走到南宫漠身前，伸手去抚他颊边的发丝："皇上，既然如此，你为什么下不了手杀我呢……你也知道，我早就背叛了他们吧。"南宫漠闻言却是悚然一惊，下意识地抬手捉住了郁瑾的手，声音有如呢喃："……什么？"郁瑾看着他的眼睛，笑道："我早就背叛了他们啊，给他们的都是没用的和假的。"南宫漠迎上她的目光，看进了自己从未注意过的，她浓妆艳抹之下澄澈的眼眸深处。"这么说……近来关易知的那几次不合常理的动作，是拜皇后所赐。"南宫漠低低叹道。郁瑾依然笑着："是啊。"

南宫漠自顾自地问："什么时候开始的？"郁瑾听得此言，却是敛了敛笑意，认真答道："选上太子妃没几天，我便决意此生都向着你。再后来没多久，我就开始骗他们了。"南宫漠握着她的手紧了紧。郁瑾也没有放下手，由他握着。南宫漠无言良久，终于放开了她的手："皇后向来聪慧，如此两面不讨好之事，何苦去做。"郁瑾听得明晰，这话里没有半分讥讽之意，反像是一声可以称之为温柔的低叹。

"我知道，我都知道，可是……我至少想安慰自己，我是真真切切地站在你这一边。"郁瑾的手顺着南宫漠身上顺滑的绸缎缓缓垂下。她的头也缓缓垂下，一滴泪落在了宫室中精致的地毯上。“我知道啊……我知道的，我们身处末世，这个皇室，没有什么再值得你用一切去保护。可是这是你承下的，世代相传的基业，你不能一放了之，甚至还要为它牺牲一切……它没有毁在他们手里，偏偏是你……我都知道，我不愿你，成日这般难过。”这些足够要她一百条命的话被她声声泣出，此时只换得一室沉寂。南宫漠微微垂首，看着郁瑾头上繁复的金色饰物在颤。

她说的……都是真的么？南宫漠的脑中，霎时出现了很多很多个声音。“我很喜欢太子殿下。”“是因为喜欢啊。”“白头偕老，永不相离。”“我喜欢你。”“我要和你一起。”“我站在你的身边啊。”“……”那些声音都在笑着，笑得那般漫不经心，和每个钩心斗角的玩笑毫无区别。可是现在，她哭了，她却还是在说这些。

“够了。”南宫漠最后冷冷地开口，用这如同断刃的两字斩断了纷乱的回忆和郁瑾的哭诉，“朕的心意，还不需要皇后体恤至此。”郁瑾也像是突然醒悟了一般，抬手用力抹了一下眼泪，旋即转过身去，昂首直透过雕窗看向天穹之上的一轮孤月。“看来皇上是信了臣妾所言，如此便好。”

“朕尚有事务待办，皇后好好歇息罢。”南宫漠语气如常，说完便离开了皇后寝殿。郁瑾头也未回，仿佛他从未来过。

慢慢地，郁瑾的眼里缀上了点点银光。

时正寒凉，她的身边金红交织，辉煌喜乐。元宵佳节未至，这些张灯结彩都还没有撤去。一道宫墙，隔开了室内暖香与室外的大雪。

这一场深夜而至的大雪，无声地覆盖了皇宫里长长的甬道，抹平了那里的冤魂哭泣；无声地覆盖了重楼上鎏金的屋顶，遮掩了那里的张扬富贵。

郁瑾未知疲倦地，静静站在窗前，直到心里也是如雪冰冷，直到清晨的第一缕曦光刺入了她的眼眸。

是谁说过，霜雪满青丝，也算是白头。

可惜，她知道，即使这样简单的自欺欺人，也不过是一己奢望。

【番外五·归处】

又下雪了。这几日的雪几乎连绵不停，将整个世界都装点成了另一番模样，美丽中又冷冽。关曦玥看着飘落的雪花，莫名地又想起了那个女子。这雪多像她啊，不染纤尘，从天上而来。

楚祈君一定很喜欢今天的天气吧。

关曦玥从早上开始，就试了很多次，但是只要她想出门，门口多出来的两个侍卫就会善意地不动声色地把她拦回来。一来二去，她也明白了，这二人多半来头不小，凭一己之力绝无可能破门而出。没错，她虽然看上去骄横了一些，可向来听父亲的话，若是寻常时候，她知道是父亲的意思，也便会不再违抗。左右不过是这一天不能出门，父亲之后定会与她解释，对她加倍偿还。可是今日却断然不同。关曦玥坐回桌前，看似是安分认命，内里却心念电转，决意一定要想办法出去。

因为她知道了一件事，父亲一旦得手，今后就再也无法偿还她的事情。

她的眼眶还是红红的，显然一连几夜没有睡好，甚至还哭过很久很久。她早就偷听到了，天子阵的事情出了变故，眼下父亲谋划了许久，就要在今夜杀死楚祈君。

这些事情，真的有那么重要吗？父亲明明知道自己会有多伤心的！关曦玥想不明白，她只觉得也许跟着父亲出来还不如和哥哥一起找个安稳的地方好好生活呢。这样，也不会认识那个楚祈君。他喜欢了别人，自己也不会那么难受。他的死活，自己也丝毫不会关心。

午时已过，雪未停，日头向西去了。关曦玥心急如焚，终于忍不住跳了起来，在室内不安地踱来踱去。拉开衣柜，掀开箱子，打开梳妆匣——她蓦然定住了身形。只见梳妆匣里，除去脂粉首饰，赫然静静躺着一枚小小的符咒。

神行符。关曦玥在心里念诵了一遍它的名字。当初，她还刚认识楚祈君，楚祈君也不过是比她只大一点点的一个少年。她缠着楚祈君，要他陪她玩，他却总是被她父亲派以各种各样的事务，难有空闲。最后，大抵是为了哄她，楚祈君从怀里摸了一下，随意一甩手，转眼间，两人就已置身方才的院落之外。关曦玥大为惊喜。楚祈君便又摸出一枚小小的符咒放在她的掌心。他神神秘秘地说了半晌，大抵是什么这符咒来之不易，要如何如何炼成，又或是关易知平日如何如何叮嘱他不准随意传授此等物事于人，他如何如何破了例送给小玥姑娘之类。关曦玥便开心地收了，答应他不会告知父亲，那日也不再缠他。从此，她便小心又虔诚地把这枚小小的符咒放入了梳妆匣好生保管，到后来，越发是觉得这一辈子都不舍得用。

对啊，平日一刻也不曾忘记的东西，今日怎么偏生忘了这么久？关曦玥拈起了这枚神行符。“楚祈君，这是你唯一赠我之物。待我救你出来，一定要向你再讨一件更好的物事。”她低声自言自语了一句，随后开始认真回忆神行符的用法。

片刻之后，天色刚刚暗了一点，关曦玥已身处院外一无人草丛之中。她简直喜出望外地差点叫出声来。成功了！她在飞雪之中的日光里隐约看到了晚霞的身影，于是片刻不敢耽搁，矮身便往前日父亲说的安置楚祈君的地方奔去。她知道父亲的习惯，如果是要通过软禁她来做的事情，之前就一定不会骗她。关易知安排的暗杀地点，一定就在那里。

楚祈君正从江寒回来。

他知道这是最好的选择。他身负必须完成的使命，他不想离开寒璃潇，却更不想带着她去做这些亡命之事。师父是幽冥界的人，御彻和关易知都是为求江山孤注一掷，其实只有他自己，是真的不愿圆满这个逆天而行的天子阵。好在最大的阻力，他的师父，因为某些他也并不知晓的原因被困幽冥，大约在他的寿数之内都无法重返人间。那么此刻，他必须与这些江山孤客们争夺时间与生命的隙罅。

逆天之阵都可一试，更何况区区前路。楚祈君早已算到，关易知其人生性多疑，此刻必起杀意，回去的这一趟怕是自投罗网。可若不回，恐怕就立即要腹背受敌。到时却是更难。楚祈君一路盘算，渐渐离关易知安排的居所很近了。以关易知的脾性，这一座平静的小宅院里此刻定是杀机四伏，机关重重。从门进有从门进的杀法，从窗户翻有从窗户翻的后招。这一次，八成他还找了其他术士，准备布上结界瓮中捉鳖。

楚祈君略施小计隐去了自己的气息，远远地打量了一圈这座小宅院，准备找一个最能息事宁人的方式进去。他也是有备而来，只待找到一个所有暗卫看不见的位置，跃上房顶，便可一网打尽。

总之，当务之急，是令关易知不要再大肆妄为。

楚祈君已经找好了位置，纵身轻轻跃起。

可未等落下，他便发现，宅院周围突然出现了一个结界，屋顶的几名暗卫也猛然现身，动作极快地弯弓便射。

雪还未停。

关曦玥本打算在那座小宅院门口藏着，待楚祈君来了，再现身相告。父亲应该不会小觑了楚祈君,见自己与他在一起的话，也就不会贸然动手了吧。

她到了地方，不禁在门口打量起这座不起眼的小宅院来。恰在此时，几个父亲手下服色的人走了过来。她四下一看，自己正站在路中间，避无可避。当下一咬牙，她身形一闪，已然跨进了半开的门槛里，躲在了门后。

早已聚精会神良久的埋伏暗卫们，动作如闪电，毫不犹豫地恪守着他们接到的命令:今日进了此门槛者，除去关易知本人，无论男女老少，格杀勿论。

楚祈君直觉发生了什么难以预料之事，当下便在空中结印，硬劈开了这道结界。早已备好的喂药暗器掷出，未曾防备的暗卫尽皆被命中，有的横尸房顶，有的却是翻了下去。

饶是心有准备，楚祈君也是万万不曾想到，映入眼帘的竟是身中数箭已然倒地的，连偷偷跑出来都还是一身红衣的关曦玥。楚祈君于瞬息之间已经布下一个强于之前数倍的结界，人也立时闪到了关曦玥的身边。

“小玥姑娘！”他低声又急切地唤了一声，语声里是真切的痛心。

关曦玥听见他的声音，本因疼痛和悲伤阖上的眼眸竟是立时睁开：“楚祈君！是你！你没事吧！”

“他们无法伤我。”楚祈君只能挤出这六字，再也说不出话，手下已是疾速为她处理了几根箭矢。他也知道这是徒劳之举，他也早一眼瞥见直损心脉的那一箭了。

楚祈君在关曦玥的胸口按下一个法术，这样至少能让痛苦离开她，哪怕只是须臾。“小玥姑娘，你这是何苦。我是当今天下无人可及的术士，怎么会如此轻易着了道。”关曦玥确是不痛了，甚至欲起身去触碰他。楚祈君扶住了她，让她卧在了自己怀中。她笑得仍如过往的每一天一样，独一无二的明媚。“对不起啊，我只是怕你万一忘记了呢。我也不知道，爹爹竟然为了杀你，下这么狠的手……”她的眼角滚落了一滴清澈的泪。

“小玥姑娘，是我对不起你。”楚祈君几乎无言以对。“没有事，我如果死了，就不会再看到爹爹和你互相残杀的事了……你没有对不起我，我只是很喜欢很喜欢你，不可以看到你死……我早就不想和你成亲了……你要和寒姐姐一直活下去啊……没有你的话她也会伤心的……她那么漂亮，怎么可以哭呢……”关曦玥衣上的红色越来越深。

“玥儿……”楚祈君虽对她并无儿女私情，可经年来她的好，他又怎么会不记在心。

“不过……楚祈君，你可不可以带我离开这里，找一个你喜欢的地方，让我永远都在那里……”关曦玥的眼帘慢慢慢慢地阖上。

法术即将失效，楚祈君轻轻用一指在她心口处一点。那句轻柔的恳求慢慢弥散，终于销声匿迹。

“玥儿，你不值得如此啊！”楚祈君无力地跪在原地，语声低哑含恨。

关易知顷刻便将到来，关曦玥之事必定瞒他不住。此事一出，反目成仇已是必然。楚祈君对此也有准备，闪身进屋把写好的一纸书信放在了屋内的桌上。

他细细擦去了关曦玥唇边的鲜血。

对不起，玥儿。

他重新站起身来，挥手解开结界，纵身轻跃，转眼已不见踪影。

雪更大了。

漫天飞雪落了下来，落在关曦玥的红衣上，化作了淡红的水，流入地上的积雪中。

夜幕终于在此刻姗姗来迟。

【番外六·失约】

御罄如约到了地点，却见一片荒林之中，赫然旋转着一个法阵。

几乎与他同时，法阵的另一端走过来一个年轻人。“御先生，我家主人就在那边等您。”年轻人说着，就走过来对御罄做了一个“请”的手势。御罄略一迟疑，便抬步走入了法阵之中。

传送阵将御罄传至一处屋中。此处极为阴暗，举目看去却连墙边的摆设也看不清楚。屋子丝毫不见华丽，但却能感受到主人的精心布置。只不过，这里的每一寸地方都透着一股噬人寒意。屋中站立着一位道人模样的男子，看上去三十余岁，气质亦仙亦魔。

“御某久仰大师。”御罄上前行礼。那道人并不还礼，只是微微点了点头，说道：“既然御先生大方前来，我也不再遮掩。先生所言之事，在下确实有一个办法。只是此法逆天而行，还望先生三思。”他的最后一句颇无诚意，御罄也懒于理会：“御某来求大师，便已都想清楚。不过听大师言下之意，似还有什么隐患。”道人云淡风轻地道：“先生无须担心，此法若成，江山必定千年无虞。不过先生也应该明白，在下所说的无虞不过是皇家的地位可以坐稳。还有，在下愿帮先生，定是对我幽冥界有益。”“敢问何益？”“不瞒先生，此法名为天子阵，是要在国土之上求取九大阵眼，一一镇压。这样人间诸气都会因此阵而有所变动，此间变动于我幽冥有益。”“那么……”道人看着御罄的眼神，心下了然，随意地出口打断道：“先生莫急。我不会离开幽冥界，此事我会找一个可信之人帮助先生。”御罄听得此言，顿时悚然大惊。对于“此法逆天”的说法，他丝毫不疑，所以在他心中也只相信眼前这道人，大约只有他能完成此等逆天之事。此刻这道人却说要托付他人，难道其中有诈……

那道人却是丝毫不在意御罄的反应，侧过头便扬声叫道：“祈君！”话音刚落，从那道人身后的一团漆黑里便跑出一个孩童。这男孩甚至可能还不到十岁，模样倒是眉清目秀，气质不凡。道人微微笑着重新看向御罄，御罄的脸色已经变了。道人浑不在意，仍是淡淡地开口："这是小徒祈君。大约十年后罢，他会助你御家完成这天子阵。"这一句却不似之前的说话，莫名便有股迫人气势，令御罄竟不敢出口质疑这个小孩子。男孩听到此言，抬头去看道人，眼中满是疑惑。道人伸手摸了摸孩子的头："没事，一会为师就教你。"

五年后。

楚祈君半抬着头，看着师父的经年波澜不惊的脸上现出某种大约是不甘的神情。道人丝毫不解释，只平静地道："你本该生活在人间，今后就回去吧。只是记得，天子阵。这是为师今生唯一要你必须做完的事。"道人清晰地看到楚祈君极细微地皱了一下眉，但他并没有多说什么，"去吧。"

"是，师父。"楚祈君转身，走入了阴暗屋内闪烁着熠熠光辉的传送法阵。

人间用阳光迎接了他。这样耀眼，这样明媚。这便是所谓光明的含义了。楚祈君几乎在重见人间的第一眼，便爱上了。而从他成为珍惜光明的人的一刻起，他便注定要赔进生命去阻止天子阵的完成。

那道人自然没有瞒着他，所谓对幽冥界有益，自然是有益于幽冥界在日后这土地上国力羸弱之时，侵占人界。

楚祈君很清楚，如果一开始就完全不按计划行事，只会立刻白白送命。于是他并不着急，不紧不慢地开始朝着那道人给他指好的地点，准备去见特定的人。

时如逝水，天子阵的局势竟似行将崩溃，一发而不可收。

楚祈君像是早知道御彻会找到这里来，又像是觉得御彻怎么可能会找到这里来。把染了风寒的寒璃潇好好哄着睡了，楚祈君出门下楼，果然在熙熙攘攘的食客中一眼看到了孤身一桌的御彻。

“天子阵之事，家父已经尽数告知于我。想必阁下是受尊师所托，故意先行投入关易知麾下。”御彻毫不避讳，见楚祈君过来落座，直接开门见山。楚祈君也不掩饰，坦然道：“正是如此。眼下看来，天子阵果真闹得满城风雨，关家的麻烦不会少。”

御彻叫来小二，要了一桌酒菜。

小二满口答应着，转身跑了。御彻随即从袖中拿出一物，放在桌上。“此是我自小贴身之物，可用于阵中。”楚祈君伸手收了那物，却是一个造型别致的剑坠。“好，我自当尽力助你。”

楚祈君知道御彻追到这里，定是要带走寒璃潇。他可以笃定御彻绝不会伤害寒璃潇，甚至是如今最适合保护她的人选。他可以辨认得出御彻的神情，那种不容有失的决绝，当真令他十分棘手。他知道这是一场没有硝烟的死局，自己或许可以舍命一搏，寒璃潇却不行。

她有纯净的过去，还有大好的年华，怎么可以在这种事情上受到一点点伤害。

楚祈君甚至知道，自己的命，多半保不到江山易主的那一刻了。可他偏偏又忍不住要自私，忍不住想要再拥有寒璃潇，哪怕一分一秒。

御彻如愿携了寒璃潇上路。

在云溪，他却孤身一人赫然去见了关易知的部下。

“楚祈君无意完成天子阵。告诉关易知，我御家同意与他合作，杀楚祈君。”

【番外七·知我】

“就是这样了，我也不知道她为什么就选中了我。”宇文昭一边吃着，一边似乎是漫不经心地说着。对面衣着明艳的少女谢天依笑道：“那你是不是决定了，一定要不计代价地完成这件事？”宇文昭塞了一大口饭到嘴里，口齿不清地“嗯”了一声。谢天依噗地笑出了声：“那就难怪她要选你了嘛。”宇文昭听到此言,突然认真地看了看她。这个刚刚在这间酒楼里认识的姑娘，竟似可以一眼看透他一般。谢天依冲他眨了眨眼，笑道：“你这么看着我作甚？继续吃啊，你一定好几天没吃饱了。”

请了宇文昭一顿大餐之后，谢天依竟还提出与他同行。“我也是练过武的啊，不会拖你后腿。”少女的眼睛格外明亮可爱。宇文昭哪里招架得住她的切切注视，最后只得讪讪回道：“……好，应你便是。”

同行一段时日后，宇文昭渐渐发现，谢天依实在是个不可多得的好同伴。容貌好看自不必说，谢天依在遇事之时非常冷静干练，平日却又活泼可爱，实在讨人喜欢。“哎，宇文大哥，那个仙女都和你说什么了，你都和我说一遍吧。”“额……她说，多年前本朝太祖打江山的时候，曾有一位非常厉害的术士，在整片国土上布下了一个名叫天子阵的阵法。本来一共有九个阵眼，而那术士却知道，若是九个阵眼完成了的话，就会为祸苍生。所以，他最后以命相搏，没有镇压最后一个阵眼。可是如今朝廷又暗中勾结幽冥界，派人准备镇下那最后一个阵眼。她还说最后一个阵眼就是现在的京城，那些人一旦得逞，幽冥界就会趁机来侵占人界。”“哦……可是她是仙女，你只是个会些法术的普通人，她为什么自己不去，却要找上你？”“哦，这个她也与我说了。她说，仙界与幽冥界向来井水不犯河水，只有如果幽冥界真的来危害人界，仙界才会出手。她在仙界只是个小角色，无法擅自违反规矩与幽冥界公然对抗。”“是这样啊。”谢天依的双眸亮得耀眼，直像装满了漫天的星辰，“真有意思。”

“嘘！别出声，我猜他们就是你说的朝廷的人。终于来了。”谢天依拦住要探身出去一探究竟的宇文昭，尾音却微微挑起，听起来有两分兴奋。

纵使他们一路小心，路过一处无人小巷时，还是被对方追了个正着。

“呵，我当是什么高人，那个什么仙界只是叫这两个小毛孩子来抢神器？”穿着夜行衣的人出言嘲讽。

谢天依丝毫不肯示弱：“我们怎么了？就宇文大哥一人，足以让神器不落入你们手中！”

“好啊，那便请赐教！”对方完全不以为意，摆开攻势就抢了上来。

宇文昭的武功法术皆是不弱，加之对方又不是什么头目，此时以一敌多竟也不在话下。谢天依更是不止嘴上厉害，身法也颇奇妙，一时也牵制住了几人围着她团团转，摸不到头脑。

忽然，谢天依瞥见一个黑衣人在宇文昭的背后，蓄势待发。

"宇文大哥小心！"她飞身抢过，重重推了宇文昭一把，对方的刀顺势划过了她的右肩。鲜血瞬间染红了谢天依的衣裳。她一边飞身避过对方紧接着的攻击，一边对站在原地欲过来施救的宇文昭大叫："先不要管我啦！快点解决了他们，我们回去再说！"

这次竟然也就这样化险为夷。被谢天依一路拉拽着回到客店，宇文昭立刻甩开她，撕下自己的衣襟为她包扎。"谢谢你，天依。"他知道在这个姑娘面前，自己说什么都是多余的。谢天依被他下手的动作弄得很痛，缓过劲来之后又是绽开一笑："没事，我愿意这样做。"

宇文昭很想保护好她。他知道，唯一的办法就是自己变强再变强，因为他不能阻止谢天依跟着他同行。那是她的愿望。

一道白光倾泻，随即化为千百只小小光蝶四散，正中现出一个女子身形。

"哇！"谢天依两眼发光，"好漂亮！你就是托宇文大哥取神器的仙女？"谢天依伸手去触碰，那个飘在半空的女子却只是个幻影。寒璃潇仍是未满双十的少女模样，容颜比起五十年前却是更美了几分。

"是的。三日后，他们会前往铜素山取神器。此次不容有失，你们务必在此之前助我，将神器移至仙界。"她的声音较多年前却清冷了不少。

宇文昭信誓旦旦地应着，谢天依却忽然道："不对啊仙女姐姐，如果只是移神器的话，算不得与幽冥界冲突，为什么你自己不去？"

寒璃潇微微含苦地笑笑："姑娘，我眼下受星君禁令，不可踏出仙山半步。如今天地之间，除去星君我便是孑然一身，哪里会有人愿意帮我。我倒是要多谢这位宇文公子。此番私移神器，必定也难逃仙界问责。我欲待此间事了，便自请转世下界。……只是又要麻烦星君，替我收拾残局。”

谢天依“哦”了一声，道：“对不起啊。”

寒璃潇道：“无妨。——只是宇文公子，此事当真凶险至极，会有性命之忧。”

宇文昭不为所动，只是坚定地看着寒璃潇问道：“我只请女仙告知，是否我此去成功，必将造福天下苍生。”

寒璃潇毫不犹豫地点头：“此是自然。这正是我，和他的愿望。”

“好，我去定了。”

“如此，就拜托公子了。璃潇不敢忘记公子大恩。”寒璃潇的幻影慢慢淡去，这最后一句话听起来却是含着绵密的哀伤。

看来寒璃潇确实行事不便。宇文昭和谢天依两人紧赶慢赶，竟也是堪堪在朝廷的人之前赶到铜素山下。

走在前面的宇文昭突然回过头来，十分认真地看着谢天依。

“天依，这是女仙交给我一个人的任务。它有益于天下苍生，我一定要成功，无论付出什么代价。可是前路凶险，这不该是你承受的，如果你有什么闪失，我就算死也难瞑目。”

谢天依也敛去了终日挂着的笑颜，格外认真地回望着宇文昭。

她不说话，宇文昭也便安静地等着。两相对望，两相无言。

谢天依只是想要贪恋此刻的目中所见，能多一会儿，就再多一会儿吧。哪怕时间从此静止在这一刻，也完全没有什么不好。

她看了很久很久，久到天地仿佛一片岑寂，她却觉得短到远远没有看够。

可是她知道再看，就会来不及了。

她凑过去，踮起脚尖，虔诚而坚定地，吻了一下宇文昭的嘴唇。没有脸红，没有薄嗔的小女儿情态，她是在进行一场永别而无悔的仪式。

"去吧，我不和你去了。我很喜欢你。我知道这是你一定一定要做的事。我也知道，你也很喜欢我，你说的都是真的。所以我就不去。无论发生什么事，我都不会有丝毫怨怼，也不会以后照顾不好自己。真的。"

"……天依。"

"我说的也都是真的啊！那才是完整的你，是我最喜欢的你。"谢天依甚至还淡淡地笑了，"如果还有什么想对我说，就留着回来说啊。"

宇文昭当然没有再回来。

谢天依也没有走。一直一直站在山下，看着一队敌人与自己擦身而过，看着山顶处飞腾而起的金黄光柱直冲寰宇。

日落又升，月缺又圆。

一个人也没有再回来过。谢天依微微笑着，他成功了啊。

她仍只是一个普通的少女，不过是出门游历了数月而已。

她只是恰好遇到了一个有眼缘的少年。她可以不费吹灰之力地走进他内心的最深处，却拼尽了全力也没法走出来。

有什么关系呢。他此生得偿所愿，未曾虚掷，她又怎么可以落后。

夜幕如期而至，携来今冬的第一场雪。

少女的背影离开了铜素山。任由雪落满肩，她却步步稳健。同样决绝，不曾回首。

此生所求，不过是一爱我知我之人，花下缱绻，柳前对酌，我哭泣时护我慰我，而我也有了一件一定一定要做的事的时候——不问值否，目送我走。

谢天依想，那个知我之人，其实，还未出现啊。

后 记

三年了。首先很抱歉我把蝶舞拖了这么久。

不过这其中确实有原因。

其一，这实在是我对第一人称写法的一个非常失败的尝试。第一人称一度令我非常头疼，因为无法转移视角，所以蝶舞故事本来雄心壮志的大架构就这么毁掉了。我后来想，可能是这种架构不适合用来尝试第一人称，还有就是我的笔力了。以后加油吧。

其二，我对这个坑的感情也在中间产生了变化。学业有些忙是一方面，后来也是因为现实生活中的一些事情磨灭了我开这个坑的初衷。具体就不多说了。

其实，这个还是算甜文吧！但是，毕竟和我当年写柳似的时候那种概念的甜文有了微妙的差别。当时只想织梦编童话，现在则更倾向于“黑暗无边，与你并肩”吧。可能是因为我发现了，其实现实中的黑暗不是一个可以单纯逃避的东西，用单纯逃避的心态来面对也并不好。更好的办法是找到内心的勇气去面对它。也许是信念，也许只是身边有一个人会永远陪着自己。寒璃潇从黑暗的权谋斗争中历经一遭，却还是爱上了人间。楚祈君从黑暗的幽冥来到人间，爱上了光明。御彻付出了难以言说的代价，却得到了最想得到的。曲兰嫣咽下了心里无尽的苦涩，安心与最爱的人共同白首。又或是那些逝去的人，晴落、关曦玥，她们死得无憾，死得其所。我想展示世事的无奈，人世的变迁，可是更多的是不灭的爱与希望。

番外的雪夜系列是突发奇想就成这样了的。后来想想，大约是突然想起了《春风一顾》里那一句“一缕故人思不叫破，天地雪夜婆娑”，取其中意。御彻曲兰嫣的相守，郁瑾南宫漠的擦肩，晴落南宫涟的错过，关曦玥楚祈君的无意……那都是人生中难免不如意的部分。可是他们当中，无论给谁千百次重来的机会，他们一样会如此选择。一样地，在天地雪夜之中，默默缠绵那一缕故人思绪。就像我想说的，伤痛是人生不可也不应该去避免的体验。如果不曾有一个人令你痛彻心扉，那该也是一种遗憾。

好了，我承认我的观念开始变了。大概就是下一坑，我就要食言啦。嗯，虐文预警。不过放心，我的目的从来都是为了展现美好，哪怕是注定不会有结局的美好。

因为我会忍不住，纵然遍体鳞伤也忍不住，要多想一想那个心里还存在的最美好的世界。

我一定会非常非常努力，争取下次写出一个自己比较满意的作品。也希望日后的自己可以被大家喜欢。

谢谢所有还在我身边的，看到这一句话的每一个你。

我很荣幸地邀请你，下一个故事见。

要每天开心哦！

我们每个人都可以努力去做，永不忘记，永不放弃。

菱　仙

2014 年 7 月 30 日夜